旧梦西窗烛

沈鱼藻◎著

CNS PUBLISHING & MEDIA 中南出版传媒
湖南文艺出版社
HUNAN LITERATURE AND ART PUBLISHING HOUSE

图书在版编目（CIP）数据

旧梦西窗烛 / 沈鱼藻著. -- 长沙 : 湖南文艺出版社, 2023.11

ISBN 978-7-5726-1482-8

Ⅰ. ①旧… Ⅱ. ①沈… Ⅲ. ①长篇小说－中国－当代 Ⅳ. ①I247.5

中国国家版本馆CIP数据核字(2023)第196900号

旧梦西窗烛

JIUMENG XICHUANGZHU

作　　者：沈鱼藻
出 版 人：陈新文
责任编辑：李　阔
出版统筹：邓　理
策划编辑：李高雯
封面设计：杨　平
特邀画师：ruby可可 白糖
内文设计：杨露
出版发行：湖南文艺出版社
　　　　（长沙市雨花区东二环一段508号　邮编：410014）
网　　址：www.hnwy.net
印　　刷：湖南天闻新华印务有限公司
经　　销：新华书店
开　　本：150mm×210mm　1/32
字　　数：249千字
印　　张：8.5
版　　次：2023年11月第1版
印　　次：2023年11月第1次印刷
书　　号：ISBN 978-7-5726-1482-8
定　　价：45.00元

同赏北国秋，
共剪西窗烛。

目录

楔子

1929年，上海，周园，细雨天。

先是风吹树梢窸窣，再是雨打芭蕉簌簌，浓云很快遮住了半边天。

屋檐下挂着宫灯，暗红的光从泛黄纸皮里透出来，洒进西花厅里，给满屋子流光溢彩的戏服头面涂抹上一层幽怨，像古时戏文里的场景，倒正应了今日“百戏同春”赈灾义演的景。

阮虞卿坐在镜子前描眉上妆。

这是她最后一次以“阮小姐”的身份登台，下个月举行婚礼后她将变成“周太太”。

彼时，她需抛却前尘往事——那些难平的意、未了的情。

镜子里突然出现了一双眼睛——鸦羽长眉下，沉静如海，却又暗蓄波澜，炽烈如火，然又被镜子冰封。

真实而又缥缈，让她想伸手触碰，又觉得触不可及。

镜中人开口：“虞卿，我们还有没有可能重新开始？”

原来不是幻影。

阮虞卿想笑，却好似僵住了，扯不动嘴角。

半晌，她端起放在桌角的茶杯，轻翻手腕，把半盏残茶泼在地上。

她抬手继续描摹眉眼：“你可看得出，我今天扮的是谁？”

不等那人回答，她继续道：“你当然认得出是霍小玉。只不过，不是《紫钗记》，而是《霍小玉传》。”

《紫钗记》和《霍小玉传》讲的都是李益与霍小玉的爱情传奇。

《紫钗记》是李益和霍小玉解开误会，破镜重圆。

而《霍小玉传》是霍小玉在李益面前泼酒断情，含恨而终。

泼在地上的酒和水如何才能重回杯中？

覆水难收。

这便是她给沈雁行的答案。

人人都道她阮虞卿是温婉闺秀。

岂知她性烈如酒。

她笑微微站起身来：“我要上台了，您请自便。下月廿日，华懋饭店，我和开阳的婚礼，如果赏脸，请来。”

“云裳”是沪上最摩登的订制服装店，虽然价格不菲，但打出了“因人制衣，孤芳独艳”的口号，颇受上流社会名媛淑女们青睐。

阮虞卿在二楼试穿婚纱。

珠光绸缎打底，上覆层叠蕾丝，胸前嵌一颗鹅卵大小的镶金祖母绿，领口袒露出长颈和肩臂，纤如兰草，白似凝脂。

设计师是“云裳”老板的女儿，也是阮虞卿的高中同学和好朋友顾明明。顾明明握着阮虞卿的肩膀，下巴颏儿搁在她的颈窝，看着镜子里的准新娘。

“玉是周家祖传的，也只有周家这种世家才藏着这样好水头的翡翠。这串项链我跟周开阳说，合你的岁数，要用二十二颗合浦南珠来穿，本意是想捉弄他一下，没想到他真从广西找来了。”

“他是真的把你放在心尖上，虞卿，我真替你高兴。”

楼梯传来脚步声，轻快，透着一股春风得意。

周开阳穿着新郎礼服，大步走到阮虞卿身边。顾明明识趣地含笑退后一步，下了楼。

周开阳与阮虞卿并肩站着，满眼小登科的喜悦：“刚才华懋饭店的经理打电话来问装饰用的花，你是想要玫瑰还是虞美人？虞美人更衬你的名字，但玫瑰是婚礼常用的，你的英文名叫罗斯玛丽，里面也有一个

rose……”

阮虞卿伸手拉下面纱，遮住脸。

隔着面纱，影影绰绰的，只见镜子里新娘一袭白纱如雪，纯净圣洁。

但她的耳边却回荡起多年前与另一个人的闲话——

“我不喜欢白色婚纱，太冷清了；可也不喜欢凤冠霞帔，觉得累赘。”

“你喜欢蓝色，以后我们结婚时，你就穿蓝色婚纱，合你的名字，用虞美人蓝。”

“婚纱可以是蓝色的吗？”

“当然，只要你喜欢，什么都可以。”

“只要虞卿喜欢，太阳可以西升东落，月亮可以永远在树梢上挂着。”

“说的什么疯话。”

漫无边际的疯话，笑吟吟的呢喃，伴着泠泠雨声和浅浅如啄的亲吻，在潮润泥土和虞美人的花香气里，远如隔世。

阮虞卿终于下定了决心。

她抬起头望向周开阳的眼睛：“开阳，我后悔了。”

扶住她肩的手骤然一紧。

半晌，他点点头：“因为沈雁行？义演那天我看见他进了后台。”

她没有承认，也没有否认。

周开阳的手沿着她的手臂下滑，落到手上，他握住她的指尖，徒劳地挽留：“可是我爱你，哪怕你心里有别人。我愿用余生，博你一个心回意转。”

“沈雁行负你在先，我不愿看你重蹈覆辙。

“如今时局混乱，沈雁行游走于军政两届，如同过江的泥菩萨，你又何苦和他一起卷入旋涡？”

周开阳握住她指尖的手慢慢松开：“我会在楼下等你，一刻钟后，请你下楼来，告诉我你的答案。”

第一章

我来，是为了你

1924年，暮春，上海。

目送沈雁行踏上北上回乡的列车后，阮虞卿原以为他们今生今世都不会再见。尽管这时他们刚刚相识。

初识即永诀。

起先是阮虞卿的哥哥带沈雁行来看阮虞卿学年末的文艺汇演。

阮虞卿本要登台表演《紫钗记》，汇演当天，搭档的女同学却因为失足跌落被送去了医院。整个女中，除了阮虞卿再没有懂昆曲的人，连那搭档都是她为登台专门教的。

幸好沈雁行也会唱昆曲，这才解了阮虞卿的燃眉之急。

演出大获成功，坏消息却不期而至。刚一下台，沈雁行就收到家里的电报，说母亲病危，要他速归。

沈雁行家在北方，父亲是节制两省的督军大帅。沈雁行是家中长子，在美国留学五年刚刚归来。他这一去，想必就会留在父亲麾下，日后继承父亲事业，成为新的两省督军、北地之王。

只可惜了他那双南星映春水般的眼睛，如月光下沉静的海，欲言又止的，仿佛藏有万语千言。

那双眼睛合该在花前月下的台上脉脉诉深情，而不是一睁一闭地瞄准射击，取人性命。

两个月后，浓夏，苏州，小园，黄昏。

沈雁行来时，阮虞卿正在西窗下小憩。

水里蛙声阵阵，树上蝉鸣声声，如此喧闹，她睡得并不安稳，蹙着眉做起了梦。

梦里是与沈雁行初见那天——晚上，阮家的客厅内父亲和哥哥在为沈雁行吵架。

阮家是书香门第，父亲深恨丘八，他斥责哥哥把“不三不四的人”带到妹妹眼前，哥哥则据理力争，说父是父、子是子，沈雁行虽出身军阀之家，但他本身却不赞同暴力。

“他在美国读的都不是西点军校，而是康奈尔大学的比较文学。”

父亲冷笑：“一人是匪，全家皆匪。一个丘八种，管他学的是什么，最后不还是要继承他老子的枪杆子？”

哥哥气结，大嚷着不可理喻，转身夺门离去，把门摔得震天响。

父亲转而把矛头对准阮虞卿：“不许再和那个丘八种来往，听到没有？”

父亲眼神威严，震慑得她不敢直面。

…………

噩梦被敲门声打断。

阮虞卿起身推开门，管家老张弓着背站在门外，他递进一张拜帖说道：“大门外来了个年轻人，说要拜访小姐。”

阮虞卿接过拜帖，心里暗暗纳罕。

阮家安在上海，“小园”是外祖父去世后留给她的度假别院，知道她暑假在“小园”的，除了父母兄长，就只有她在苏州昆曲界的几个朋友。那几个朋友都是些年过半百的老先生，哪来什么年轻人？

她打开拜帖，“沈雁行”三个秀逸行楷跳进眼中。

她受惊似的猛然合上拜帖。

是他，怎么会是他？

阮虞卿急匆匆赶到门厅。正中那扇高大的绢屏风后，沈雁行正负手仰头，细看屏风上绘制的图画……

阮虞卿站在屏风另一边，隔着绢纱看夕阳里沈雁行影影绰绰的轮廓。

比起上次见面，他似乎消瘦许多，颇有些茕茕孑立的萧瑟之感。

丧母之痛，最是销骨。

她隔着屏风踌躇，手指蜷起又松开，掌心里满是汗，搜肠刮肚地想着说什么开场白。

“你怎么来了？”——似乎太过唐突。

“好久不见？”——其实不过二个月光阴。

“节哀？”——怕又勾起他的伤心来。

先开口的倒是沈雁行。

他绕过屏风，走到她面前来，站定了，垂眼看她，笑道：“不请我进去坐坐？”

他果然是瘦了，本就比寻常人分明的眉眼越显深邃。

片刻前的梦里人乍然出现在眼前，她笼罩在他高大的影子里，被这双眼看着，阮虞卿有些慌张，口不择言地说道：“哥哥不在这儿。”

话出口她又后悔，这话听着倒像是在送客似的。

沈雁行不以为意，点点头：“我知道。”

又道：“我来，是为了你。”

阮虞卿的心骤然一紧。

一个仅有过一面之缘，可称得上“陌生”的男人，千里迢迢从北地来到她的面前，对她说“我来，是为了你”。

几个字，千钧之重，她要怎么接话？

阮虞卿背着手，手心里起了一层汗。

许是她的样子太可怜，让沈雁行起了恻隐之心，他放软了气势，像猎人暂且放下已经搭好的弓箭：“在上海时，你说认识许多苏州昆曲界名宿，要介绍给我认识。”

得了台阶，阮虞卿松了一口气：“这倒不难。恰巧闻莺先生上个月退休回了苏州，你若有意，待会儿我便带你去东山草堂拜访他。”

沈雁行的目光从她身上不着痕迹地滑过："不忙，我初到苏州，乏得很，不妨明天再去。"

阮虞卿脑海里"轰隆"一响，热血瞬时涌了满头满脸。

她满脑子回荡着四个字——他发现了。

今天，是她的月信之期。

方才她睡得不安稳，也有月信腹痛作祟的缘故。

他是怎么发现的？是从她苍白的唇色，还是憔悴的眉眼？

女孩儿家这样私密的事情被陌生男人看穿，虽未说破，但两下里却心知肚明。

阮虞卿羞赧地转身，引着沈雁行往园里走，尽量装出若无其事的口吻："也好，今天就请暂住在小园。小园虽不是什么名园，却也是我外公一生的心血，精巧秀雅，不输留园。"

她在前面走，沈雁行跟在其后。他看不见人面，只看见她满头蓬松鬈发，如云似墨地泼了一肩，橘金色的余晖里，随着脚步节奏在背上轻轻跃动。

她脚步轻，活像他家里妹妹养的外国卷毛小猫。

他开口："上次见你，头发还是直的。"

阮虞卿正专心致志地数落花，试图用这种方法来减轻羞赧，听到这话，微微一惊，回过头去："不是烫的，我本来就是鬈发，在学校里是用了一种直发药水。"

她们女中风气保守，虽是法国教会学校，却忌讳学生耽溺外貌，明令禁止学生烫发、化妆。阮虞卿是天生鬈发，为避免麻烦，她强行用药水把头发捋直。虽如此，但头发本性不改，三五天不用药水，一场午睡就原形毕露。

墨黑鬈发托着下颌尖尖的苍白小脸，她的自辩里带着女学生的认真和羞赧气。

沈雁行笑："你鬈发的样子更好看。"

阮虞卿脸上刚退下的火烧云，再次浮现。

好在沈雁行及时转移了话题："这园子叫小园，是因为晏同叔吗？"

阮虞卿舒一口气："是，取自那一句'小园香径独徘徊'。"

北宋词人晏殊有词《浣溪沙》：一曲新词酒一杯，去年天气旧亭台。夕阳西下几时回？无可奈何花落去，似曾相识燕归来，小园香径独徘徊。

从门厅进到园子里，要走一条青石小径，夹道种着花，日间下过一场雨，不少花瓣被风雨摧折落到小径上，在清凉晚风中、瑰丽夕阳下，有一种哀伤之美，倒正应了那句"小园香径"。

沈雁行又问："这是什么花？"

形如美人素手掬水的一丛丛，花瓣轻薄如蝶翼，粉白嫩黄，姹紫嫣红。

阮虞卿轻轻答："虞美人。"

虞美人。

阮虞卿的虞。

沈雁行眉梢一扬："和你的名字有关吗？"

一枝含苞欲放的虞美人不胜凉风，被晚风吹斜："我出生那天，正赶上小园的虞美人第一次开花，外公就给我取名虞卿，意思是，虞美人送来的女孩儿。"

她是虞美人送来的女孩儿。

虞美人小径的尽头是分岔路，管家候在那里，接着客人，引他去西厢房落住。

阮虞卿目送沈雁行的背影消失在紫竹径后，抬起手来，把凉津津的手背贴上滚烫的脸颊。她轻轻地长舒一口气，旋即又不由自主地笑了。

回到房里，厨娘送来了四物汤，阮虞卿蜷起腿坐在美人榻上，捧着碗小口小口啜饮，余光正瞥见桌上的相框。

相框里的照片是汇演那日哥哥拍的——她和沈雁行在台上。那日他们演的是"折柳阳关"那一折戏，讲的是霍小玉与李益定情后，李益要赴玉门关任参军，霍小玉阳关折柳送别李益。

沈雁行扮演的李益穿官服戴官帽，身着戏装的他红如烈火。

月光斜穿朱户，照在照片中他的脸上。

阮虞卿放下汤碗，伸出手，借着月光，反复描摹照片上沈雁行凝望自己时垂下的眉眼。

他的李益扮相是阮虞卿见过最蕴藉的，或许是因为将门出身，他扮演的李益摒除了寻常戏子的轻浮脂粉气，于俊美之外多了一分凌厉倜傥。

阮虞卿唱过很多次霍小玉，却只有这一次仿佛真的在台上成了霍小玉，她的心中填满了对离别的感伤。

想来也怪，台上唱别离，下台真离别。

唱完这出《折柳阳关》，沈雁行就接到了母亲病危速归的家书。

或许这是一种暗示……

阮虞卿不敢继续想下去，伸手把相框推倒倒扣，伏身把滚烫的侧脸贴在冰凉的桌子上。

第二天一早，阮虞卿带沈雁行去东山拜访闻莺先生。

闻莺先生姓柳，是苏州昆曲界的大研究家，曾在北京大学开课教授昆曲。今年夏天闻莺先生才回到苏州老家，在洞庭东山建了处草堂，颐养天年。

东山是个伸进太湖里的半岛，他们从木渎坐船，走水路去东山。一路十里湖光山色，绿树夹岸碧水金粼，流水滔滔涟漪不绝，虽然出发时才初露晨曦，但行至半路，已是艳阳高照。

阮虞卿一边用手遮住阳光，一边和沈雁行闲谈。

如此一来，她便不必直视那双眼睛。

那双眼睛也不会看见她脸上的紧张与羞赧。

阳光晒得人手臂滚烫，他们不知不觉已到东山。

下了船上了岸，阮虞卿用苏州话向当地人打听草堂的大概位置，一个转头不见了沈雁行。她在原地等了片刻，才见沈雁行握着一柄油纸伞从不远处杂货店里走出来。

他走到阮虞卿面前，撑开伞，含笑道："日头毒辣。"

阮虞卿这才觉得手臂发痒，低头一看，白皙小臂被晒得粉红，怕是晒伤了，要脱一层皮。她摩挲着晒伤的小臂，垂下眼睛，用阴影掩藏起抑制不住上扬的嘴角。

东山这座三面环水的半岛，有万顷湖光百里绿荫，自古就是文人墨客的避世乡。草堂在东山深处，越走越阒无人声，只听见树梢沙沙，流水淙淙，间或有鸡鸣犬吠，鸟鸣啁啾。

树叶罅隙间漏下金光，投射在地上斑斑点点，沈雁行伸手接一捧："'人人都说江南好，游人只合江南老。'假如能在太湖隐居，开半亩方塘，盖一处庭院，种两棵枇杷树，此生足矣，夫复何求？"

阮虞卿偷偷去踩地上的光斑："传言说，吴国亡后，西施就被范蠡推下船，沉进了太湖底。"

沈雁行眉心一蹙："是吗？我以为是范蠡带着西施，从太湖乘舟远去避世了。"

"西施的结局向来是有很多说法的。"

"你喜欢哪个？"

"都不喜欢。"

沈雁行讶异："为什么？"

"我希望她自己一个人逃得远远的。"

"连范蠡也不要？"

阮虞卿郑重地点头："连范蠡也不要。"

"为什么？"

"从范蠡把她送到吴王身边的那一刻起，就已经出卖了她，人怎么可以和出卖自己的人在一起？"

沈雁行思索片刻，笑了："从没听过有人像你这样评价范蠡和西施。"

草堂到了。

草堂门前立着一块太湖石，上面用行楷写了"溯玉"两个字。

等候门房通报的间隙，阮虞卿向沈雁行解释"溯玉"的来历："'玉'指的是元末明初名士顾瑛的玉山雅集，闻莺先生认为，正是在玉山雅集上昆曲有了萌发的苗头。"

在昆曲衰微之际，曲痴柳闻莺梦想着能溯回六百年，到那源头处的玉山雅集去一窥风雅。

沈雁行道：“我赴美前也曾听过闻莺先生的大名，昆曲进大学在报纸上掀起了不小的波澜，假如我没有去美国，说不定也会去听听闻莺先生的课。你们两个年龄悬殊，是怎么认识的？”

阮虞卿收起伞，当手杖拄着，油纸伞的伞尖戳进潮湿柔软泥土里：“闻莺先生和我外公是故交，我外公也是昆曲名票，我小时候与外公住在苏州，外公常在小园设雅集，请朋友来唱曲，闻莺先生是常客。”

她又抬起头来展颜一笑：“小园门厅里那架落地苏绣绢屏风，便是闻莺先生送给我外公六十大寿的贺礼，绣的是当年顾瑛在玉山草堂邀友雅集的场景。”

门后突然有曲声飘来，阮虞卿即刻噤声，侧耳细听。

片刻后，她说：“有人在唱《牡丹亭》，游园那折戏。”

《牡丹亭》是昆曲中最负盛名的一部大戏，讲的是深闺少女杜丽娘，春日偶入后花园，看到满园牡丹盛开，怀春入梦，在梦中与书生柳梦梅相识相恋，梦醒后伤情而死的故事。

沈雁行问她：“你觉得她唱得怎么样？”

阮虞卿摇摇头：“不好。”

阮虞卿出身书香世家，家风严谨，又在教会学校读书，受的是嬷嬷们的淑女教育，无论是做中式闺秀还是西式淑女，她都被要求委婉寡言，不可轻易评判他人。她一向谨遵教导，唯独对戏，她直抒胸臆，从不掖着。

不等沈雁行问为什么，草堂的门又开了。

一个十二三岁的男孩儿探出头来，扒着门，眼珠子瞧着两个人滴流转一圈：“先生在书房，请两位先随我去客厅小坐。”

一盏茶即将变冷，终于等来柳闻莺。

柳闻莺鬓发皆白，清癯消瘦，着半旧长衫，神情肃然，袖口上还沾有墨迹，想必刚才是在书房弄丹青。

一进门，柳闻莺的眼神就落在沈雁行身上：“小妹，这位是……”

他的眼神里不无质疑，口吻中不无揣度。

阮虞卿的心里突突。

她知道，柳闻莺这样的文人，和她父亲一样是瞧不起丘八的，认为天下大乱就是因为军阀之间相互攻伐，鱼肉众生。

她决定小小地耍个滑头：“是我哥哥在美国的同学，也会唱昆曲，他仰慕先生已久，所以我自作主张，带他来见您。”

沈雁行微一欠身：“沈雁行。”

柳闻莺眼中疑虑未消：“除了小妹和知秋，你是我见过第三个会唱昆曲的年轻人。”

阮虞卿抓住这根打岔的救命稻草，对沈雁行道：“知秋是闻莺先生的外孙。”

她又问柳闻莺：“六七年没见了，知秋哥哥还好吗？”

柳闻莺道：“知秋四年前自北大毕业，现在一边研究学问，一边在北大做助教。”

他又把话题转向沈雁行：“你是清文在美国的同学，也和他一样学的经济吗？”

阮虞卿暗暗舒了一口气。

沈雁行摇头：“我学的是比较文学。”

柳闻莺拧眉：“这是个什么学问？倒从没听过。”

沈雁行道：“是对比不同民族的文化，寻找异同，探究原因。”

柳闻莺若有所思：“听上去和知秋的民俗学倒有些接近。”

他又问沈雁行：“做这门学问，想必你家也是书香门第了。”

阮虞卿暗暗叫苦，怎么话题又转回到这儿？难不成，柳闻莺老来成精，看出了什么？

正不知如何是好，一声清脆泼辣的质问打破客厅的胶着气氛：“刚才在门外，是谁说我唱得不好？”

阮虞卿扭头看，一个与自己年岁相仿的姑娘，红裙长辫子，一手托着漆盘，一手叉腰，站在门口，脚蹬着门槛，正气势汹汹地瞪着自己。

觉察到阮虞卿脸上的心虚，她径直走到阮虞卿面前：“是你？”

那姑娘明眸善睐，唇红齿白，顾盼神飞，野性未驯，乍看就让人觉得不好招惹。

柳闻莺斥责她：“若如，不许放肆。”

任若如充耳不闻，盯着阮虞卿，从头到脚仔细打量一遍：“你说我唱得不好，是哪里不好？”

阮虞卿站起身来，谨慎措辞：“声音和技巧是很好的，但感情不对。”

任若如步步紧逼：“哪里不对？”

“太欢喜了。”

任若如歪头思索片刻，冲阮虞卿一抬下巴颏儿：“那你唱，我听。”

阮虞卿扭头看柳闻莺。

柳闻莺难得露出笑意：“她要听，你便教教她，好让她知道人外有人。”

阮虞卿点点头，端起茶杯抿一口，润一润嗓子，唱到：“原来姹紫嫣红开遍，似这般都付与断井颓垣，良辰美景奈何天，赏心乐事谁家院？朝飞暮卷，云霞翠轩，雨丝风片，烟波画船，锦屏人忒看的这韶光贱……”

这是沈雁行第一次听阮虞卿唱《牡丹亭》。

与任若如的满心欢喜不同，阮虞卿曲声里有无限感伤，像一缕细细的红线，婉转地缠绕上人心。水袖长舞间，她把线一寸寸收紧，让听者的心随之隐隐作痛，仿佛杜丽娘的叹息声穿越了几百年，徘徊在耳畔……

一曲唱罢，如梦初醒。

任若如展颜一笑：“你唱得比我好，下次你唱杜丽娘，我给你唱春香。”说完，她搁下几碟茶点，夹着漆盘，欢天喜地地跑了。

柳闻莺亲自为阮虞卿和沈雁行添茶，代任若如致歉：“我五年前遇到若如，收她为关门弟子。乡下姑娘少受教化，唐突你们了。但她声音底子好，假以时日必成名角。”

茶是碧螺春，东山特产，揭盖清香扑鼻，柳闻莺呷一口茶，问沈雁行：“听口音，沈先生是北方人？”

沈雁行点头：“正是。”

只听见柳闻莺又问：“北方昆曲如此式微，沈先生是跟谁学唱的？”

沈雁行回过神来，见阮虞卿也正好奇地看着自己。

沈雁行寂寥一笑：“是亡母，她祖籍苏州。”

听到“亡母”两个字，柳闻莺自觉失言，忙避开客人痛处：“沈先生说自己学的是比较文学，那照你来看，中国文化和西方文化区别何在呢？”

沈雁行沉吟片刻：“大约是情感的表达，西方人直白奔放，而中国人缠绵婉约。”

柳闻莺追问：“怎么说？”

“比如，表达爱意，西方人会直接说‘I love you’，而中国人……”

他微微一顿，卖了个关子。

阮虞卿忍不住插话：“中国人怎样？”

沈雁行望向她：“中国人会说，‘何当共剪西窗烛，却话巴山夜雨时。’”

喜欢一个人，会在朝阳明媚时想到她，阴雨连绵时也想到她；看到春花灿烂想到她，看到雨打残荷也想到她；看雪时想她，听雨时想她……想她想得实在没法子，心像被放在烈火油锅上煎熬，也不会说什么“我爱你”，只会状似平静地提笔写一封家书，家书里放着婉约的情诗，对她说一句：何当共剪西窗烛，却话巴山夜雨时。

即使相距万余里，也总想着回到你身边去，把这一路的风景，都在一豆灯光里，细细讲给你听。

他望着阮虞卿的眼睛里似有西窗烛影，摇曳明灭。

阮虞卿心里紧绷着的那根琴弦，蓦地“铮”了一声。

如牡丹园紧闭的大门被推开，刹那间姹紫嫣红开遍。

阮虞卿原本打算在草堂借宿一夜，让沈雁行感受一下东山夏夜之美。

但怕话说着说着又绕到沈雁行的家世上，他们吃过午饭，还未日落，阮虞卿便借口晚上另有安排，和沈雁行告别了柳闻莺，依旧坐船回苏州去。

船行至半路，突然下起了雨。

偏他们这只船没有船篷，于是沈雁行在东山买的那柄油纸伞成了救星。

起初只是绵绵细雨，沈雁行不肯到伞下来，只立在船头，笑说："男人是不撑伞的。"

不多时，雨越下越急，雨点紧锣密鼓般地打在船板上，颇有点沙场点兵的肃杀气。

阮虞卿再次让沈雁行到伞下来，颇有一股"你若不撑，我也不撑"的气势，沈雁行只好应了她。

女孩儿家遮阳的油纸伞，小而秀气，只勉强遮得住两个人的头顶，阮虞卿与沈雁行各有一边肩露在伞外，被雨水淋透，有点冷。可另一边肩却不得不与对方挨着，彼此体温传递，连带着脸都发烫。

靠得太近，呼吸交缠，阮虞卿似乎能闻到他上衣口袋里那角方巾上的男士香水味，薄荷、青橘……迷迭香？

迷迭香的英文是什么来着？上学期玛丽嬷嬷教过的。

对了，是rosemary，罗斯玛丽，自己的英文名字也是这个。

它的花语是留住回忆……

雨水凝聚成水滴，沿着伞骨滑落，一滴滴落到船板上，落地瞬间形成一个个小小水花，一滴雨水也自有它的波澜壮阔、惊心动魄。

阮虞卿凝视着这些小水花，满脑子被不成逻辑的想法充塞。

得找个话题聊聊，她头昏脑涨地想。

但先开口的还是沈雁行。

他把伞向阮虞卿这边偏一偏，遮住她的另一边肩："在草堂，你说任若如把杜丽娘唱得太欢喜了，为什么？"

熟悉的话题让阮虞卿精神稍稍松弛："因为杜丽娘并不欢喜。"

"看到这从未见过的美景，不该欢喜吗？"

"不该。"

“为什么不该？”

“比起被春色惊艳，杜丽娘更为春色悲伤。因为她想到自身，花开堪折无人折，只能在后花园里寂寞地等待凋零。”

正是因为游园伤春，才有了之后的怀春梦梅。

一个全然欢喜的杜丽娘，又怎么会在梦中寻找情郎？

唯有现实中不如意的人，才会寄情于梦。

沈雁行沉默片刻，笑：“你是对的，杜丽娘若遇到你，会把你当知音。”

阮虞卿浅浅一笑，嘴角泛起梨涡：“我早就把她当知音，我喜欢昆曲，就是从她开始。”

“是吗？”

“小时候我和外公住在苏州，外公有很多书，我闲来无事就看书。书里有贤明的帝王、忠君的将相，高洁的士人、贞洁的烈女，可是没有年轻女孩。直到我读到《红楼梦》和《牡丹亭》。”

沈雁行许久没有说话。

半晌，他低低重复一遍阮虞卿的话：“书里没有年轻女孩。”

“年轻女孩”被遗忘了，连同她们的所思所想、所爱所怨、所愁所感。于是一代代年轻女孩如行走于雾夜，孤独而迷茫。

沈雁行掸掉落在膝盖上的一粒雨珠：“你这话倒让我犯了专业病，想起外国来。”

阮虞卿好奇：“外国也是如此吗？”

沈雁行点点头：“我在美国的那些中上阶层出身的同学，他们家里的姐妹，少女时大多会被送去欧洲，巴黎或罗马，在修道院或者淑女学校接受教育，隔绝外人，以保持所谓纯真圣洁，日后好做一个贤妻良母。”

不知是因为冷还是惧，阮虞卿忍不住打了一个寒战。

沈雁行把伞柄塞到她手里，脱下外套，披在她身上。

虽然湿了一边肩，但他肩膀宽阔，裹住她的部分仍旧是干燥温热的。

那股薄荷、青橘、迷迭香的味道，铺天盖地地侵袭了她。

阮虞卿道一声谢，裹紧了衣服。

她问沈雁行："外国文学里，也有像杜丽娘一样的女孩吗？"

沈雁行略一思索："没有完全一样的，但如果硬要找一个，或许是奥菲利亚。"

"她是谁？"

"是一出戏里的女主角，《哈姆雷特》，它的作者叫莎士比亚，是英国的汤显祖。奇怪，你读的不是教会学校吗？怎么没看过《哈姆雷特》？"

阮虞卿轻轻回答："学校里是不教这些'闲书'的。你给我讲讲奥菲利亚的故事吧。"

"她爱上了王子，但王子误杀了她的父亲，所以她无法和王子在一起。"

"最后呢？"

雨停了。

沈雁行收起伞，起身活动蜷缩了半路的手脚："她疯了，被发现溺死在河里。"

阮虞卿的心微微震动："杜丽娘也死了。"

她仰脸冲沈雁行微微笑："第一次看《牡丹亭》时，我想，或许是杜丽娘自己选择了死亡。"

"怎么说？"

"她知道柳梦梅只是一个梦，是一个现实里不可能存在的梦。她的结局大半是像后花园里的玫瑰，无人采撷枝头凋零，可是她不愿意这样，所以她选择在盛开的刹那死去。"

许久，沈雁行神情寂寥地笑了："很诗意，但世上大多数人在幻想破灭后不得不继续活下去，因为还有责任。"

船到岸了。

沈雁行轻巧地跳下船，把手递给阮虞卿。

阮虞卿把手搭上他的手心。

他修长干燥、略带薄茧的手指立刻攀上来，蜷起，握紧了她纤小娇嫩的柔荑。

她轻轻一跳，借他的力上了岸。

雨后青石湿滑，他眼明手快，另一只手扶住她的腰：“小心。”

他的手掌宽，可以完全包裹住她的手；手臂也长，可以密密圈住她的腰。

一被他放开，阮虞卿小小退一步，平复呼吸，捡起船上未尽的话题：“是啊，所以汤显祖让杜丽娘活了过来，为这出戏杜撰了喜剧结局。《牡丹亭》前半段是杜丽娘的梦，后半段却是汤显祖编织给看戏人的梦。”

世间难得大团圆。

有黄包车夫等在一旁，见沈雁行、阮虞卿上岸，忙跑过来拉生意。

沈雁行问阮虞卿：“可还支撑得住？”

阮虞卿脸一红，嘴上道：“苏州夜景是很美的，我们不妨一路走回去，走累了再坐车。”

蓝霭渐起，长日已尽，码头上亮起了灯，他们沿着两行星点灯火漫步，继续谈论那些有关杜丽娘和奥菲利亚的话题。

阮虞卿心知，他们谈论文学艺术其实只是在顾左右而言他，他们借戏中人暧昧地向对方表白自己。

她知道沈雁行为什么要来苏州，一个妙龄少女对情爱的敏感，就像花对蝴蝶，又或者森林的鹿对狩猎者。

她不是不欢喜的。

只是，欢喜中带着忧惧，疑心这只是一个梦。

她偏头悄悄看一眼沈雁行，深吸一口迷迭香的气息。

Rosemary，留住回忆。

如果这一切都只是个梦，那么也请让这一刻的回忆永久留驻。

仲夏之夜，姑苏繁华，沈雁行和阮虞卿从木渎上岸，走一段路，坐一段车，最后来到光裕书场，听人弹唱了一段《珍珠塔》。

走出书场时，外面夜已深沉，连路上行人都少了。

夜来微凉，沈雁行又脱下上衣外套，给阮虞卿披上：“若累你受凉，清文非找我算账不可。”

他又感叹：“可惜《珍珠塔》太长，今夜不能听全。”

阮虞卿说：“这样的大书，书场都是分开连唱几夜的，若你不急着回北方，可以明后几天来听完。”

沈雁行停下脚步。他转身，低头含笑望住她：“你肯陪我来听吗？”

夜深影长，高高的他与长长的影两面夹击了她，长街空旷悄寂，阮虞卿仿佛能听见自己怦怦的心跳声。

她左手摩挲着右手手肘，右手握着肩上他外套的衣角，攥紧又松开。

她感觉自己的牙齿都在打战。

她咬咬唇，仰起脸：“我……”

古怪的笑声打断了她的话：“少爷、小姐，借两个钱花花吧。”

阮虞卿循声望去，只见横插小巷的黑暗里闪出个人来。那人头戴灰毡帽，手里握一把枪，枪口直指着沈雁行。

阮虞卿一惊，向后倒退一步，被沈雁行握住腕子拉到身后。

“灰毡帽”握着枪逼近：“少爷小姐看上去都是有钱人，同情下咱们穷人，施舍两个吧。”

沈雁行扫一眼“灰毡帽”手里的枪。

他一手握紧阮虞卿的腕子，一手掏出皮夹，然后单手翻开皮夹，把里面的东西抖搂出来，钞票、钥匙、银洋……

“灰毡帽”贪婪地看一眼地上，只一眼，他不敢放松警惕，不舍地收回目光，扬声喊：“等什么呢？还不快来收拾东西。”

阮虞卿往后扭头，只见巷尾又晃出一个人来。“瘌痢头”耸肩膀，笑嘻嘻地小跑到沈雁行和阮虞卿旁边，蹲下身，急不可耐地抓起地上的钞票银洋就往口袋里塞。

阮虞卿紧紧挨着沈雁行，心惊胆战地看着这人打包战利品。

阮家家教森严，从小到大她都被保护得很好，甚至不被允许天黑后走在街上，这种惊心动魄的危险更是从未遭逢。

“瘌痢头”跪在地上把最后一枚卡进砖缝的银洋抠出来，得意扬扬地吹净尘土塞进衣兜里。这人眼珠子一转，又有了坏主意。他笑嘻嘻地假装要站起来，脚下一个打滑，趔趄着把手摸到阮虞卿腰上，惊得阮虞卿一声叫，紧紧抱住沈雁行。

“灰毡帽”急了，训斥“瘌痢头”说道：“收起你的花花肠子，她这样的你消受不起，待会儿堂子里有的是姑娘给你挑。”

“瘌痢头”梗着脖子和“灰毡帽”犟：“我就要她，一看就是女学生，我就要女学生。”

阮虞卿怕得要命，紧抱着沈雁行瑟瑟发抖，突然间她感觉自己的指尖被轻轻一捏。电光石火间，沈雁行出手快到不可思议，招式凌厉，绝非小蟊贼可比。转眼间，他已经踢飞“瘌痢头”，夺了“灰毡帽”的枪。

他一手揽着阮虞卿，一手调转枪抵住“灰毡帽”的眉心问道：“说，你是受谁指使？”

月光下沈雁行表情冷峻，眼中隐隐有杀气。

阮虞卿不禁打了个寒战。

“灰毡帽”一脸惊恐：“没有没有，我们兄弟只是想混口饭吃，没想到动了太岁头上土，我们再也不敢了，少爷饶命啊。”

沈雁行冷冷一笑。

他的枪口缓缓下移，瞄准“灰毡帽”的膝盖。

“砰”的一声枪响，“灰毡帽”像离了水的鱼在地上弹跳着哀号起来。

沈雁行面无波澜，他的枪口上移再次抵住“灰毡帽”的眉心，说道：“再给你一次机会。”

这是阮虞卿第一次闻到硝烟的味道，她的膝盖忍不住一软。

不远处传来吹哨声，再次打破姑苏的宁静，两个巡警握着枪跑过来，大老远地嚷嚷：“发生了什么事，刚才是谁开的枪？”

深夜的巡捕房灯光昏暗，头顶灯泡发出“刺刺啦啦”的电流声，阮虞卿刚被巡警盘问过一轮，只觉得头痛欲裂。

在那附近巡逻的巡警听到枪声赶来，阮虞卿和沈雁行连同那两个抢匪一起被带到了巡捕房，说是要做笔录。

一进巡捕房，阮虞卿和沈雁行就被分开了。

负责给阮虞卿做笔录的是一个年轻巡警，长脸尖腮，颇有些贼眉鼠眼、流里流气，尊容比两个抢匪也好不到哪儿去。那巡警一关上门，就用暧昧的眼光在阮虞卿身上打量一圈，张口便问："大晚上的，你一个女人不在家里待着，怎么倒和男人在街上吊膀子？"

他话里话外把她当成了不正经的女人，或者有恶意更深的揣度。

询问事情经过，当问到"瘌痢头"图谋不轨时，他更是津津乐道于细节，让阮虞卿一遍遍重复。

受害人不堪的经历，倒成了他深夜打发龌龊心思的消遣。

阮虞卿终于受不住，礼貌道："我想打个电话。"

"给谁？"

"顾小姐。"

"哪个顾小姐？"

"陈也如局长的千金，顾明明。"

闻言，巡警放下跷起的二郎腿，磕磕巴巴地问："你……你认识陈局长？"

顾明明与阮虞卿是静慧女中的同学，先前文艺汇演，原本要扮李益的就是顾明明，她的父亲陈也如是苏州警界大名鼎鼎的人物——至于顾明明的父亲为何姓陈，那便是另一个故事了。

天将明时，阮虞卿和沈雁行终于走出警局。

一夜惊吓未睡，两个人的脸上都有憔悴之色。

巡警亲自送他们出门，点头哈腰不胜谄媚："真的不需要我开车送你们吗？大清早找黄包车夫也难，您二位要赶紧休息下才是……"

婉拒了巡警，两个人走在清晨无人的街上，沈雁行说："总算是领略了一回官威，没想到连这小小的巡警都这样八面威风。"

沈雁行出身将门，父亲是节制两省的督军，从小坐在权力高塔的顶端，只有人奉承他，哪曾见过高塔之下的重重压迫？

本以为作为受害者，只要做个笔录澄清经过就好，没想到巡警阴阳怪气，死抓着他缴械开枪不放，硬咬他不是等闲良民，旁敲侧击地要他花钱消灾。

本来是可以花钱消灾，但他偏犯了那骄矜的司令脾性。

父亲的大名一报上，果然吓得巡警面如土色。

但自己也是瞬间便后悔了。

尽管是对方有错在先，但自己借势压人，终究胜之不武。

他摇头笑："若是父亲听说了，肯定会哈哈大笑，觉得又赢我一子。"

阮虞卿听出他的沮丧，歪头一笑："告诉你个秘密。"

"什么？"

"我也报了同学爸爸的名字，是警局局长。"

她神情狡黠，带一点做了坏事的得意，像只小狐狸。

危机解除后，涌上来的是兴奋。

从小她便过着一种波澜不惊绝对安全的闺秀生活，后来读的教会学校，在修女们的看顾下如花房玫瑰般不经风雨地长大。绝对的安全即是全然的无趣，由此滋长出来的寂寞常常令人窒息。

花房里的花，纵然再娇美，也是乏味的。

直到昨天，她仿佛才终于经历了一次风雨。

如推开一扇新世界之门，获得新生。

橘红的太阳正缓慢攀爬上不远处灰黑的屋脊，树在晨风里招展，绿意流动哗啦作响，天将明时晨风料峭，激得她手臂上起了一层细细的鸡皮疙瘩，所有感受都如此自然分明。

她深吸一口气，对沈雁行微微笑："长这么大，我头一次既看到了苏州的夜景，又看到了苏州的清晨。"

她的喜悦如此鲜活，如沐浴晨光滚着朝露的玫瑰，沈雁行笑："或许我一开始就错了。”

“什么？”

“我应该一开始就踢飞那人的枪，拉着你在夜姑苏狂奔逃亡。”

回到小园，阮虞卿才知道，昨夜的风雨不过是前奏。

真正的风雨才刚刚到来。

一拐进巷子，远远就看见管家老张一脸紧张地站在门前，见她来，三两步蹿过来，急得嘴唇发抖、满头大汗：“小姐，让沈少爷先躲一躲吧，老爷太太来了。”

第二章

想和你重逢在满月光辉之下

来不及了。

老张话音未落，小园大门已被推开，父亲满面寒霜地走出来。阮虞卿慌张地喊一声“爸爸”，手足无措地定在原地。

他怎么会来的?

想必是昨夜的事走漏了风声。顾明明这个人向来嘴不严，早知道就不给她打电话了。

阮虞卿从小怕父亲。

阮家是书香望族，祖上在前清出过三代翰林，父亲阮慕云多少有点遗老气，虽然迫于时务，也学人家把儿子送去美国留学，把女儿送进教会学校读书，但骨子里对那套君臣父子忠孝节义的旧伦理还是念念不忘。

阮家是有“长幼尊卑”在的。

对这一双儿女，他看顾很严，威严远大于亲近。

阮慕云“嗯”一声，算是应了她。

阮虞卿鼓起勇气，问：“您怎么来了？”

阮慕云道：“我的好女儿进了警局，再不来，只怕要去监狱寻亲了。阮家上一个进监狱的，还是忠勇直谏得罪了昏君的先祖清泉公。”

他话说得刻薄，阮虞卿羞愧难当，眼泪涌了上来。她努力克制住，但声音还是带了点鼻音：“我没有犯事……”

阮慕云不耐烦地打断她：“顾小姐在电话里都告诉我了。怎么样？警察审出来没有，那两个抢匪到底是什么人？”

阮虞卿嗫嚅道：“是两个大兵，带了枪从军队里逃出来的。”

阮慕云若有所思：“原来是这样。”

旋即他冷冷一笑：“说什么逃兵，过去也无非是种地的乡下人，若不是那些祸国军阀到处抢地盘开战，弄得农民失地变成流民，只好在枪杆子里讨饭吃，又哪来的逃兵？”

阮慕云这话，显然是有意说给静立一旁的沈雁行听。说完犹嫌不足，又补一句：“真是逃兵倒也罢了，遇上了不过是个运气差，就怕是受了指使有备而来，你白白受了牵连，死都死得稀里糊涂。”

阮虞卿忍不住小声喊：“爸爸。”

阮慕云仿佛刚看见沈雁行，惊讶道：“这不是沈少帅吗？。”

沈雁行无公无职，闲人一个，他不在军中，更无军功，一句“沈少帅”满含奚落，不过是为讽刺他是个靠老子行走的纨绔。

阮慕云继续道：“大驾光临有失远迎，只不过清文不在小园，我们也不便接待。我和小女还有事要谈，司令请自便。”

说完，阮慕云喊了一句“小妹”。

阮虞卿不敢违逆，抱歉地看一眼沈雁行，依依不舍地跟在父亲身后走进小园。

大门“砰”地被关上。

门关死前，透过缝隙，阮虞卿最后看到的，是沈雁行望向自己的眼睛。

他们甚至来不及告别。

眼泪汹涌地夺眶而出，阮虞卿觉得那扇昨夜刚刚推开的新世界之门，也随着那“砰”的一声被关上了。

当天下午，阮虞卿收拾了东西，提前结束暑假，被父亲带回上海。

回到上海，她就被“软禁”了。

一场警局风波把父母吓得够呛，父亲为她拟了“三不条款”：不许离开上海，不许独自出门，不许无人陪伴独自会客。为了看住她，还特地请回了阮虞卿早已经辞工五年的奶娘，寸步不离地陪在她身边。

夜深人静，下楼喝水时，阮虞卿听到父母在书房里交谈。

“小妹如今人大心大，一不留神就会闯出祸来，得想个法子约束她一下。”

“姐夫去年调到了外交部，带了一家人去法国做公使，不如让小妹也去那儿待两年，收收心。”

“就怕去了法国反而天高皇帝远，姐姐姐夫终究不是亲生父母，碍于面子也不好管束。”

“那依你呢？”

“她明年就毕业了，我看朋友们家里年纪相仿的小姐，都已经预备谈婚论嫁了，不如……”

再也听不下去了，阮虞卿握着玻璃杯，蹑手蹑脚地上楼去。

在密不透风的看守中，夏天很快就过去了。

秋天来了，新的一学年开始了。

1924年的秋天，是阮虞卿人生中最无聊的一个秋天。

“软禁令”并未随着开学而解除，阮虞卿自然不能带奶娘去学校，但父母托了玛丽嬷嬷代为看管阮虞卿，严防她出校门，或在学校与校外来人见面。

奶娘也并未遣走，周末回到家，奶娘还是她的“狱卒”。就连哥哥阮清文，回国后也被父亲安排进大伯在无锡的银行。

沈雁行访小园之前，哥哥就去了无锡，想必银行事忙，自他走后，阮虞卿还没有再见过他。

阮虞卿数着日子等中秋。中秋到了，哥哥清文也就该回来了，他回来了，自己就有人说话了……或许，还可以从哥哥那里，旁敲侧击打听一点沈雁行的消息。

她和沈雁行，虽然在文艺汇演上才第一次见面，却神交已久。

沈雁行和哥哥同在美国留学，哥哥写给阮虞卿的家书里总爱提这个合租好友，说他是除了小妹外自己认识的第二个昆曲迷，等以后回了国，一定要介绍他和自己认识云云。

沈雁行不知道，在他出现在阮虞卿面前之前，阮虞卿就已经想象了很多次他的模样。

哥哥回来的那天，父母去了南京访友，佳节临近，家里帮佣的厨娘和女佣也都领假暂休，连奶娘也去了远房侄子家过节。

阮虞卿独自在家。

按说今天父母和奶娘都不在家，她应当是自由的。但被软禁的时间久了，就像鱼缸里的鱼被驯化了，一时之间她也想不到有哪里可以去，索性就趴在窗边，看匆匆路过的行人。

哥哥的身影一出现在楼下，阮虞卿立刻跳起来，飞奔下楼开门。

阮虞卿开了门，扑上去，一头扎进哥哥怀里。她对他如同小时候那样眷恋，更多的是委屈："我就知道你今天肯定会回来的。"

哥哥笑一笑，脱下大衣抛上衣架，熟练地拉开门厅矮柜抽屉，拿出一把剪刀："爸妈都不在家吧？妈种的菊花都开好了？走，园子里剪花去。"

阮家住的是忆定盘路上一幢带院子的独栋洋房，母亲唐怡君把屋后的一大片空地用篱笆圈起来，做成个小小花圃，悉心侍弄花草。母亲从小跟外公学莳花弄草，嫁人生子后更是有大把时间花在园艺上，她把小花园打理得周围主妇们都眼热心羡。

阮家花圃里，春夏里开的花品种不定，唯有秋天这花圃里开的只有菊花。

阮虞卿抱膝蹲着，看哥哥专心致志地挑最秀逸的几枝菊花剪下，放在牛皮纸上，小心翼翼地卷起来，用缎带捆扎好。

摘好了花，兄妹俩站起身来，望着花圃里余下的黄花，哥哥淡淡一笑："妈性子软弱，不敢违抗爸爸，这一花圃的菊花是她唯一能为大哥尽的心了。"

阮家并非只有清文、虞卿两个孩子。

他们是有一个大哥的。

大哥叫宗俊，比阮清文大六岁，比阮虞卿大十一岁。他死的时候，不过是个风华正茂的年轻人。他满腔热血想要救国，离家出走投笔从戎，也曾参加过护国运动、护法运动，最后却死于一场军阀混战。

正是因为他的死，父亲从此深恨军阀。

不仅恨军阀，父亲也恨大哥，他恨儿子忤逆他，不肯听他的话在他的羽翼下安然度日，到最后白白送了性命。

大哥死后，为防大哥“带坏”弟弟妹妹，他把大哥的名字从家谱中划去，不许家人再提大哥，只当没有过这个儿子。

他甚至不许大哥入祖坟，于是大哥只好葬在上海的墓园里，一年到头只有一双弟弟妹妹会偷偷前去拜祭。

中秋节前一天是大哥的祭日，每到这天父亲总会带母亲离沪访友。

而清文、虞卿两个，就带了母亲亲手种的菊花，去坟前看望大哥。

墓碑上青年意气风发的笑容泛了黄，入土那年栽种在墓碑旁的柏树也已经长到要双臂合围那么粗了。

真正是墓木已拱。

阮虞卿和阮清文穿着黑衣并立在墓碑前，阮清文突然说：“大哥是好样的。”

阮虞卿小小地吃了一惊。

多年来，阮虞卿和阮清文只是来此祭拜，和大哥说一说琐事闲话，但阮清文从未评价过大哥其人，因为若要评价大哥，难免得褒贬父亲。

子褒贬父，这是阮家的家规所不允许的。

四年的留学生活，真的改变了阮清文很多。

阮清文继续说下去：“别人常说，大哥死得不值，但换个角度想想，我却觉得他是为理想而死，是个殉道者。比起那些一辈子畏畏缩缩囿于斗室，从未做过自己想做的事，最后八十高龄死在床上的懦夫，大哥或许要幸福得多。至少他没有欺骗自己，听从了自己的心。”

阮虞卿小心翼翼地问哥哥：“你是不是在银行里待得不开心？”

阮清文笑了：“闻弦知意，咱们到底是亲兄妹。说不上开不开心，只是觉得在虚度光阴罢了，在叔伯们搭建的安全屋里做一个二世祖？那不是我想要的人生。”

柏树枝随风晃动，他伸手重重打一下，树枝受了惊吓似的弹开，他长叹一口气：“我真正想做的是可以改变这个国家的事情。”

他想到了什么往事，又笑了：“你记不记得你刚进女中那年？有一回我去学校找你，看见你被嬷嬷罚站，问你为什么，你说因为你不愿加入唱诗班。”

她读的教会学校，嬷嬷们会挑选歌喉好的学生组成唱诗班，唱诗班是学校的脸面，别人都唯恐不能进，只有她，被嬷嬷钦点后竟然胆敢拒绝。

“我问你为什么要拒绝嬷嬷，你说，唱诗班唱的歌都是赞颂上帝的，我又不信有上帝，怎么能赞颂自己并不相信的东西呢？”

思及往事，阮虞卿有些羞赧，却又不明白哥哥提这件事做什么。

阮清文看着她，笑微微的：“那时候我表面笑得前仰后合，心里却在想小妹可真像大哥，咱们阮家又出一个拗种。”

他渐渐收敛起笑容，脸上难得露出认真的表情，伸手捏一把阮虞卿的脸颊：“小妹，记住，只有一种人会受到真正的惩罚，那就是欺骗自己的人。”

第二天父母从南京回来，一家人吃了顿团圆饭，哥哥又匆匆赶回了无锡。阮虞卿原本还想向哥哥打听一下沈雁行的消息，却总找不到合适的时机开口，有两次话到嘴边又觉得羞赧，生生咽了回去。

江南秋短，一眨眼秋天过去，满大街穿大衣棉袍的人多起来，女中的学生也换了厚的制服。

一学期就这样浑浑噩噩地过去，放寒假了。

往年寒假，阮虞卿都会回苏州访友，在小园住到二十六才回上海过年，但今年父亲始终没提这件事。唯一幸运的是奶娘的侄媳妇临近生产，她辞了工回家去照顾侄媳妇了。

奶娘离开后三天，阮虞卿突然收到一封信。

信寄自洞庭东山，溯玉草堂，来信的却不是柳闻莺，而是那个有一面之缘的任若如。信上说，自从上次一见，她对阮虞卿念念不忘，听闻阮虞卿已经放寒假在家，恳请她赴东山一叙，对自己指点一二。

信一送来，父亲先拆开看过，才在早餐桌上转交给阮虞卿。

他皱着眉头："就不该让你小时候待在苏州，跟着外公学了这些才子佳人的轻浮玩意儿。"

阮家祖上世代科举出身，做的都是些"之乎者也"经世致用的学问，父亲对昆曲这类"伶人"玩意儿向来不屑，碍着外公的面才没有阻止阮虞卿。

母亲笑着打圆场："她就这一个爱好，随她去吧。"

父亲低头翻一页《新民早报》，"嗯"了一声算作应答。

意思是允许她去苏州了。

阮虞卿长舒一口气，却又觉得怅惘寂寥。上次去东山，有雨，有伞，有迷迭香的回忆。这次她独自一人，又能有些什么呢?

阮虞卿到了溯玉草堂，才知道柳闻莺不在草堂。

任若如说他半个月前就去了北方，要在北方和他女儿一家过完年才回来，草堂如今就剩下她和师弟小鲁看家。请阮虞卿来草堂的事，她事先向柳闻莺报备过，柳闻莺只说"也好"，任若如现下正在学《牡丹亭》，可以让阮虞卿点拨她一下。

阮虞卿先让任若如唱《游园·皂罗袍》。

上次见面时，任若如唱的就是《皂罗袍》，因为唱得太欢喜，被阮虞卿说"不好"，想来那之后她下了苦功夫琢磨，这次唱来，浅浅欢喜下愁肠百结，比上次明显高了一个境界。

阮虞卿便让她接着往下唱。

游园之后是惊梦，杜丽娘梦中与柳梦梅在后花园相识相恋。

惊梦之后是寻梦，梦醒后，杜丽娘重返后花园，试图找寻梦里情郎的踪迹。

杜丽娘寻遍后花园，不见柳梦梅踪迹，任若如凄楚唱："偶然间心似缱，梅树边。这般花花草草由人恋，生生死死随人愿，便酸酸楚楚无人怨……”

阮虞卿打断她：“这里不对。”

任若如蹙眉：“怎么不对？”

“少了一点东西。”

“什么东西？”

“怨。”

任若如疑惑：“怨了啊。”

“怨的人不对，你怨的是天是命，是父母和礼教。”

任若如不解：“不怨这些还怨什么？禁锢杜丽娘的不就是这些吗？”

阮虞卿轻轻摇头：“她还怨着一个人。”

“那个出现过又消失了的人。”

这个道理，阮虞卿也是到秋天将近的时候，才咂摸出来的。

阮虞卿被父亲带回上海后，她原以为对沈雁行的惦念会随着时间过去变淡，却并没有，反而愈演愈烈。

有时她彻夜睡不着觉，在床上辗转，心里胃里如同烧着一团火。

这团火里，有思，也有怨。

最初，她怨的对象有很多，怨父亲专制、母亲懦弱、奶娘愚忠，甚至怨那两个拦路打劫的逃兵害她冒险终结。随着时间推移，这些人的脸却都渐渐模糊了，淡去了。她所怨的对象，渐渐和所思的对象缠绕在一起，最终化成一双眼睛。

沈雁行的眼睛。

他为什么杳无音信？他为什么不想方设法同自己联系？他怎么能幽灵般地昙花一现后，又独自离去，把她丢回已经回不去的黯淡旧世界？

这时她才突然明白，以前她只是杜丽娘的半个知音，她只懂杜丽娘游园时的怅惘，而根本不懂梦到柳梦梅之后的杜丽娘。

直到遇见沈雁行，直到与沈雁行被迫分别，她才明白——

梦醒后的杜丽娘一定也是这样被思怨的烈火煎熬着的吧。

熬干她生命力的，恰恰就是这把火。

任若如若有所思，突然狡黠一笑："那你呢，是不是也怨着谁？"

她丢下手里的扇子，走过来，双手捂住阮虞卿的眼睛："你且把心里的怨丢开，我有好东西给你看。"

阮虞卿的眼睛被遮蔽，眼前一片漆黑。

万籁俱寂里，她突然听到一句——

"怨的是我吗？"

任若如的手骤然撤开，阮虞卿循声望去。逐渐清明的视线里，门槛外、梅枝下、余晖里，那双她思之怨之的眼睛，正含笑地望着自己。

上次小园一别后，沈雁行为私事回了一趟北方，直到前些日子才终于告一段落。他急匆匆南下，找到任若如，央她帮忙，把阮虞卿骗出来。

任若如受他央求，倒也爽快，只说了一句话："也罢，本来说要给她唱春香的，没承想倒先做了她的小红娘。"

正是她搭桥牵线，才有了这场草堂重见。

阮虞卿来东山时已是腊月二十三，他们阮家规矩，二十六之前一定是要回家的。

沈雁行离开得甚至比她更早，他家在北方，去程路途遥远，何况母丧第一年，年节时有许多章程要做。

满打满算，这次重逢，不过一天半。

欢乐趣，离别苦。

他走那天，阮虞卿去码头送他。

站在岸边告别，彼此都依依不舍的，沈雁行双手握着阮虞卿的手，送到嘴边浅浅一吻，两个人呼出来的白雾交缠在一处，阮虞卿的鼻尖冻得通红："光裕书场过年有全本《珍珠塔》唱，你来，我陪你听。"

沈雁行头抵住她的额头，轻蹭一蹭："不出意外的话，十七早上我就到上海了。"

阮虞卿惊讶："你不要在家过元宵吗？"

沈雁行家在绥都城，比北京还更往北。从绥都城到上海，无法坐火车直达，中途还要转几次车船，一趟旅途下来，非留个三五天的宽裕时间不可。

他十七到上海，岂不是初十就要离家？

她围着火红的粗线围巾，一层层的，遮住了小半张脸，只露出一个鼻尖、一双眼睛。她说话呼吸间，水汽在长而卷的睫毛上凝成水滴，连带眼神都变得湿漉漉的，着实可爱，沈雁行轻轻咬一下她的指尖："我回家不是为过年，我们绥都规矩，初十要给亲人上坟烧纸，我给母亲烧完纸就来。"

这个年，阮虞卿过得分外艰辛。

像是回到小时候，一早就做好了新衣，却要挨到初一才能上身，或者初一早晨明明得了压岁钱，却要交给母亲管着，直到有人来拜年，才能从母亲那里把钱要回来，和表姊妹们一起去街上买糖人、连环画。

要抵御过漫长的苦涩，才能尝到约定兑现那一刻的甘美。

从东山回到上海就已经是二十六，是在上海家里过完年的。初三，循惯例，一家人出发去南京，在南京大伯家一直待到正月十五过完元宵节。

阮家祖籍南京，是金陵望族，出过四世翰林，大伯和父亲还曾是甲辰科的末代进士。清亡之后，仕途断绝，兄弟姊妹各奔前程。大姑姑嫁了外交官纵横四海；父亲去了上海办报；小姑姑去上海读美专，毕业后也嫁人留在了上海；只剩下大伯一个人留守南京。

大伯弃文从商，竟成了个大银行家，在南京、无锡和安庆都开有银行，哥哥就在他无锡的分行里做事。

阮家祖宅在南京近郊，交通不便又庞大难以打理，大伯便另在玄武湖附近置了公馆，专门找英国建筑师设计的乔治亚时代风格的别墅，方正端庄，很有银行家的气派。

阮家是大家族，祖父早逝，长兄为父，每年过了初三，大家都会携家带口来大伯家小住几天。

今年除了在法国的大姑姑，其他人也都到齐了。

大伯结婚早，孩子却生得晚，一家人聚在一起，倒是阮清文年龄最大，阮虞卿次之。阮清文自然不耐烦带孩子，他少年时在南京读的中学，每天都借口见同学溜出去。于是只好由阮虞卿做孩子王。

大人们在楼下会客厅里吸烟吃茶，聊生意，论时事。阮虞卿带着一群孩子，坐在二楼图书室的地毯上，玩游戏消磨光阴。

叶子戏玩厌了，糖莲子也赌输得差不多了，一个小表妹跳起来提议：“卿表姐给我们念故事听吧。”

图书室里书倒不少，顶天立地的几排书架，满满当当地塞着书，倒不是大伯多爱读书，充气派罢了。

不等阮虞卿回答，另一个小表妹已经抽了本书塞到阮虞卿手里：“就这本吧，我们看过，看不懂。”

阮虞卿看一眼封面，挨了烫似的把书甩开：“不要这本，这本不好看。”

是苏曼殊的《断鸿零雁记》，前两年在女中同学间瞒着玛丽嬷嬷偷偷传抄过，讲的是一个爱情悲剧，当时赚了不少女同学的眼泪——也包括阮虞卿。

她说“不好看”是在撒谎，真正的原因是，这是个悲剧。

在遇见沈雁行之前，她一直爱悲剧多于喜剧，总觉得悲剧比喜剧更崇高圣洁。但恋爱中的少女自有其敏感，看什么都觉得是自己爱情的征兆。现在的她不仅忌讳悲剧，连看到人家墙上装饰画里有芍药都要疑心，因为芍药的别名是“将离”。

小表妹们对视一眼，无奈：“那好吧。”

有人又随手抽了一本，是《茶花女》。

怎么又是悲剧?

阮虞卿不敢再抽书了。她站起来，拍拍裙子下摆上的褶皱：“讲故事也太无聊了，我给你们唱戏听吧。”

小表妹们都知道阮虞卿唱戏好，纷纷鼓起掌来。

阮虞卿清清嗓子，想了一下，唱：“叫张生隐藏在棋盘之下……”

是京剧《西厢记》里红娘的唱段，阮虞卿从小与外公学昆曲，戏曲之间有花雅之争，文人士大夫以昆曲为雅，觉得除昆曲外，连后来居上当红不让的京剧都不过是“乱弹”，外公深奉此等言论，不许阮虞卿“乱学”。

但暗地里，阮虞卿对京剧、黄梅调，乃至苏滩都广有兴趣，背着外公学了不少这些“乱弹”。

京剧里，她尤其喜欢这一出“叫张生”。

尤其是此刻。

因为这场戏欢喜。

有了红娘牵线，崔莺莺与张生，即刻就要见面了。

阮虞卿边唱边幻想着与沈雁行的重逢，正唱得投入，门外突然传来鼓掌声，她循声扭头望去，只见门外站着个年轻人，正饶有兴味地看着自己：“早就听说阮伯伯有个会唱戏的侄女，今日一见，名不虚传。”

阮虞卿蹙起眉尖：“你是？”

他比自己大不了两岁，约莫二十左右，气质矜贵，一看就是哪家公子。

年年来大伯家，怎么从没见过这个人？

年轻人笑一笑：“我陪父母来给阮伯伯拜年，我姓周，周开阳，替阮伯伯上楼取点东西。”

他冲阮虞卿一扬手里的文件：“打扰你们了，我下去了，你们继续。”

阮虞卿没有把这个叫周开阳的年轻人放在心上，她的心已经被还没到来的约会填满了。

终于挨过了元宵节。

正月十五当晚，一回房阮虞卿就收拾好了行李，一夜无眠，十六早晨醒来，父母却仍旧没有回上海的意思。阮虞卿急了，偷偷问母亲：“今天不回上海吗？”

母亲回说：“大伯今晚有个饭局，想介绍一个要人给爸爸认识，所以打算后天再回上海。”

按照约定，沈雁行明天早晨就到上海了。

阮虞卿心如火烧，脱口而出一个谎话："但是我和同学约好了，今天要给她过生日的，十八岁生日，一辈子也只有一个呀。"

母亲狐疑地看着她："哪个同学，怎么之前没听你提起过？"

阮虞卿含混地说："我们女中有几百个同学，您哪能都认识？"

母亲想了一想："反正晚上的饭局也与你无关，你自己先坐火车回上海吧。说好了，不许在别人家留宿，奶娘昨天已经到上海了，现如今就在家里呢。晚上八点我会给家里打电话，到时候奶娘要是说你没有在家，你可要提防爸爸发火。"

得了母亲的允诺，阮虞卿提起行李箱，做贼一样地从后门溜出去。她叫了黄包车直奔火车站，生怕撞上爸爸。

直到火车鸣笛，车轮转动起来，阮虞卿才长舒了一口气。

正月十六这天的火车上，乘客稀稀拉拉，车厢里算上阮虞卿也只坐了五个人。这一程要十多个小时，等到了上海也要天黑了。

沈雁行走时，与阮虞卿约定好了见面的方式——他到上海后会住在华懋饭店，她只要到华懋饭店向前台经理报他的假名"俞寄梅"就好了。

其实也不是假名，俞是他母亲的姓，"寄梅"是母亲给他取的字，只不过这个名字少有人知道罢了。

黎明前的黑暗最是深邃，佳期前的等待最是苦楚，这一路火车，阮虞卿坐得煎熬。

午饭过后，气温渐渐降下去，车窗上又开始结起霜花，很快蒙上了一层薄薄白霜。阮虞卿凑过去，哈一口气，用手指在上面写：何当共剪西窗烛，却话巴山夜雨时。

写完，她盯着怔怔看了许久。

然后把额头抵上冰冷的车窗，静静地笑了。

沈雁行，沈雁行。

火车到上海站，还未停稳，阮虞卿就拖着行李箱慌里慌张地下了车。

要不是月台上的列车员伸手扶了她一把，她非崴脚不可。

她忙不迭地向列车员道了谢，急匆匆地拉起行李箱飞奔出站，跑到出站口又停下来，心想，傻了不是，沈雁行走之前说了，他要十七才能到上海。

就算她现在“飞”到华懋饭店，也见不到他人。

坐车的人不多，出站的人也不多，这个时节，寻常人要么在家里团圆，要么已经在工作。

阮虞卿沮丧地、慢吞吞地、垂头丧气地拖着行李出了站。

刚出站，身后有人唤：“虞卿。”

她转过身去，不远处，沈雁行倚墙斜站，正笑盈盈地看着自己。

身后景是残阳照雪，树影婆娑。

阮虞卿脑子一片空白。

身体比脑子的反应更快，等脑子反应过来，人已经抛下行李箱和矜持，飞奔到沈雁行面前，她跳起来搂住他的脖子，她整个人都在战栗，趴在沈雁行耳边，气息急促地问：“不是说明天早晨才到吗？”

沈雁行托着她的腰抱住她，在她耳边哧哧笑：“在天津中转的时候得朋友帮忙，少走了半天的冤枉路。十五的月亮十六圆，想和你重逢在满月光辉之下……你的手好凉。”

阮虞卿这才觉得手冰冷。

火车上热，她把手套脱了下来。下车时心太急忘了拿手套，下车后她又心事重重也没感觉到冷。

正月仍天寒地冻，只这一会儿，手已经冻得通红。

沈雁行捉起她的手，轻轻咬一口：“胡萝卜似的，喂兔子正好。”

他脱下自己右手的手套，仔细给阮虞卿套上，捏一捏空荡荡的指尖：“你们女孩子的手好小。”

阮虞卿眉心一蹙：“你们？”

沈雁行自知失言，忙补救：“我妹妹，你以为是谁？”

他右手握住阮虞卿的左手，插进自己的长风衣口袋里：“走吧，月亮要升上来了。”

他的麂皮手套密不透风，戴久了，右手心有一层汗，潮湿、温热，十指相扣，他指间的薄茧与她手心的柔嫩摩挲，像是有一根羽毛在心上搔，痒痒的。

来到大路上，果然月亮已经升上来了。

今天是个冷晴天，万里无云，满月光辉遍洒人间。

昨天刚下过雪，天气冷，人迹不到之处白雪还未消，在月光下银光飒飒的，如同倒转的星河。

醉后不知天在水，满船清梦压星河。

虽然没沾滴酒，但脚下轻飘飘的不落实地，她感觉自己仿佛是醉了。

他们就这样在满月光辉下牵手走着，一路到华懋饭店去。

真奇怪，没见面时想了很多话要跟他说，春节里的见闻、小表妹们的糗事、除夕晚上有趣的烟花……等见了面，却觉得不说话也行，就这样牵着手走着，就已经很欢喜、很满足。

她突发奇想，仰脸问沈雁行：“你说，李商隐和妻子见面后，还有没有提过巴山夜雨？”

分别两地之时，李商隐给妻子写诗，说“何当共剪西窗烛，却话巴山夜雨时”，可是真等见了面后，他会不会就像自己这样，觉得巴山夜雨已经没必要提起，只要能看着心上人，就已经满心欢喜？

沈雁行想了一想，佯装严肃地作答：“不知道哎，今晚睡前我做个法，请李商隐入梦来，替你亲口问问他吧。”

不远处的钟楼突然“当当当”地响起来，阮虞卿一惊，望过去，看见已经是晚上六点了。

她的脸瞬间煞白。

母亲说八点钟会打电话回家查岗，她家在忆定盘路上，坐黄包车赶回去，紧赶慢赶也要一个多小时。

披星戴月地赶来与沈雁行相会，能相处的时间，只有短短一个小时。

她气得直踢地上的残雪。

她不想立刻就走，但如果事情暴露，等待她的会是更严密的监控，甚至是送去法国……

她脱口问沈雁行："你去过法国吗？"

沈雁行目光诧异，不懂她为何突然提起法国，但还是回答她："去过，我到美国读书的第一年，欧战刚结束，同学里有一位是法国驻美公使家的公子，邀请我们几个同学去法国过暑假。那个夏天，我被他带着转遍了整个法国——巴黎、马赛、里维埃拉……都去过，我还是最喜欢巴黎。"

阮虞卿的心稍稍安妥，问："巴黎很美吧？我只在大姑姑寄来的明信片上看过巴黎。"

沈雁行轻轻一笑："很美，却也很丑陋。"

阮虞卿蹙眉，不解："丑陋？"

沈雁行叹一口气："起初只觉得美，美轮美奂的大圣母院，星光倒映的塞纳河，逛不完的书店，看不完的展览，战后余生的人们像沙子吸水那样，贪婪狂热地汲取文学艺术。直到有一天在街头遇到工人游行，看到那些人褴褛的衣衫和愤怒的脸，才反应过来，巴黎其实就是一个放大的上海，一些人的天堂，另一些人的地狱……虞卿，我总觉得这个世界不该如此。"

阮虞卿有些懵懂。

她出身上流社会，又是闺阁中的少女，出入无自由，出生到如今，苏州小园、忆定盘路上的家、静慧女中和南京玄武湖畔大伯家的别墅，几乎就是她全部的世界。

上海"地狱"的那一面，对她来说，太过遥远了。

此刻，更切近的事情，是她必须要回家了。

沈雁行握紧了她的手，叹息："灰姑娘和王子还可以跳舞到十二点呢。"

阮虞卿踮起脚摸他紧蹙的眉心："肯定是因为我没有玻璃鞋。"

突然想到件事情，她"啊"一声，从沈雁行大衣口袋里抽出手，接过行李箱就地打开，翻找起东西来。

沈雁行好奇："你在找什么？"

她这样急切，浑然不管崭新大衣的下摆在脏雪里扫来扫去。

终于让她找到了，她双手握着东西举起来，笑靥如花："就是这个。"

沈雁行俯身把东西从她手里拿过来，是一个四四方方的盒子，足有盘子大小，晃一晃，里面有东西在响："是什么？"

阮虞卿道："我后天就开学了，想着《珍珠塔》是不能陪你去苏州听了，恰巧有个朋友的爸爸是开唱片公司的，正在和书场合作，灌制了弹词唱片，我向她要了几张，虽然还不全，但不妨送给你做新年礼物啊。"

沈雁行把笑容一敛，摇头："我不要。"

阮虞卿一愣："为什么不要？"

沈雁行道："我怕收了它，以后你就不陪我去书场听了。"

阮虞卿呆呆地"哦"一声，伸手向他要唱片。

沈雁行把拿着唱片的手往回一收，"扑哧"一笑："傻瓜。"

不远处传来车轮子的声音，一群幼童三五结伴拉着元宵兔子灯蹒跚着跑过来，沈雁行忙伸手把阮虞卿从地上拉起来，把她护在怀里。

沈雁行揽着阮虞卿目送孩子们拉着兔子灯跑远，笑道："看那个黄衣服的小孩儿，兔子灯着火了都还没察觉呢，真是个傻瓜。"

阮虞卿也笑了，指着他的风衣下摆："还说别人呢。"

沈雁行的衣角上正烧着一团火，想必就是黄衣服小孩的兔子灯给点燃的。他手忙脚乱地把火扑灭，只见衣角手指肚那么大个洞，已经烧穿了。

沈雁行无奈地笑："特意穿了新衣服来见你……"

阮虞卿自告奋勇："我帮你补好。"

沈雁行挑眉："你还会补衣服？"

阮虞卿说："这有什么？我们女中要上家政课的。"

华懋饭店就在眼前了，沈雁行脱下风衣递给阮虞卿，阮虞卿抱了个满怀，衣服上又是那股熟悉的薄荷、青橘与迷迭香混杂的味道。

她红着脸把风衣折好，放到行李箱的最下面，用自己的衣服盖住。

她的衣服放在他的衣服上，让她联想起他从背后拥抱着她。

阮虞卿陪沈雁行去华懋饭店前台登记，然后大堂经理帮阮虞卿叫了车子。沈雁行为阮虞卿关上车门，他站在饭店门口目送她坐的车子到拐弯消失。

阮虞卿跪坐在车后排，手扒着椅背望沈雁行。直到看不见华懋饭店，她才依依不舍地转身坐下。

阮虞卿看一眼手表，已经六点三刻了。

紧赶慢赶，她总算在八点前到了家。

她按了按门铃，来开门的果然是奶娘。

阮虞卿向奶娘道了新年好，说了些从小说的吉祥话，奶娘眉开眼笑地受了她的祝福。奶娘从衣兜里掏出一个红包、一个红喜蛋给阮虞卿，她的侄媳妇生了，是一双龙凤胎。

阮虞卿道过谢，正要上楼，奶娘问："箱子里都是些什么？有要洗的脏衣服吗？"

阮虞卿吓出一身冷汗，握紧了拉杆："没有、没有，大伯家也有佣人洗衣服的。"

说完，她拎着行李箱一溜烟小跑上楼去。

阮虞卿刚上楼，惊魂未定，就听见楼下电话响了。她抬起手腕一看表，刚好八点钟。

阮虞卿舒一口气，她在心里盘算着：父母后天回上海，回来后肯定得核实生日这件事，明天得抽空给哪个关系好的女同学打个电话，让她帮忙圆这个谎。

她拉着行李回卧室，关上门，想想又不放心，"吧嗒"一声把门从里面反锁上，这才小心翼翼地摊开行李箱，把沈雁行那件大衣拿出来。

大衣上还有一点焦煳味儿，提醒她刚才的见面是真的，不是她的幻想。

她做贼心虚地把窗帘拉上，揿亮灯。她抱着大衣蹑手蹑脚走到落地镜前，抖开，把胳膊伸进去，穿上。

沈雁行是北方人，个子很高。她在江南女子中并不算矮，站在他面前却也足足矮了两头，被他正面抱着时，侧脸正好贴在他的胸前，听到他胸腔里怦怦的心跳声。

他的大衣穿在她身上，拖了地，简直像小孩偷穿大人衣裳。

楼下突然传来一声响，阮虞卿像受惊兔子一样脱下大衣蹿上床。她拉过被子把自己和大衣一起盖上，双手攥着被头屏息了很久，直到再没有别的动静，她才吐一口气掀开被子坐起身来。

沈雁行的大衣是毛料的，细密扎实，触手柔软。北地王的儿子的衣裳自然是剪裁妥帖合身而做。阮虞卿歪着头，用手指一揸一揸地丈量他的肩宽和臂长，丈量到那个破洞时，她却发起了愁。

她是骗沈雁行的。

她才不会补衣服呢。

女中有家政课不假，为的是把名门淑女们都培养成贤妻良母，但她向来在家务上缺乏天分，家政课的分数都是刚过线。

妙龄少女汇聚的地方，每个季节都有新的流行，女孩子们扎堆地做手工，折纸玫瑰、满天星、千纸鹤，打毛衣、围巾、手套……为的都是那个幻想中的意中人。阮虞卿手笨，只跟风过一回折玫瑰，折得乱七八糟，到现在也忘得差不多了。

同学里属顾明明的针线活儿最好，她妈妈是那家著名的“云裳制衣”的老板。

等开了学就去向顾明明讨教，她不只想简单地把那个洞补好，她要在上面绣一幅图案，绣什么好呢？

梅花吧，沈雁行的字不就是“寄梅”吗？

在美丽的幻想里，阮虞卿抱着大衣昏昏睡去。

正月十八，女中返校，这是阮虞卿在女中的最后一个学期了。

夏天来临时，她就要和同学们一起，从校长手里接过毕业证书，高唱骊歌，走出校门，开始全新的人生。

最后一个学期的氛围，从开学第一天就扑面而来，包裹了每个人。

那是一种轻盈的喜悦，像开花前一天的花园，花虽还未开放，但一切都已酝酿就绪，光是温暖的，风是和煦的，空气是蓬松甜美的……阮虞卿这一届同学大多都是1907年生人，又以出生在下半年居多，毕业对她们也意味着成年。

走到哪里都可以听到同学们三两成群低声讨论着未来，是升学，还是找工作，或者嫁人呢?

连平日不苟言笑的嬷嬷们也变得宽容许多，面带微笑地看着这群女孩儿，这是她们悉心浇灌了三年的花朵，即将盛开，她们为之骄傲，与有荣焉。

学生们的会客和请假不再受到严格约束，连那些在学生们中间秘密传递的爱情小说也不再被嬷嬷突击查抄。

对于阮虞卿来讲最幸运的是父亲因为工作上的事去了广州，一待就是小半年。

在恋爱最炽热时，她获得了有生以来最大的自由。

柳闻莺从北方回苏州后，与人张罗组建了一个昆曲传习所，为的是收一些弟子传授昆曲，以保戏脉不绝。

昆曲传习所也成了阮虞卿的借口。1925年的春天，她以去昆曲传习所帮忙为借口，周末和节假日频繁地往来上海和苏州之间。

倒也不能说全是在撒谎，因为她和沈雁行有一半时间都在传习所帮忙。

柳闻莺在雅集上把沈雁行介绍给苏州昆曲界的名伶名票们，说他是早年迁居北方的昆曲世家后人，叫俞寄梅。

沈雁行自称想在大学谋个教职，教授中西方比较文学，但需要论文作敲门砖，他打算写一篇《莎士比亚与汤显祖之比较》的论文，所以来传习所取取经。

阮虞卿心里笑他说谎话眼都不眨，嘴上却不说破，只配合他演戏。

不在研习所帮忙，也不和昆友们聚会时，阮虞卿就带着沈雁行满苏州地闲逛。

一个春天，两个人把苏州逛了个遍。

三月寒山寺客船听钟，四月灵岩寺求签问卜，五月西塘烧香港里摇橹。

只可惜，每次约会都不凑巧，光裕书场总没在唱《珍珠塔》。

沈雁行的《珍珠塔》，到暮春阮虞卿快毕业时，也还只听了1924年夏夜那一段。

毕业季照常例有晚会，本届毕业的学生们为母校留下最后一场演出，作为回馈母校的礼物。

1925年的毕业文艺汇演，学校隆重以待，号召学生们积极参与，并对外开放售票，以筹集善款捐助社会。

阮虞卿本无心参加，但玛丽嬷嬷特地找到她，说她前一年的昆曲表演很受欢迎，希望她这一次也能上台。

阮虞卿答应后又犯了愁，《紫钗记》已经唱过了，这次唱什么呢？

沈雁行提议："为什么不唱《牡丹亭》？"

阮虞卿脸一红："《牡丹亭》最好的一折就是惊梦，但惊梦只唱前半折太短，后半折哪里能在学校舞台上演出……"

其时两人正坐在游廊上，阮虞卿斜倚着沈雁行看书。

沈雁行握着她的肩膀，下巴搁在她肩上"哧哧"笑："原来是为这个。"

惊梦的后半折是杜丽娘梦中遇柳梦梅，花园温存，嬷嬷们看了还不当场晕过去？

阮虞卿嗔怒地把手里的书卷起，反手打他手背："你倒是替我想个主意。"

沈雁行出主意："不如，我们搞一台中西合璧的牡丹亭？"

阮虞卿坐直了腰："怎么中西合璧？"

"中国有中国的戏曲，外国也有外国的舞台剧。中国的戏台更重意境，外国的舞台更重道具，我们何不把牡丹亭的唱段重新穿插顺序，用西方舞台剧的形式，做一个前世今生的故事出来？"

但使相思莫相负，牡丹亭上三生路。

1925年的中国，文艺界"西学东渐"的风才刚刚刮起不久，自幼生长于斯的国人鲜有知道"舞台剧"，阮虞卿也不例外。

于是，这台"改良版牡丹亭"只好由沈雁行主刀。

沈雁行既有昆曲的家学，又游历过西方舞台剧的起源地欧洲，更兼比较文学的专业出身。他脑子里有了想法，改编起来如鱼得水，到毕业典礼前半个多月，剧本已宣告完成。

阮虞卿读完剧本，掩卷趴在桌子上叹息：“我好恨啊。”

沈雁行笑：“恨什么？”

恨柳梦梅不能是你演。

玛丽嬷嬷特意嘱咐过她，这次表演对外公开，为女中名誉着想，万勿再闹出男女同台的差错。

其实不必她叮嘱，阮虞卿也是不敢再让沈雁行登台的——毕业晚会，父母肯定会来捧场。

她只能再找顾明明反串柳梦梅。

剧本定下后，阮虞卿就忙了起来。

每天放学后，她都要去小礼堂和同学排演。

这天，沈雁行来小礼堂找阮虞卿。

他进女中没有费太大功夫，临近毕业季，嬷嬷们不再严格管束高年级学生们的会客，因为她们知道，学生之中有一些已经定了亲。

阮虞卿虽然没有定亲，却也成了嬷嬷们宽容的受益人。

沈雁行刚走进礼堂，就看见阮虞卿正被一个女同学责难。

第三章

我是你见不得光的情郎

放学后的小礼堂热闹如戏院后台，报名了毕业晚会的学生们扎堆在这里排演。

阮虞卿和搭档坐在角落里对戏。

沈雁行的剧本讲的是一个前世今生的故事——1920年的女学生杜丽娘，她在午后小憩，梦中遇到明朝书生柳梦梅……

这出《牡丹亭·前世今生》虽然加入了许多西方舞台剧的道具元素，但唱腔仍是昆曲。

阮虞卿作现代女学生打扮，她穿着一身娇嫩姚黄的旗袍，跷腿坐着，左手搭在膝盖上，右手握一把小巧骨扇，边唱边用扇子轻敲手背打拍子。

她唱的是《牡丹亭》里“游园”那一折——

梦回莺啭，乱煞年光遍。人立小庭深院。炷尽沉烟，抛残绣线，恁今春关情似去年……

除她外，小礼堂里其他人排演的都是西洋玩意儿——抑扬顿挫的新诗朗诵、情绪高亢的活报剧……

其实年轻的女孩子们倒并没有过多“师夷长技”的想法，她们更多是把这当成一场游戏、一个节日、一个纵情笑闹的由头。因此她们排练得懒懒散散，在小礼堂里追逐嬉闹，里面一片混乱。

直到门外有人喊了一句“玛丽嬷嬷来了”，乱象才终于有所收敛。

女孩子们装模作样地又排练起来，一边排练，一边余光觑门，渴望着玛丽嬷嬷进门后能够第一个注意到自己、夸奖自己。

玛丽嬷嬷熟悉的脚步声近了，女孩子们的心也提得越来越高。终于，礼堂门被推开，嬷嬷大步流星地走进来，却没有分一点余光给其他人，而是径直走向角落里的阮虞卿。嬷嬷俯下身去同她说了些什么，然后面带微笑、鼓励式地轻轻按了一下她的肩膀，这才直起身来，环顾一圈其他人，用一贯严厉的口吻叮嘱："这次票卖得很好，大家一定要努力排练，不要辜负好心人们的期待。"

少女们心思敏感，最是"不患寡而患不均"，玛丽嬷嬷来去如风，却重创了这小礼堂之前的和谐气氛。

其他人看阮虞卿的眼神，都带了几分复杂的意味。

最终挑破暧昧发难的是阮虞卿的同班同学周紫鸢。

她嗤笑着，故意大声说："什么年代了？还有人唱老掉牙的东西。"

阮虞卿与周紫鸢是截然不同的两种人。

虽然她们都是家境优越、容貌娇美的少女，但——

阮家世代书香门第，阮虞卿的美，是长眉罥烟双瞳剪水，目光温柔神情贞静，一如丹青水墨画、昆曲水磨调。

周家是外交官世家，周紫鸢的美，是唇红齿白明眸善睐，艳光四射咄咄逼人，她对"旧中国"的一切文化深恶痛绝，是女中的第一号时髦人物。

周紫鸢这次准备的节目，是舞台剧《罗密欧与朱丽叶》。

外面男校的好事者把阮虞卿和周紫鸢并列，称她们为静慧女中的"姚黄魏紫一双国色"。

周紫鸢平时就暗暗与阮虞卿较劲，现在玛丽嬷嬷一碗水端斜，正给了她机会借故发作。

面对周紫鸢的挑衅，阮虞卿只是微微一笑，不欲与之争辩。

周紫鸢却不肯善罢甘休，她走到阮虞卿面前，居高临下地逼问："阮小姐，你倒是说说看，你所唱的靡靡之音，对国家民族到底有何益处？"

一个咄咄逼人，一个避其锋芒，连周紫鸢的同伴都觉得有些欺人太甚，小声劝她："算了吧。"

阮虞卿越是不搭理，周紫鸢就越是恼怒，气氛就此僵住。

整个小礼堂刹那间静如空室，所有人屏息静观事态发展。

直到从门口传来声音——

“To be, or not to be, that is the question（生存还是毁灭，这是一个值得考虑的问题。）……”

这人声音清越动人，英语发音不若这些教会学校的女学生字正腔圆刻意板正，而是更接近玛丽嬷嬷，自然、松弛，却又蕴藏着饱满丰沛的戏剧化情绪。

众人循声望去，门边一个年轻男人倚墙而立，他嘴角含笑，望着周紫鸢：“小姐可知道这句话的出处？”

片刻茫然后，周紫鸢涨红了脸，尖声叫：“和你有什么关系？”

男人站直了身体，嘴边笑意越浓，眼神却饱含嘲讽：“小姐连西方一等大文豪莎士比亚的《哈姆雷特》都没读过，又怎么借西学振兴国家民族呢？”

片刻寂静后，人群里爆发出窃窃私语，周紫鸢红着脸怒气冲冲地走出小礼堂。

那男人径直走到阮虞卿面前：“排练得怎么样了？特地来看你排戏，没承想倒看了一出戏外戏。”

阮虞卿嗔他：“当面给女孩子难堪，非君子所为。”

作为同班同学，阮虞卿其实早就看透了周紫鸢。她知道对方头脑简单、轻佻、争胜、爱装时髦、装新潮，知道对方所有的爱好都既不真切也不深入，都不过是用一点粗浅皮毛去向一无所知的人炫耀。

所以阮虞卿从不与周紫鸢争胜，并在心里替她觉得羞赧，努力避其锋芒，不去伤害她的虚荣心和体面。

沈雁行笑，低声道：“见你受委屈，就什么都顾不得了。”

礼堂里这场小小的闹剧并未掀起大风波，六月中，毕业晚会如期举行。

阮虞卿的《牡丹亭·前世今生》演出大获成功，力压榜眼周紫鸢，被观众票选为最受欢迎节目。

演出结束后，玛丽嬷嬷还特地让照相师傅给阮虞卿和顾明明拍了一张合影，说是要洗出来放大，挂在礼堂墙上。

一阵白烟，青春定格。不等阮虞卿站起身，旁观的同学们一拥而上，叫嚷着也要和“杜丽娘”“柳梦梅”合影。

花香馥郁的暑热和青春洋溢的喜悦盈满礼堂，在众人繁星拱月般的簇拥里，阮虞卿抻长脖子，目光急切地在人群里寻找，却始终不见沈雁行的身影。

他明明说过，会来看晚会。

直到晚会彻底结束，阮虞卿才从校工那里拿到沈雁行留的字条——

家有急事，北归，不日即回。

不知道他到底有什么急事，他家世非同一般，家事想必也错综复杂，阮虞卿从不过问。

他这“不日即回”，转眼就是半个多月。

这半个多月里，阮虞卿和女中同学们的身份发生了翻天覆地的变化。

半个月前，她们还是女学生。

半个月后，却已经各自走上不同的道路。

阮虞卿的闺中密友顾明明要去美国留学，“死敌”周紫鸢要在七月份结婚嫁人，而最令阮虞卿震撼的是校友周小姐之死。

周小姐芳名周令月，高阮虞卿一级，是她们那一届的风云人物。

听说，她是病死的。

阮虞卿和顾明明一起去参加了周令月的葬礼，葬礼结束后，顾明明神秘兮兮地告诉阮虞卿：“听说周令月其实不是病死的。”

阮虞卿吃了一惊，但再问其中详情，顾明明也不知道。

这件事就此成了阮虞卿童贞时代末尾的一个谜团、一个阴影，直到几年后才得以解开。

回到1925年夏天。

年岁相近的女孩儿们，有的即将成为大学生，有的即将成为某太太，有的已经不在了，而阮虞卿本人，从一个女学生，变成了“没有身份的女人”。

父母和其他亲友们都急着给她安一个“新的身份”。

而“新身份”无非是某太太或女大学生。

阮家风气保守，为阮虞卿选择的是某太太。

一毕业，父母就开始为她张罗相亲。

阮家本就是南京望族，如今大伯是银行家，大姑父是外交官，父亲和小姑父也是报业精英，阮虞卿的长辈们手里握着大把可供挑选的青年才俊，阮虞卿每天被迫赶场子相亲，心里叫苦不迭，只盼着沈雁行南归。

但沈雁行没回来，甚至连一封信也没有。

一个雨天清晨，阮虞卿去门口取新送到的报纸，报纸卷成筒塞在报箱里，还没展开，就看见“北地王”三个字。阮虞卿急匆匆展开，只见头版消息赫然耸动：绝密——北地王病危，继承人之战一触即发。

阮虞卿吓了一跳，等不及进屋，就站在报箱边一目十行地把新闻读完了。

新闻写得很模糊，只说得到绝密消息，有“北地王”之称的沈大帅旧病复发，危在旦夕，已召两位公子回绥都城帅府，怕是要确立继承人了。

又说，大公子虽是大夫人嫡出的长子，但一直留学美国，鲜少与大帅一同亮相，外界少知其消息，更不知其人品武功。而二公子少年参军，一直在大帅麾下历练，是个尽人皆知的少年英雄，但毕竟是二夫人所生之子。

传闻，大帅挚爱二夫人，帅府常年由二夫人当家做主，二公子更是年少就被大帅带在身边亲自教养，大帅出入军营都带着这位次子，父子关系更胜于和大公子。

文章末尾，笔者神神道道地留下疑问：立长还是立贤？诸位若是大帅，该如何选择？

阮虞卿心里暗想，什么立长立贤，我的沈雁行既长且贤。

看完报纸阮虞卿才发现雨已经打湿了肩膀，她这才张开报纸举在头顶，跑回屋子里。

回到房间，阮虞卿又把新闻细看一遍，既揪心又稍觉安慰。揪心的是沈雁行去年才刚丧母，今年父亲又病重，不知他现在心里有多难过；安慰的是原来他是在照顾父亲，难怪忙得连封信也没有。

正胡思乱想着，门被敲响，母亲来提醒她，下午要和申家公子喝茶，让她早做准备。

申家公子是小姑姑介绍的，比阮虞卿大四岁，六月刚从复旦大学商科毕业，即将接管他父亲的印刷厂。按小姑姑的话说，是“前途大好的青年才俊”。

阮虞卿满脑子惦记着沈雁行，满心不情愿地去敷衍这场相亲茶会。

近来沪上咖啡厅蔚然成风，相亲茶会就定在霞飞路上新开的一家西餐咖啡厅“香侬”，不远处街转角有幢楼正在施工，说是要盖一间电影院。

申公子是个看似腼腆的青年，张口却热烈直白。小姑姑和陪申公子来的介绍人一离开，他就对阮虞卿道：“我和同学去静慧女中大门前路过，久闻阮小姐大名。”

“路过”是静慧女生们心照不宣的黑话。

静慧是寄宿制的女子专门学校，平日不许外人入内，学校的校训“内慧而外静”。那里仿佛是一个用红砖墙、绿藤萝和铁艺门环绕起来、“囚禁”着无数娇嫩如玫瑰的花季少女的隐秘伊甸园。

每天都有年轻男孩子成群结队地“路过”，想要一窥这“女儿国”的秘密。

阮虞卿浅浅一笑，不知该如何接话。

申公子更加大胆：“六月静慧的毕业晚会，我也去了，我还给《牡丹亭·前世今生》投了票。”

阮虞卿越发尴尬，坐立难安。她努力做出礼貌而生疏的表情，一边神游天外，一边听申公子诉衷情。

突然间，她笑了一下。

光风霁月的一笑，如云开雾散、天色乍明，晨曦照上花园千万朵蓓蕾的一瞬间，明媚娇艳，花开可期。

申公子不由得愣了一愣。

他哪里知道，阮虞卿这一笑是因为看见了另一个男人。

“香侬”西餐厅分上下两层，一楼多是招待小聚的咖啡茶座，二楼是吃西餐大菜的包房。阮虞卿与申公子在一楼喝茶，她一边敷衍，一边想沈雁行此刻在做些什么。

突然间，她心里想着的人，就出现在了楼梯上。

半个月不见，沈雁行又清减许多，夏日天热，他只穿着袖子高挽的白衬衫和长裤，西装外套搭在手臂上，言笑晏晏地和人边聊天边走下楼来。

他似是没有发现她，只顾着和同伴说话。等他下到一楼，也不忙朝门口走，而是又驻足和同伴聊了一会儿，待目送同伴独自走出“香侬”，这才若有似无地朝阮虞卿处瞟了一眼。而后他微微一笑，转身又走上楼去。

阮虞卿按捺住怦怦直跳的心，对申公子道：“我去楼上洗个手。”

“香侬”的洗手间在二楼，申公子不疑有他。

阮虞卿起身，尽量装出云淡风轻一切如常地朝着楼梯走，一步步煎熬地上楼。等她踩上最后一阶，才原形毕露，飞快地跑进走廊。

下午三四点钟光景，午餐已过，还没到晚餐时间，二楼包房也大多空着，清洁工刚打扫过，虚掩着门通风。阮虞卿把一扇扇门推开又关上，却始终不见沈雁行的踪迹。

走廊尽头的窗开着，午后轻风裹挟着街上茉莉花的香气吹进来，阳光暧昧，花香丰盈。二楼空空荡荡阒无人声，只有她一个人孤零零站着，像置身于一个将醒未醒的梦。

难道刚才楼梯上的沈雁行和他转身前看自己的那一眼真的只是个梦？

沮丧如海潮般侵袭了阮虞卿。

她脚步沉重地转过身，刚想往楼梯口走，却被旁边包房里伸出的一只手攥住手腕，跌跌撞撞地被拉进包房里。

背抵着上墙，墙砖冰凉，手腕被握住的一圈却滚烫，低头笑盈盈看自己的这个人是真的。两个人交缠的呼吸，风涌进来吹动的风铃声，都温柔地包裹住他们，仿佛给他们圈出一个小天地。

她小声又急促地问：“你怎么在这儿？”

她万万没想到他们重逢是在“香依”，在她和别人相亲的时候。

沈雁行握着她的手，在指尖轻咬一口：“有美国同学来中国，约我在这儿见面叙旧。”

美国同学？想必就是刚才在楼梯上和他聊天的那人。

似乎是个洋女。

阮虞卿问："你还有女同学呀。"

颇有点酸溜溜的。

沈雁行"扑哧"一笑："那你呢，怎么在这儿？和你在一起的是哪个亲戚家的表哥吗？"

他明知故问！

阮虞卿心下发急，舌头打结，脸涨得通红，半晌，才垂下眼睛心虚地道歉："对不起。"

沈雁行大笑："逗你呢，傻瓜，我知道你不是心甘情愿的。"

他学阮虞卿的样子："我在楼梯上悄悄观察了你半天，你不知道，你发现我之后的表情有意思极了，先是不由自主地笑了一下，然后立刻又把笑容敛了，眉心一蹙眉梢一耷，露出个忧心忡忡、愁眉苦脸的表情来，是不是在想待会儿怎么跟我解释，嗯？"

阮虞卿羞赧道："这半个月，家里老张罗着给我相亲，我怕他们看出什么端倪来，不敢全都推了，就隔两天挑一个人见见……你不会生气吧？"

沈雁行的拇指在她下巴颏上亲昵地一捻："哪里会生气呢？我心里偷着乐呢，那年轻人一定被你迷死了，他那么喜欢你，可你却是我的。"

他又叹："我是你见不得光的情郎。"

这话里，半是玩笑，半是幽怨。

他无法不幽怨。

今天的阮虞卿一头天然卷发，化了淡妆，唇齿娇艳、顾盼神飞，穿一身剪裁合身的虞美人蓝旗袍和一双同色缎面珠光细高跟鞋，纤秾得中修短合度，削肩温婉、腰肢盈盈。

换句话说，这是沈雁行头一次看她打扮成一个"女人"。

以前见她时，她还是教会学校的女学生，外静内慧，像被强令不许开放的蓓蕾，将一切女性的绰约风姿收敛在柔顺直发、黑白校服、宽松无曲线的女童式旗袍裙和矮跟玛丽珍鞋之下。

如今蓓蕾初绽，第一个光明正大欣赏她的人却不是自己。

这叫他怎么能不妒忌？

沈雁行伸长双臂抱紧她：“我的身份是不是带给你很多困扰？你有没有想过我们以后要怎么办？”

他是“北地王”的儿子，她的父亲却最厌恶军人。

听了他这句话，阮虞卿低下头，只留给他视线里一个光洁的后颈，纤细得一折即断，可怜巴巴的。沈雁行软了心肠，在她耳边轻声道：“我怎么舍得让你为难？会有办法的，你放心。”

两个人静静地抱了一会儿，听风铃泠泠和帷幔簌簌，阮虞卿开口问：“你父亲……”

沈雁行轻笑：“看到报纸了？”

阮虞卿点点头。

沈雁行道：“没什么大碍。”

阮虞卿握着他的肩膀，站直了，问：“真没事？”

她这才借着阳光注意到他左耳根至眼睑下有一道细细的疤痕，已经掉了痂，不认真看是看不出来的。

她惊呼一声，捧住他的脸：“这是怎么回事？”

她踮起脚细细查看，“凶器”大约是软而细长的东西，用力抽到脸上……是鞭子！

“北地王”的儿子，谁敢拿鞭子抽他？

除了……

沈雁行戏谑道：“现在相信他没事了吧？还能拿马鞭抽人呢。”

阮虞卿用指尖摩挲着他的疤痕：“你怎么惹到了他？”

沈雁行握住她的手：“老头子绿林出身，我们家不比书香世家讲道理，老子打儿子哪里需要什么原因……你上来够久了，不怕那位公子找上来？”

阮虞卿这才想起楼下还有个申公子，懊恼地一跺脚。

她一着急生气起来，就喜欢跺脚踢地板，十足小姑娘习气，沈雁行看得满心喜欢要从心里漾出来，开玩笑地提议："要不然，跟我从另一边楼梯偷偷私奔？"

阮虞卿没有察觉出他是在打趣，一本正经回答："不行，小姑姑陪我来的，在永安百货和申公子的姨妈一起买东西呢，待会儿还要跟她一起走。"

沈雁行"哧哧"笑："傻瓜。"

阮虞卿这才知道又被他戏弄了，恼怒地用高跟鞋尖轻轻踢他一下，沈雁行正色道："快下去吧，否则你那申公子真要上来了，对了，我要怎么找你？"

阮虞卿想了一想："我去同顾明明说好，你若要找我时，就假冒她的名字差人到我家递帖子。"

五天后，阮虞卿在家里收到了第一封来自"顾明明"的帖子，说要请她去参加茶会。

茶会是真的，却不是在顾明明家，而是霞飞路上一幢叫"诺曼底"的公寓。

公寓在街角，巍峨如大船，租客多是在沪拥有体面工作的外国人，沈雁行带阮虞卿拜访的，就是一个美国人——那天在"香侬"偶遇时，和他在一起的姑娘——艾琳·波特。

艾琳一头短及耳根的金色鬈发，碧绿猫眼睫毛浓密，白皙健美，一件直筒流苏亮片绿绸裙，浑如外国电影海报上的女主角。

艾琳独居公寓，把一方小天地收拾得明媚亮丽，地上铺着几何图案的提花地毯，墙上贴着矢车菊和虞美人图案的壁纸，趁她转身翻找书柜，沈雁行凑到阮虞卿耳边，笑语："我现在住的公馆里种着虞美人，过段日子就开花了，到时候你来，我们一起看花开。"

艾琳终于找到了要找的东西，是一本装帧精美的硬壳书——*The House of Mirth*（《欢乐之家》）。

她把书递给阮虞卿："这是我最喜欢的一本书，陪着我漂洋过海来到中国，现在我把它送给你。"

沈雁行看一眼书封："这不就是你自己的故事吗？"

艾琳坐进绿绒面单人沙发里，跷起二郎腿，笑着对阮虞卿道："没错，这就是我自己的故事，或者说我所处的那个社会里女人们的故事。"

沈雁行扭头向阮虞卿解释："艾琳是纽约上流社会的叛徒，她是违逆了家里的婚约，离家出走的。"

阮虞卿有些不可思议："我以为……"

艾琳大笑："以为我的国家人人平等？不是的，一样的有阶级高下，有男尊女卑。三百年前我的祖先们因为不堪旧大陆的陈旧僵化，坐船出海去寻找新世界，但找到新大陆后，他们很快就把旧大陆的一切弊病都在新大陆重演，以门第划分阶级，各阶级间严密隔离，似乎连空气都互不流动，每个人只能呼吸本阶级陈腐污浊的空气。由保姆陪同着坐马车出门去参加本阶级的舞会，等待被某个同阶级的单身男人看中做他的贤妻，这就是我离家出走前的生活。"

阮虞卿听得有些战栗。

这和她的生活何其相似，十多年来如鱼在水中不知不觉，只有时不时感觉到无来由的忧郁和窒息，直到成为旁观者，她才骤然发觉这种生活的恐怖。

她轻声问艾琳："你不害怕吗？"

艾琳支着下巴斜倚椅背，眨一眨眼睛："我还好，我身后并非空无一人，我有一个富有的寡妇姨婆，她指定我做她的财产继承人。"

她又笑："也有比我更大胆的姑娘，在毫无保障的情况下孤注一掷地出走。"

阮虞卿犹豫地问："她们出走后怎么样了？"

艾琳抚弄着手里的咖啡杯："有的好，有的不好。"

"为什么会不好？"

艾琳粲然一笑："因为滥用自由，放纵欲望，有的人毁于无法自食其力，有的人毁于仓促的爱情。总而言之她们不懂得健康地爱自己，我认为这也可以归结为一种懒惰。"

阮虞卿不解："懒惰？"

"是的，懒惰。她们把自己前半生不如意的原因粗暴归结为没有自由，但在获得自由后却过度夸大自由的力量，以为获得自由就获得了一切，但事实并非如此，自由只是一把打开新世界大门的钥匙，新世界其实更为凶险，处处都是陷阱和暗礁，行走其中必须谨慎小心。这实际是一场冒险，但有人把它当成郊游。走一步路就要花一步路的力气，更重要的是这里的路必须要由你自己走，而不是轻率地托付给一个男人，不管这个男人是你的父亲，还是情人。”

阮虞卿也不答话，在心里细细琢磨艾琳的话，忽然听见沈雁行说：“我倒认为，你这话有失偏颇。”

她扭头，惊讶地看沈雁行。

或许是觉得两个女人关于女人话题的对谈，作为一个男人很难置喙，在她和艾琳的交谈里，沈雁行一直只是静静地听。

沈雁行怎么会突然反驳艾琳？

艾琳也看着沈雁行。

沈雁行沉吟片刻，道：“那年，我和阿尔贝、宫房君一起去法国消夏，看到了一些平日不会看到的事情。”

阿尔贝和宫房君都是沈雁行和阮清文在美国的同学，一个是读政治的法国人，一个是学新闻的日本人，阮清文和沈雁行不止一次对阮虞卿提到过他们。

艾琳好奇：“什么事？”

“罢工游行队伍里的女工。”

艾琳神情讶异，显然这超出了她的认知，她出生自上流社会，即使叛逆逃家，也有姨婆财产托底，进名校读书，混迹于艺术圈子。

换言之，艾琳始终是一个中上阶层的人，女工离她的生活太远了。

沈雁行继续说下去：“那个暑假，阿尔贝拉着我和宫房君秘密探访了很多女工，调查她们的遭遇和状况，是如何成为女工，在工厂待遇如何，是否受到欺压……我们还找到了几个沦落到红灯区的女工。”

艾琳问：“然后呢？”

沈雁行摇头叹道：“她们并非贪图享乐，也并非不勤恳、不谨慎，而是这个世界给她们的道路太少，陷阱又太多。当一个人被命运狩猎时，又怎么能把失败的原因全部归结到个人呢？”

听完他的话，艾琳沉默了片刻，道：“其实，沈，你的父亲是北地王，你是有能力去改变这个世界的。”

沈雁行笑一笑：“怎么扯到我身上，还是说一说你的电影吧。”

阮虞卿惊讶：“你是电影人？拍过什么电影？”

艾琳笑容微微一黯，耸肩：“很可惜没有，我现在还不是导演，只是Paramount（派拉蒙影业公司）驻上海发行处的一个普通员工。如今即使在美国也鲜有女导演，制片人不信任女人，认为女人缺乏统筹能力。但这些身为男人的制片人，把妻子关在家里，借口是需要她们操持打理整个家庭，这何尝不是一种统筹？很矛盾，很可笑，是不是？”

阮虞卿轻声道：“规则由他们制定，当然随他们解释。”

艾琳再看阮虞卿的眼神里多了一点惊喜和端正：“对，但我们迟早会打破这些规则，我坚信我会成为一个真正的电影导演。起初文学殿堂也是拒绝女人进入的，坐在里面的只有诗人荷马、莎士比亚、托尔斯泰这些男人，但后来有了简·奥斯汀、乔治·艾略特、勃朗特姐妹。”

她拿起阮虞卿放在膝头的*The House of Mirth*（《欢乐之家》）：“现在，还有了伊迪斯·华顿。”

阮虞卿插嘴道：“我们也有陈端生。”

艾琳惊喜：“陈端生，她是什么人？”

阮虞卿回答：“她是中国清朝的女文人，写了一本叫《再生缘》的弹词，讲的是贵族少女孟丽君反抗家里安排的婚姻，离家出逃，女扮男装入朝为官的故事。”

艾琳不解：“弹词是什么？”

阮虞卿解释道：“是中国的一种民间曲艺，非常有趣的是，中国的文学作品向来少有女性参与，但因为弹词的听众多是闺阁中的女子，所以有很多弹词作者都是出身书香世家的女性。比如那位陈端生，她的父亲就是清朝一派著名的桐城派大儒方苞的弟子。”

艾琳若有所思："听上去，她像英国的简·奥斯汀。"

她眉飞色舞光彩熠熠："我会成为电影史上的简·奥斯汀。"

这是阮虞卿与艾琳·波特唯一的交谈。

阮虞卿的儿子是电影研究学者，在他的论文里提及艾琳·波特，称她是二十世纪最伟大的电影导演之一，并称赞她拍摄于1966年的代表作《泊尔塞福涅、美狄亚和马尔菲公爵夫人》是女性主义的思辨之作。

他不知道，在这部电影问世前四十一年的1925年，导演就曾和一个叫阮虞卿的中国少女，也就是他的母亲提及过它。

她告诉阮虞卿："这是三个性格迥异但遭遇相近的女人。"

泊尔塞福涅，是母亲被掠夺的女儿。她本是谷物女神的女儿，却被冥王哈迪斯掠走，成为地狱的冥后。

美狄亚，是杀死儿女的母亲。她背叛自己的父兄去追随伊阿宋，但伊阿宋却背叛了她另觅爱人，于是她杀死了伊阿宋的新欢，甚至连和伊阿宋生的孩子也一并杀死。

马尔菲公爵夫人则是被兄弟谋杀的女人。她的兄弟不满她偷偷与人私订终身，残忍杀害了她。

听艾琳·波特讲完这三个女人的故事，阮虞卿轻轻"啊"了一声："美狄亚和伊阿宋的故事，好像我们的王宝钏和薛平贵。"

艾琳被勾起了兴趣："也是痴情女和负心汉的故事吗？"

阮虞卿向她简述这个故事："王宝钏是相府千金，离家出走嫁给了平民薛平贵。薛平贵偶然间得到皇帝赏识，赴边关与西凉国作战，因为王宝钏父亲的陷害，薛平贵被西凉国俘虏，又被招赘为驸马，从此荣华富贵。而王宝钏则独守在家中，等待丈夫归来，一转眼十八年过去，薛平贵收到王宝钏的血书，这才赶回家中与她团圆。"

艾琳沉思片刻，道："比起伊阿宋，薛平贵倒不算个完全的坏人。"

阮虞卿摇头："但他仍旧不值得原谅，他让王宝钏等了他十八年。只有两个原因，或者他已经忘了她，或者他认为她后悔了，已经改嫁。"

她语气温柔却不容置喙地给薛平贵判死刑："他不信她，只这一点，他们的故事就难有善终。"

艾琳和阮虞卿聊天的过程中，沈雁行一直坐在阮虞卿的沙发扶手上，饶有兴味地做旁听者，听到此处，他却突然打了个激灵。

他蓦地想起了去年在洞庭东山，和阮虞卿说起范蠡、西施的故事，她说"我希望她一个人逃得远远的，连范蠡也不要"时的郑重。

阮虞卿这个人，看似温柔如水，实则性烈如酒。

连艾琳也被她的刚烈态度惊到，半晌，才叹："可惜爱情本就与理智冲突，情爱之中无智者。"

她又问阮虞卿："听沈说，你已经高中毕业，对于未来有什么打算？"

提到自己，阮虞卿又忧郁起来："我父母想让我立刻嫁人，但我并不想这样。"

艾琳看一眼沈雁行，揶揄道："是因为他？"

阮虞卿摇头："不全是。"

艾琳大笑："沈，听到没有？不全是，你不是小姑娘的全世界呢？"

沈雁行亲昵地握一下阮虞卿的肩头，笑着回敬艾琳："那又如何？我本来就不要做她的全世界，爱是分享，不是霸占。"

阮虞卿反手覆上沈雁行的手背："我想……自己给自己的人生做主。"

艾琳若有所思："或许，你有没有想过读大学？"

她怎么没有想过？她羡慕死顾明明了。

可是她生活在那样一个保守的家庭和封闭的环境，对于大学她一无所知！该选择哪所学校？读哪个学科？如何报考？考试都考些什么内容？

如果顾明明读的是国内的大学而不是出国留学就好了，她就有可商量的人了。

耳边突然一热，沈雁行俯身耳语："你若真想读大学，我会帮你搜集资料。"

辞别了艾琳，走出诺曼底公寓，阮虞卿对沈雁行展颜一笑："我喜欢艾琳，她表面激情四射，但内心冷静理智。"

沈雁行也笑了："你猜她怎么说你？她说你是覆盖着火山的湖泊。"

看似平静无澜，却蕴含着海啸山崩的激情。

那之后，阮虞卿又借着顾明明的名义和沈雁行偷偷约会了几次。

每次见面，沈雁行都带搜集到的大学资料给她，两个人认真万分地研究起读大学这回事来。

原以为他只是个闯进后花园里的赏花人。

但他比她希冀的做得更多——他拉着她的手走出后花园，带她到一个全新的世界。

与沈雁行私会的同时，阮虞卿还要应付申公子的邀约，这让她内心充满了负罪感。幸运的是，约会到第三次，申公子说他有公务要去一趟北方，阮虞卿终于松了一口气。

在艾琳公寓，沈雁行曾对阮虞卿说，他如今住的公馆里种着虞美人，邀阮虞卿一起看花开。

在他们重逢的一个月后，虞美人终于要开了。

阮虞卿借着参加同学婚礼的名义，偷偷来赴虞美人之约。

其实确有同学结婚，是周紫鸢，她和阮虞卿一向是对头，却出乎意料地给阮虞卿递了帖子。

婚礼在马斯南路附近的天主堂举行，步行一公里就是沈雁行的公馆。

阮虞卿从婚礼偷溜出来，去见沈雁行。

马斯南路上洋房林立，住的多是外国人，也有少数中国人，非富即贵，是个清幽的所在。

沈雁行的小公馆在马斯南路48号，一幢欧式铁艺门的花园别墅，前租客是法国公董局的某位官员，年前调任回国了。沈雁行租下后取名"雁虞轩"，把花园里的一架秋千粉刷成白色，白秋千架上蔷薇蔓生，花圃里种满虞美人，乍一踏足如走进外国童话书的插图里。

七月午后，沈雁行和阮虞卿撑着伞，蹲在花圃里等虞美人开。

边等边闲聊，阮虞卿问：“怎么会有法国人在花园里种虞美人的？”

沈雁行替她掸掉爬上她裙角的一只蚂蚁：“欧洲也有虞美人的。我在欧洲旅行时，英国朋友告诉我，他们以虞美人祭奠年轻的士兵，因为战场上牺牲的年轻士兵生命一如虞美人般短暂璀璨。”

阮虞卿眉心一攒：“真有趣，欧洲人用虞美人比战场上的士兵，我们中国人却用虞美人比士兵的情人。”

中国人说的虞美人，是西楚霸王项羽的情人虞姬，死后墓上生出的花。

沈雁行笑：“霸王别姬，念的是，虞兮虞兮奈若何。欧洲人祭奠士兵，念的是，对世界你只是一个士兵，而对母亲你是整个世界。”

此时此刻，在这虞美人花圃中，他们是彼此的整个世界。

阮虞卿羞赧地扭头看花。

花还没开，但已有了要绽放的迹象。

虞美人是一种很奇怪的花，花开后艳丽娇嫩、花瓣纤薄，但开之前，却被丑陋的、满是绒毛的绿壳子包裹。

花开瞬间，就是花瓣挣脱壳子的一刹那。

阮虞卿轻声道：“它看上去那么柔弱，是怎么有力气挣开包裹的？”

沈雁行眼睛含笑，看阮虞卿：“大概是因为它有必须绽放的决心，就像一个女人决定要爱一个男人时，没有她跨不过的山海，没有能阻挡她的神明。”

阮虞卿的脸一红，装作若无其事地把鬓边垂下的卷发拨回耳后。

沈雁行把伞塞进她手里，起身道：“等我。”

他转身回了屋子里。

再出来时，手里拿着一个匣子，站在秋千架旁喊阮虞卿：“过来，有东西送你。”

阮虞卿走到秋千旁，沈雁行拉着她的手一起坐下，给她看手里的匣子。

是个雕刻精美的檀香木匣，木质润泽，朱漆陈厚，一看就是悉心保存的经年老物件，打开来，盖内镶嵌着一块镜子，匣子里放着一整套发饰。

沈雁行把匣子放到她手里：“这是我母亲家传的首饰，一整套的发梳，送给你做十八岁的生日礼物。”

两天前，她刚过了十八岁生日。

阮虞卿把匣子放在膝盖上，挨个拿起来看。

这套发梳复杂精致，有一个巴掌大小的弧形玳瑁梳和三枚银镶碎钻发卡，两枚用来别鬓角的碎发，一枚用来别在后脑勺，这枚上还配着金红的绸丝带，玳瑁温润，钻光闪闪，阮虞卿看得爱不释手。

沈雁行笑着拿起玳瑁梳：“蓬头鬼似的，我帮你梳起来。”

阮虞卿便乖觉地侧身，把后背和一头蓬发交给他。

沈雁行五指穿过她的长发，在发梢攥一把，像掬水一样温柔地一手掬住，另一只手沿着她脑瓜顶细致地梳顺，阮虞卿侧着脸，只见半边被太阳晒得粉红的脸颊和一个鼻尖，沈雁行道：“你长雀斑了。”

她是典型江南美人，皮肤向来细白如瓷，光洁无瑕。

阮虞卿惊恐地扭头，认真问：“变丑了吗？准是前几天去顾明明的草地茶会晒出来的。”

沈雁行用指关节轻轻擦过她脸颊上的雀斑：“不丑，漂亮得更生动了。”

阮虞卿这才放下心来，又扭过头去。

梳顺了这一头蓬发，沈雁行放下玳瑁梳，拿起一枚银发卡，去别阮虞卿的鬓发。

一只蝴蝶停在阮虞卿的鞋尖上，她正认真地观察蝴蝶。

屏息凝神间，她整个人如同凝固的油画少女，法国画家雷诺阿那幅《小艾琳》，唯有睫毛在如蝶翼般颤动。鬓发用银发卡别在耳后，露出粉薄的耳朵，耳垂上塞着一粒珍珠。她是十八岁生日后刚穿的耳洞，用装饰着珍珠的银针穿过预防化脓。他视线再往下滑，是纤巧一握的下巴，与少女绒毛未褪的细颈……

阮虞卿认真观察着鞋尖的蝴蝶，等它飞走，等得脖子都酸了，漫不经心地收回目光，不小心瞥见膝盖上檀木匣的镜子。

镜子里映出沈雁行的眼睛。

一双满盈着她的、浓厚炽烈情感的眼睛。

她微微一惊，扭过头去。

一双手从鬓发上下移，抚上她的肩膀，握住。

她削肩柔弱，像一只猝不及防被人捕捉到掌心的蝴蝶。

檀木匣、玳瑁梳和银发卡滑落，世界颠倒，阮虞卿的眼睛里只见风吹蔷薇，花叶簌簌。

花圃里，绿壳子刹那间萎落，明蓝娇粉的虞美人花瓣舒展开来。

暑气渐渐下退，天边橘红蔓延，暮色将至。

阮虞卿伏在沈雁行膝上小憩，沈雁行将手搭在她的肩背上，手指打拍子，轻唱："莺逢日暖歌声滑，人遇风情笑口开。一径落花随水入，今朝阮肇到天台……"

阮虞卿闭着眼睛不理，他继续唱下去，手指也沿着她的肩膀往下走："则为你如花美眷，似水流年，是答儿闲寻遍，在幽闺自怜……"

阮虞卿再装睡不下去，转个身，仰脸望沈雁行，伸手去捂他的嘴："不许再唱了。"

再唱下去，词就不成体统了。

沈雁行的手指已经游走到她手边，反手握住，十指相扣，含笑问："不装睡了？"

阮虞卿脸一红，又翻身过去，把后脑勺留给他。

她一头乌发散在他膝上，沈雁行轻柔抚过："落日出前门，瞻瞩见子度。冶容多姿鬓，芳香已盈路。芳是香所为，冶容不敢当。天不绝人愿，故使侬见郎。宿昔不梳头，丝发披两肩……"

婉伸郎膝上，何处不可怜。

阮虞卿背对着他，任他抚摸长发，闭着眼睛听着蝉鸣，享受这片刻的安闲寂静。

直到肚子咕噜声打破静好氛围，她红着脸坐起来："我饿了。"

这间花园别墅是法国人造的，上任屋主离开时也留下了不少西化的家具电器，比如厨房里的煤气面包炉。阮虞卿饥肠辘辘等不得外出去馆子，沈雁行尚有几片昨天的面包，于是便用面包炉把冷面包加热，抹果酱做三明治给她吃。

他在厨房忙活，阮虞卿坐在厨房外的餐厅等他，边等边用指甲钳修剪指甲。

见他操作面包炉和碗盘的姿势熟稔，阮虞卿忍不住道："没想到你还会做饭。"

沈雁行拧开果酱罐子："在美国留学时，常自己做饭吃。"

阮虞卿惊奇："北地王的儿子还要自己动手做饭？"

沈雁行回头笑："你也知道是北地王了，又不是花旗王，哪有读书还带个厨娘的道理？"

面包烤得蓬松热烫，抹上果酱，放在绘制了蔷薇花环的法式白瓷盘里端上来。沈雁行转身回厨房倒牛奶，阮虞卿饿狠了，迫不及待地拿起面包咬一口，眯着眼睛餍足地呜一声，像只终于吃到鱼的猫。

沈雁行看得好笑，在她对面坐下："累坏你了吧？"

阮虞卿脸一红，从桌子底下伸腿踢他。

不远处突然传来音乐声，阮虞卿竖起耳朵仔细听，隆重的、肃穆的，是《婚礼进行曲》。

周紫鸢要被她的父亲牵着走上红毯了。

沈雁行问："是你的同学。她是天主教徒？"

阮虞卿摇头："赶西式婚礼的时髦罢了，我们女同学凑到一起的时候，总互相问以后结婚是打算穿凤冠霞帔还是穿婚纱。"

沈雁行问她："那你呢，你想穿什么？"

阮虞卿眉心一蹙，认真答："我不喜欢白色婚纱，太冷清了。可也不喜欢凤冠霞帔，觉得累赘。"

沈雁行原是随口一问地逗弄她，没想到她竟认真回答，心口一热，脱口道："你喜欢蓝色，以后我们结婚时，你就穿蓝婚纱，虞美人蓝。"

阮虞卿嘴巴微张，有些惊奇："婚纱可以是蓝色的吗？从没见过。"

沈雁行满眼柔情地看着她："当然，只要你喜欢，什么都可以。"

"只要虞卿喜欢，太阳可以西升东落，月亮可以永远在树梢上挂着。"

阮虞卿脸一热，啐他："说的什么疯话。"

沈雁行站起身来，握着阮虞卿的手腕把她从椅子上拖起来，搡着她朝书房走："才不是疯话。"

进到书房，他一把拉开窗帘，让暮色涌入，书房窗正对着教堂的方向，可以看见教堂的尖顶和十字架，教堂正敲钟，惊飞一群白鸽，如白虹划过天空。

沈雁行在椅子上坐下，一手把阮虞卿揽坐在自己膝上，拉开抽屉，翻出一个软皮笔记本，拿起笔筒里的派克金笔，吸一囊墨，在笔记本的空白页上写——

三生有幸得遇虞卿，愿四时佳兴琴瑟静好，五世其昌桃叶蓁蓁。

末了，在后面郑重地签上自己的名字：沈雁行。

是婚书。

是他对阮虞卿的承诺。

阮虞卿看得眼眶发热，却垂下眼睛别过头去开玩笑："写得这么顺手，不知道给多少人写过。"

沈雁行握住她的下巴，把她的脸扭向自己，神情是前所未有的郑重："只有你一个，今生今世也只得你一个。"

他把笔塞进阮虞卿的手里。

阮虞卿稳一稳心神，颤抖着在"沈雁行"三个字后面写下自己的名字：阮虞卿。

沈雁行又接过笔去，在末尾署上日期：民国十四年七月初三。

阮虞卿整个人都在发颤，却还强装镇定地笑他："作不得数的东西，倒搞得这样隆重。"

沈雁行捂住她的嘴："谁说做不得数？你我两情相悦海誓山盟，这一纸婚书，比教堂里神父的认可和政府的一个印章都更神圣。"

阮虞卿便不再说话，只伸手搂住他的脖子，偎依在他肩上紧贴着他。

窗外蝉鸣阵阵，兼有声声蛙鸣，风送虞美人花香，这是个 艳香软而又清寂温柔的夜。

阮虞卿余光突然觑到抽屉里有一本装订好的册子，伸手去拿：“这是什么？”

沈雁行抓住她的手，十指紧扣，眼底含笑：“是个惊喜，还不到揭晓的时候。”

第四章

何当共剪西窗烛，却话巴山夜雨时

申公子去北方后，阮虞卿脱离了相亲的束缚，终于得空回苏州。

和她一起去苏州的，除了沈雁行，还有顾明明。

在顾明明的“威逼利诱”下，她不得已交代了自己和沈雁行的秘密恋情。顾明明以“娘家闺密”的身份和沈雁行正式见面，宣布她同意在出国前继续给沈雁行和阮虞卿做幌子，作为交换，阮虞卿要带她去参加东山草堂的昆曲雅集。

这次雅集与往日不同，有一场前所未有的“热闹”。

中国戏向来重“虚”，以有限的舞台和道具来表现一切场景，而这次，柳闻莺和沈雁行联手做了个新尝试——在真正的园林里演绎《游园惊梦》。

任若如请缨扮演春香，而杜丽娘和柳梦梅，则是昆曲研习所的学生。

戏在午睡醒来后上演，演完时已经暮色四合。

谢幕后，围绕这出改良的《游园惊梦》，观众们言辞激烈地讨论，有人认为用实景破坏了中国戏的虚拟意境，少了朦胧之美，有人却认为这是一次有趣的尝试。

直到顾明明的困惑打断众人的讨论：“我不是很明白。”

阮虞卿问顾明明：“不明白什么？”

顾明明蹙眉：“杜丽娘为什么会爱柳梦梅？她根本不知道他是一个什么样的人。他爱好什么，和她有什么共同话题？她甚至不知道他姓甚名谁，对她来说他完全是个陌生人。”

顾明明不懂昆曲，虽然在静慧女中两次和阮虞卿搭档演出，但她只是听阮虞卿吩咐，不开口，做个站桩的搭子，和道具没什么分别。

一时间气氛有些尴尬。

沈雁行用《罗密欧与朱丽叶》里的台词插科打诨："罗密欧啊罗密欧，你即使不姓蒙太古，仍然是这样的一个你。姓名本来就是没有意义的。"

阮虞卿嗔他一眼，耐心给顾明明解释："重要的其实并非柳梦梅，而是杜丽娘，是她想要爱一个人的渴望，而柳梦梅恰好在这个时间出现。"

顾明明仍是懵懵懂懂："这种渴望有那么强烈吗？强烈到可以不在乎对方到底是什么样的？"

阮虞卿一时哑然，半晌，才道："你有一个开明的母亲，你离杜丽娘太远了。"

宴散后，阮虞卿和沈雁行出了草堂，在月光下漫步东山。

边散步边聊天，说着说着，就说到顾明明身上。

阮虞卿解释顾明明的出身："明明的母亲很像艾琳，是个世家逆女，她独自带大明明，直到去年，明明才知道自己的生父是谁。"

顾明明的生父，就是阮虞卿在警局里不得不搬出的那位陈局长。

沈雁行摇头笑："有这样一个惊世骇俗的母亲，想必她从没尝过渴望被压抑的滋味，也难怪她不能理解杜丽娘。"

阮虞卿轻轻吐一口气："但因为她，我倒是明白了昆曲没落的一些原因。"

"什么原因？"

"时移世易。"

"怎么讲？"

"《牡丹亭》诞生的年代，几乎没有人可以随心所欲，所以才人人都爱杜丽娘，因为杜丽娘就是他们，他们借着杜丽娘去爱人。可现在，枷锁在松动，比起杜丽娘，人们越来越接近顾明明，当人们不再需要借助杜丽娘去爱，也便不再爱杜丽娘了。"

沈雁行若有所思："艺术的魅力在于引发共鸣，共鸣变弱，艺术也便由盛转衰。可惜。"

阮虞卿却莞尔一笑："没什么可惜的。花开花落自有时，盛开过已是难得的造化，何况凋谢后还有人念念不忘。”

月光下，她面容皎皎，神色宁静。

沈雁行看着她，心绪晃荡如水中的月亮。

阮虞卿便是这样，日常看上去，不过是个娇嫩如蓓蕾的女学生，乖巧、静而讷言，甚至因为从小被保护得太好，略带一点不经逗弄的天真笨拙。唯有谈及昆曲时，她仿佛瞬间成了一个智者，深情、克制、冷静、沧桑。

他伸手捧住阮虞卿的脸，凑过去，蜻蜓点水地一吻。

次日，顾明明回了上海，阮虞卿和沈雁行也离开了东山。

小园的管家和厨娘虽是阮虞卿外公在时雇下的老仆，不受阮虞卿父亲管制，但到底不好叫他们太难做，沈雁行不在小园住，只在附近寻了家客栈。

阮虞卿这次来苏州，最重要的是为“晒书”。

外公在世时，每年立秋都要晒书，把书房里的古籍搬出来，一本本摊开晾晒，防止生虫。他去世后，继承小园的阮虞卿也延续了这个传统。

立秋这天，阮虞卿找借口遣开管家和厨娘，让沈雁行来小园帮自己晒书。

这日天好，阳光晴朗，树影辉煌，不知道谁家的白猫踩着屋顶瓦片进了小园，赖在后花园的大银杏树上，趴在树杈上垂下四条腿睡觉。阮虞卿和沈雁行坐在树下晒书，书一本本摊开，油墨香和纸潮味飘了满园。

翻开一本《李清照词集》，阮虞卿“咦”一声：“有张船票。”

很旧的船票，纸张已经脆薄，上面有日期——宣统元年十二月初六，上海到广州。

阮虞卿蹙眉：“是我两岁那年。”

她是光绪三十三年夏天出生。

是谁的船票，为什么没有去登船，反而夹进书里，据她所知，外公也没有广州的亲戚朋友。

她把船票又夹回原处。

突然听到沈雁行笑：“这是你小时候吗？”

他在一本书里发现了一张老照片，阮虞卿伸手夺过来，是四岁时和外公、母亲的合影，自己戴着虎头帽，实在是憨态可掬。

她有些羞赧，沈雁行却眼底含笑："给我讲讲你的童年吧。"

阮虞卿拿照片抵着下巴："也没什么好讲的，七岁之前我在上海和父母哥哥们一起住。七岁时，有一回来苏州过年，我在外公和朋友们的雅集上表现出一点对昆曲的兴趣。外公很欢喜我，就和我父母说，他老来寂寞，想讨我去给他做伴，就这么着，我在外公身边一直待到十二岁那年他去世。"

沈雁行握着她的指尖揉捏："只有老人家做伴的童年，很孤单吧？"

阮虞卿摇头："还好，我和外公都是昆曲迷……你呢？也给我讲讲你的童年吧。"

沈雁行寂寥地一笑："小时候我和母亲、妹妹客居在北京。"

他的父亲是北地王，家在绥都城，他和妹妹却与母亲客居北京。

阮虞卿模糊地想起报纸上的说法：北地王偏宠二公子，对大夫人和大公子少有问津。

她反手握住沈雁行的手，倚进他的怀里。

沈雁行像是猜到了她在想什么，安慰她道："是我母亲先不要父亲。"

阮虞卿仰脸看沈雁行，鼻音浓重地问："嗯？"

沈雁行垂下眼睛："母亲是父亲强抢来的，他对她一见钟情，可她早已经跟青梅竹马定了亲，他用很卑劣的手段逼她嫁给自己……"

阮虞卿惊讶地"啊"一声："他杀了那个青梅竹马？"

沈雁行摇头："不，比这更卑鄙，他邀那青梅竹马见面，以利益诱惑他，让他放弃未婚妻。在巨大的诱惑面前，男人低头了，笑容谄媚地向他道谢……而母亲就藏在帘子后，目睹了这一切。"

阮虞卿握着沈雁行的手骤一攥紧。

沈雁行继续讲下去："父亲终于娶到了母亲，却也永远失去了她。他以为她看到心上人的丑态就会转头爱上自己，但那一幕撕碎了她对爱情的所有美好幻想，也就断绝了她爱别人的可能，这个别人里也包括他自己。"

“但那时候他只想着赢，他把她当敌人，而不是当爱人。”

爱是妥协也是斗争，向爱人妥协，并和她一起，与那些不许他们相爱的人斗争。

他错分了敌我，注定一败涂地。

阮虞卿伸手环抱住他的腰，轻声道：“给我讲讲你的母亲吧。”

沈雁行的声音里有无限柔情：“她原籍苏州，祖上因为在朝廷获罪才被发配到北方。虽然离了苏州，世世代代却一直念着故乡的南音，以至于到我母亲这一代，虽然一生没有到过苏州，但还会唱昆曲，还能再教给我，大约昆曲就是我们家族流淌在血液里的乡愁。”

他称他母亲的家族为“我们家族”，显然对母族的亲近更胜于父族。

阮虞卿问：“你说，伯母一生都没有到过苏州，为什么？”

既然母子俩客居北京，就说明沈大帅并不限制他们的活动。

沈雁行语气怅惘：“她不敢，她把苏州想得太好了，好到像一个梦，怕真到了，梦也就碎了。但她给我取名雁行，大雁南行，要去的就是姑苏。”

阮虞卿软声问沈雁行：“那你这只大雁飞到苏州后，失望了吗？”

沈雁行抓住她一只手，贴到自己侧脸上，歪头闭眼轻笑：“没有，苏州比我想象中更好，不仅有江南烟雨水磨昆曲，还有一个虞卿。”

两个人就这样静静地偎依着。

过了不知道多久，沈雁行才又开口说：“夏天尽了。”

今日立秋，秋天来了。

沈雁行叹：“你我之间，已经共历三季，只差一个秋天。”

他们在夏天相识，冬天相爱，同游了一个春天，又在另一个夏天山盟海誓托付余生。

唯独没有一起过过秋天。

阮虞卿鼻音浓重地“嗯”一声，带一点撒娇的意味：“接下来不就是秋天了？”

沈雁行没有说话。

阮虞卿意识到什么，仰脸看他的眼睛。

沈雁行捧住阮虞卿的脸："虞卿，我昨天接到家里的电报。"

阮虞卿如离水的鱼般一弹，坐直了，问："你又要回绥都？"

沈雁行点点头："我来上海时，父亲已经转安，昨天家里又来电报，说病情突然恶化，我不得不回去一趟……他毕竟是我的父亲。"

阮虞卿心里涌起无限的离愁别绪。

她和沈雁行之间总是这样，离别总在情浓时乍然来到，似乎是上天担心他们情热过了头，所以总要用离别来给他们降一下温。

可是情到浓时，又岂是离别能消磨减淡的？

她不想他走，可又没有理由拦他，他除了是她的情人，也是他父亲的儿子。

她勉强笑："我还没见过北方的秋天呢。你跟我讲讲，北方的秋天是什么样子的？和南方有什么不同？"

沈雁行想了一想，随即兴致勃勃道："当然不同，南方湿热北方干燥，所以南方的景色柔丽暧昧，北方的景色却浓艳热烈。北方秋天的天湛蓝高远，《西厢记》里说，碧云天、黄花地、西风紧，北方的秋天就是真正的碧云天黄花地，不到北方，难知秋色如许——银杏金黄，枫树火红，天色碧蓝，湖水澄清……"

他讲得生动，阮虞卿原本只是为挑个话题冲淡离愁，听着听着，却不知不觉神往起来。

她从未去过北方，但从沈雁行的描述里，她可以想象出北方的秋天，一定是天高气爽满地金黄……

沈雁行捏一捏她的指尖："回绥都后我会写信给你，等再回来，我保证，我们再也不会有长久的别离。"

第二天，他们回到上海。

阮虞卿在火车站送别了沈雁行，回到家，就看见申公子正坐在客厅与父亲喝茶。

那之后，阮虞卿又被家里安排着和申公子见了两次面。

一次是一起看电影，梅兰芳演的《春香闹学》。申公子知道她爱昆曲，特意挑了这部取材自《牡丹亭》的戏剧电影，然而坐在昏暗的电影院里，看着梅兰芳的精美扮相，阮虞卿满脑子只有暮春时节，太湖边、花荫下，自己依偎在沈雁行怀里，和他一字一句推敲《牡丹亭·前世今生》的场景。

手臂上似乎还有被沈雁行的手握住的余温，阮虞卿在黑暗里红了脸颊。

再一次，是申公子的小姨妈做东，邀请阮虞卿母女去她在崇明岛的田庄做客。申家小姨妈夫家是崇明人，虽然一早发迹去了上海安家，但故土难忘，何况“富贵不归故乡，如锦衣夜行”。于是他们趁世道乱，低价买下了邻里乡亲的几十亩地，雇人种稻养鱼，每年七八月上海酷暑时，就来田庄消夏。

申公子自然“作陪”。

午睡起来，申家小姨妈撺掇申公子带阮虞卿去湖里划船，说正是荷花盛开的时节，阮虞卿推辞不过，只得和他出了门。

荷风清香温凉，申公子一边划桨，一边找话和阮虞卿说，字字句句不离昆曲。

他对昆曲的见识在阮虞卿这种老手看来，自然是浅显幼稚，显而易见是现学现卖，阮虞卿听得好笑，又有些感动。如今昆曲衰微，也不知他请教了多少人，才搜刮到这些入门知识，只为见面时好与自己有话说。

他越是用心，她越觉得愧疚。

这样一个认真恋慕着自己的人，却被自己拿来做挡箭牌。

给沈雁行写信时，阮虞卿不免提到与申公子的这两场见面，她在信里对沈雁行叹息忏悔，写道——

之前看你给我的《堂吉诃德》，书里说，一颗心一旦被爱情占据，就会失去羞耻。要我说，不只会失去羞耻，还会失去良知。

信写好了，她趁和女同学去永安百货时把信塞进邮筒，此后便扳着手指头数日子，等沈雁行的回信。

沈雁行的回信当然不敢寄到阮家来，要提防她父亲心血来潮，拆信查检。

顾明明为出国忙得焦头烂额，阮虞卿不好意思打扰她，绥都的来信，只好一律寄到东山溯玉草堂，由任若如收。

等啊等，等了小半个月，任若如终于托人送拜帖到上海阮家，说请阮虞卿到东山小叙。

阮虞卿到东山那日，柳闻莺在家。

他对两个女孩子私底下那些事一无所知，也不知道有一对小鸳鸯已经借着他的名义暗度陈仓了大半年。

两个女孩儿牵着手去游廊，装出一副切磋唱腔的模样。

盛夏多雨，刚到游廊坐下，没片刻就下起了雨。

细雨泠泠，风吹斜斜，两个人也不回屋，任若如跑去厨房偷了碟乌梅子果脯，和阮虞卿就倚栏杆歪坐着，吹风，看雨，闲话。

阮虞卿问任若如："你怎么肯这么热心帮我们？"

这话她一直想问任若如，一直没得空。

任若如拈一颗乌梅子磨牙，莞尔一笑："兴许我唱不好杜丽娘、崔莺莺，是因为我天生就是个春香小红娘。"

杜丽娘、崔莺莺是为情所困的闺阁少女。

而春香和红娘是杜丽娘、崔莺莺的丫鬟，是她们旁边那个爱笑爱闹、不知情为何物却为她们仗义牵线的憨顽女孩儿。

说罢，任若如趴在栏杆上，伸出一只手去接瓦檐上落下的雨滴，就着雨声她细细吟唱起："原来姹紫嫣红开遍，似这般，都付与断井颓垣……"

阮虞卿的心念一动。

从任若如的唱腔里，她听出了之前没听到过的东西。

一种思春的愁绪。

她悄悄看一眼任若如，心里断定，这女孩儿有了心事，或许有了情郎。

每个女孩儿的心里都有一座后花园。

任若如后花园里的牡丹花开放了，她不再是春香和小红娘了，

民国十四年的夏天，一个万物悄然萌发的浓夏。

黄昏时分，柳闻莺出门去找邻居下棋，阮虞卿终于如愿拿到了沈雁行的书信。

信封鼓鼓囊囊，塞了厚厚一沓信纸，任若如识趣离开，阮虞卿迫不及待地用银裁纸刀拆开信。

沈雁行从小习赵孟頫的字，字迹风流清秀，又爱在撇捺上下功夫，“见信如晤”四个寻常字，被他勾画得缠绵悱恻。

阮虞卿先大致浏览一遍，未见到“申公子”三个字，又去翻信封上的邮戳时间，果然比她寄的那封信还要早。

这才安下心来认真读信。

“虞卿，见信如晤，我已到绥都十日，父亲病体稍愈，终于得空给你写信……”

十几张信纸，娓娓道来的，全是他在绥都的生活点滴。

他提到自己同父异母的妹妹令仪，一个多病而羞怯的女孩儿。惊叹女孩子的生长之快，如雨后竹笋般，说距离上次见她也才半个月，感觉又长高了两拃。

感叹完，他又叹息地说道：“虽然长高了，但还是一样的丑小鸭毛丫头。”

其实这话未必属实，人看血亲有面纱，有时心里爱到不行，嘴上反倒刻薄贬低，非如此不能表达欢喜。

“令仪只小你两岁，但若说你是虞美人，她却还像是虞美人的绿壳子。”

他言语暧昧，阮虞卿想起那天在马斯南路小公馆和沈雁行一起等虞美人开花，脸颊霎时滚烫。

他说完了妹妹，又说了和德国人去打猎的趣事。

那德国人是他父亲旧交的儿子，傲慢得很，瞧不起中国人，提出要和沈雁行比赛，看谁打到的猎物多。他带了一只罗威纳犬，说是血统纯正的名犬之后，头颈粗壮面相凶恶。

而沈雁行带的是一只细犬。

那德国人一见沈雁行的细犬便嗤笑，目露不屑，显然瞧不起这长腿伶仃腰细堪折的中国犬。

可他哪里知道，这是中国最正宗的猎犬，以灵巧著称。沈雁行这一只，是前清某位八旗旗主爱犬的后代，奔跑起来速度更胜一般细犬，因此得名“玄卢”，意为黑色的卢，“马作的卢飞快”，岂是那只罗威纳能比的？

结局自然是沈雁行大获全胜。

玄卢不仅替沈雁行猎到了更多猎物，还为他寻到一窝还没断奶的兔子。

母兔子被德国人的罗威纳犬咬死了，玄卢不知犯了什么癖性，挡在兔子窝前，低声呜叫着摆出战斗姿态，不许罗威纳犬进犯兔子窝。

沈雁行把那窝小兔子带回了帅府，让人用牛奶喂养，最后只活下来了两只。

“两只兔子，一只给你，一只给令仪。”

他还附了给阮虞卿那只兔子的“肖像”，是他用铅笔画的素描像，乖软的小兔子瞪着大眼睛，有些惊恐，似乎能看到它的鼻子在抽动。

沈雁行在兔子像下面画了个箭头，写：看，像不像你？

阮虞卿心里笑着骂他。

翻过一页，讲的内容又是一变，说他前几日去了北京。

他说自己清晨在陶然亭吹风，黄昏在烟袋斜街漫步，暮色降下后，沿着紫禁城红色的外砖墙散步，北京一切都如他少年时那样，仿佛从未改变。想起母亲，他心中有无限难平伤感，但想到阮虞卿，又觉得世事尽可原谅。

云薄雾凉，天高气爽，再过不到一个月，北地金黄灿烂的秋天就要来了。

在信的末尾，他写了一句诗：何当共剪西窗烛，却话巴山夜雨时。

阮虞卿的心猛地一跳。

信里的沈雁行与在她面前时不同，两人面对面共处时，耳鬓厮磨目光缠绵，什么肉麻的话都能不假思索地脱口而出。但爱意一旦落到纸上，从心到脑再到笔尖，蜿蜒曲折，经过了漫长的思考，于是难免羞赧，成了顾左右而言他的婉转。

可是她明白——

何当共剪西窗烛，却话巴山夜雨时。

这是他向她下的邀请函。

邀请她去他的北国，共赏碧云天。

收到沈雁行的信后，阮虞卿反倒比之前还心神难定。

这趟北方，她去还是不去？

自然是想去的，她想看看沈雁行从小长大魂牵梦萦的北方，想看看他那只叫“玄卢”的细犬，还有他给她留的那只兔子，更想与他一起牵手在故都高远的蓝天下、金黄的落叶上漫步。

但怎么才能去？从小到大，父母肯放她独自去的只有苏州，且是因为外公家在苏州，连每次去南京大伯家，都是和父母一起的。

她找不到借口，每天夜里辗转难眠，唉声叹气。

就在她为去北方搜肠刮肚想办法的时候，家里发生了两件大事。

第一件，哥哥清文“跑了”。

南京的大伯打电话来，告诉父亲，哥哥在无锡分行办公室抽屉里留下一封辞职信不告而别，分行行长见信立刻通知了大伯。大伯不敢耽搁，立刻打电话知会父亲。

辞职信里，哥哥只说，银行工作非他所喜，没有说更多的话。

他没有说自己要去哪儿，也没有回上海。

当晚父亲挂断电话后大发雷霆。

家里的阴云一直持续到第二天小姑姑登门。

她带来的是“好消息”——申家小姨妈托她向阮家父母求亲。

阮、申两家门第相当，都是书香世家，阮虞卿女中毕业，申公子也有大学文凭，阮家的报馆和申家的印刷厂也多有合作，彼此知根知底。

无论从哪个方面看，这都是一对佳配。

除了阮虞卿自己的意愿。

她蹲在楼梯拐角听父母和小姑姑商量自己的终身大事，听到父亲说：

“那就劳烦你代我向申家答复，说约个时间大家坐下来详谈……”

阮虞卿再也按捺不住，不等小姑姑离开，她冲下楼梯：“不，我不想嫁人。”

三个大人扭头吃惊地望着阮虞卿，父亲率先回过神来，横眉朝母亲大喝：“你教导的好女儿，鬼鬼祟祟地偷听大人说话！”

见父亲要发火，小姑姑忙挽住他的胳膊：“消消气，原是她自己的终身大事。”

父亲冷笑：“你像她那么大的时候，媒人来提亲，女孩儿家都是要回避的，世风日下，越来越没有规矩！”

小姑姑嘴里说着“还有别的事要同你说，送我一程”，然后强拖着父亲出了门，关门时她给母亲使一个眼色——让母亲好好劝劝阮虞卿。

母亲唐怡君是个标准的中国闺秀，对谁说话都是温温柔柔的。坐在阮虞卿的卧室里，她握着阮虞卿的手，问道：“告诉妈妈，你为什么不想嫁人？”

阮虞卿垂着眼睛：“我想读大学。”

这话不假，但只是一方面。

另一方面当然是因为沈雁行。

可她现在哪里敢向父母提起？

与人私订终身，是他们这种家族的忌讳，更何况对方是父母最厌恶的将门出身。

母亲思索片刻，道：“大学文凭这种东西，是小门户女儿攀附高门的嫁妆，你生来就在高门，不需要这副嫁妆。”

就现实情况而言，母亲的话并不算错，就连阮虞卿读的女中也是这样，同学里不乏家境平平者，全家勒紧腰带把女儿送进女中，为的只是和女中学生里的千金小姐们结交，借她们的好风去结识所谓上流社会的男人，以图嫁入豪门飞上枝头。

这种女孩儿，被嘴巴刻薄如周紫鸢的千金们戏称为“金龟猎人”。

倒也真有成功者，于是这种风气日盛，连累得那些真心想求学的贫家女也受人耻笑，举步维艰。

阮虞卿摇头:“我读大学,不是为了攒嫁妆抬高身价,我只是想做学问。”

母亲“哧”地一笑:“女人做学问又有什么用?中国历朝历代多的是才女,东晋的谢道韫有咏絮之才又如何?入不了社会,进不了朝堂,不还是要嫁人生子?”

阮虞卿急切地反驳:“那是因为当时的社会没有给女人提供施展拳脚的机会,但这个世界是一直在变的。谢道韫这样的时代女人只能囿于家庭,谢道韫要求学也只能请家庭教师,但现在已经有了专门的女子大学,甚至可以男女混读。”

她滔滔不绝,母亲被惊吓得说不出话来,半晌,才问:“你是从哪里知道这些的?”

阮虞卿捂嘴噤声。她说得太激动,一时间忘情,露了马脚。

这些东西,不是她这个中国传统上流家庭的闺阁少女该知道的。

父母根本不会知道,这一个万物疯长的夏天里,他们的女儿内心经历了怎样的蜕变。

阮虞卿终于想到借口:“玛丽嬷嬷。”

母亲并未多疑,她叹一口气:“玛丽嬷嬷是牺牲了所有幸福家庭生活的可能。”

玛丽嬷嬷是终身未婚的修女,据说她出身英国贵族家庭,少女时代就发愿奉道,二十年前漂洋过海来到中国。她原本可以做一个贵妇人,有安适的生活和自己的儿女。而不是像现在,过着清苦的修女生活,费心劳力地照看一群和自己无关的萌动期少女。

阮虞卿道:“玛丽嬷嬷未必不幸福,人生幸福的道路未必就只有家庭生活一条。”

母亲蹙眉:“富足安稳的家庭生活有什么不好?多少人求都求不来。”

阮虞卿小声反驳:“可是我不想做一株花,从父亲的花圃,直接移植到丈夫的花瓶里。”

卧室刹那静寂。

半晌,母亲幽幽道:“你瞧不起我?”

阮虞卿这才意识到自己又说错了话。

她的母亲唐怡君，恰恰就是她所说的那种“从父亲的花圃直接移植到丈夫的花瓶里”的女人，最典型的中国闺秀。唐怡君幼年丧母，自小安静地、不出挑地在祖母膝下的深闺之中长大，由父亲和其他女性长辈做主，嫁给素未谋面但门当户对的丈夫，并很快生下子女。

美丽、乖巧，娴静孝顺，出嫁前她是人人喜欢的好女儿。

富足、安稳、儿女成双，出嫁后她是人人艳羡的好太太。

可唐怡君一生都是沉默的，未嫁从父，出嫁从夫，她是父亲和丈夫的影子，她从不过多表露自己的情绪，连死去的大儿子都不敢光明正大地怀念，唯有在花圃里为他种一丛秋菊。

阮虞卿惊慌失措地解释：“不是的，如果是我自己的选择，那这种生活是很好很好的，但这不是我自己想要的。”

卧室门猝不及防地被踢开，父亲站在门口冷笑：“自己的选择？你懂什么叫自己的选择？像你的好大哥那样为自己选一条死路？”

虽然阮虞卿对大哥的记忆不多，但她始终记得大哥离家那天，自己正蹲在花圃里挖土，大哥捏了一把自己的脸，笑着说：“虞卿，再见。”

大哥是父亲心里不可触碰的逆鳞。

听见父亲讽刺大哥，阮虞卿热血上头，起身道：“大哥虽死犹生，比那些虽生犹死的人幸福多了。”

阮虞卿再次被软禁了。

不同于去年，这次的软禁更加严格。

去年，也不过是把奶娘从老家召回来，让奶娘寸步不离地守着她。

这一次，连出门都被禁止了。

甚至连邻居家都不许去，更不用说任若如的邀约了。

阮虞卿的活动范围被局限在忆定盘路上这座花园别墅里，她为大哥所做的辩驳彻底惹怒了父亲，父亲打算直接把她关到和申公子订婚的日子。

为防止她逃跑，连卧室阳台都叫人来新加了田字格铁栏杆。

秋天渐近，阮虞卿一日比一日焦躁，她每天趴在阳台上看外面的街景，挖空心思琢磨怎么才能逃出去。

有一天，望着路过的馄饨担子，她终于想出主意来。

她推开阳台窗，大声叫住卖馄饨的少年，又跑去厨房拿一只高底内凹的瓷碗，托奶娘去买一碗馄饨。

如此连着买了好几天的馄饨，她跟少年混熟了。

有一天，她叫住少年后，在阳台上给少年打手势，让他翻转瓷碗看底下。

她在碗底偷偷黏了一张纸条。

但她没料到的是碗还没到少年手里，就被父亲截住了。

这天他报馆无事在家休息，见阮虞卿要买街上的馄饨，本就疑虑，一问奶娘，得知她已经连买了好几天，更觉得有鬼，把碗截下来仔细翻看，果然在碗底发现了黏着的纸条。

他撕下纸来展开，上面写着：霞飞路147号，找顾明明，说阮虞卿有难，请她打电话到阮宅，约阮虞卿外出，大恩必报。

父亲冷笑着把纸条揉成一团，扔进垃圾桶，扬声朝楼上喊：“让你进教会学校，你倒在里面学会了孙子兵法！”

他不知道，阮虞卿正贴在卧室门上偷听，发现纸条被截，反而浑身烂软地坐在地上，松了一口气。她要用的，不是“暗度陈仓”，而是“声东击西”。

这张纸条只是个障眼法。

父亲已经推掉了任若如的东山邀约，大概也不会搭理顾明明。

就算纸条到了少年手里，一个挑馄饨担子走街串巷的穷孩子，大半是不认识字的，又怎么能帮她传递消息？

她要的就是父亲发现它，戳破它，从而放松对她的警惕。

两天后，借着第一场初秋风起，她开始执行真正的计划。

晚上睡觉前，她没有关卧室阳台的窗。

她踢开被子，抱着肩膀咬牙吹了一夜的凉风，天将明时才把吹进来的落叶捡干净扔出去，关好窗。

再照镜子，果然见自己双眼疲倦，脸色发黄。

早餐后她开始打喷嚏，午睡起来头昏昏沉沉，手背摸脸只觉滚烫。

不，还不够。

这种程度，只够父亲把医生叫到家里来。

她把自己关在房里，假装在读书，暗暗地让病发酵。

从小她一受凉就会感冒，及时治疗还好，倘若拖个一天，症状就会汹涌而至，到时候非进医院观察不可。

又忍耐了一夜，第二天昏昏沉沉醒来时，整个人像是深陷进床褥里，酸软不堪，连动一动手指都觉得艰难。

母亲见她久不出房门，进屋来看，吓得忙打电话喊父亲回家，送她进医院。

阮虞卿醒来时，看到的便是医院雪白的天花板。

她悄悄舒一口气，摸一摸贴身口袋，见东西还在，嘴角不自觉地一弯。

前一夜睡觉时，她就已经把偷偷存的钱藏进了内衣口袋。

现在，她只等寻个机会逃出医院，然后坐火车北上。

乖顺地做了十几年好孩子，然后突然叛逆，从大哥到二哥再到阮虞卿，阮家的孩子似乎都逃不过这条路。

有些种子注定要破土萌芽，越用沉重的石头压住它，越会令它积蓄更多的力量，把破土的瞬间变得越发壮烈。

阮虞卿每天配合着医生治疗，同时在心里计算着逃跑的日子。

她打算去北京。

从上海到北京，只有一趟沪平列车，每周发车一次，她要在那天赶到火车站。

票是一定要提前买好的。有一天，在草坪上散步时，阮虞卿支开奶娘，跑去借医院电话给任若如打电话，托她买一张最近发车的沪平列车车票——谢天谢地，溯玉草堂春天刚安了电话机。

三天后，任若如托医生给阮虞卿传消息，票已买好，发车当日，自己会在火车站亲手把票给她。

阮虞卿一颗悬着的心放回肚子里，忍不住在病房里唱起《思凡》来——

夜深沉，独自卧，

起来时，独自坐。

有谁人，孤凄似我?

似这等，削发缘何?

…………

沪平列车发车的那天，一大早，阮虞卿想方设法支开奶娘，换下病号服，一溜烟儿地跑出医院，坐上黄包车直奔火车站。

到了火车站，任若如早已经等在那里。她不仅带来了车票，还带了一只藤箱，里面装着几件衣服——她料定阮虞卿出逃仓促，必没带什么换洗的衣服。

她把票贴在嘴唇上，笑盈盈地问阮虞卿："这样胆大包天地帮你私奔，若我是红娘，接下来就要被你父母打个半死了，你倒是打算怎么谢我？"

阮虞卿笑着道谢："来日你若有难，我一定竭尽所能。"

任若如"扑哧"一笑："那我宁愿你这辈子也别谢我。快进站吧，离发车不远了。"

阮虞卿最后道一声谢，拎起藤箱飞跑去站台。

下了站台，走到月台，沪平列车还没到，北来方向却有一趟车刚到站，大批乘客正下车。

阮虞卿没有想到，会在这里遇见申公子。

第五章

有烛无芯，何以共剪

申公子拎着行李箱从火车上下来，一眼就看见了正百无聊赖等车的阮虞卿。

阮虞卿躲避不及，被他喊住，只得讪笑着看他走过来，搜肠刮肚地想着该如何应付他，才能骗过去，好让他不至于看穿自己是离家出走。

她怕他会通知她的父母，截断她这次北上之旅。

但当申公子站到她面前，用一双关切的澄澈目光看着她时，她突然不想撒谎了。

这年轻人为了她，愿意去了解他毫不感兴趣的昆曲，每次望着自己时，他的眼睛里都有赤诚的爱慕。

她已经用他打了两个月的掩护，如果继续欺骗他，后果会是他收获一个逃婚的未婚妻，在上流社会从此沦为笑柄，连带着他的家族也一起名誉扫地。

每个人的真心都如琉璃般明澈珍贵，值得被用心对待，而不是被利用后再被无情摔碎。

阮虞卿一咬牙，对申公子说："对不起。"

申公子愣了片刻，转念一想就明白了她的意思。

他轻声问阮虞卿："是……有别人吗？"

阮虞卿坦荡地点头："是。"

申公子怅惘地笑："难怪，和你聊天时，你总是会不自觉地笑起来，是因为想到了那个人吧？"

阮虞卿不知道该如何作答，只低头望着自己的脚尖。

申公子叹一口气："我明白了，我会和父母说，让他们不要去提亲。"

阮虞卿大喜过望。

汽笛长鸣，沪平列车进站了。

她羞赧地向申公子告别："那么，再见。"

申公子郑重地答："再见。"

阮虞卿提起藤箱，刚一转身，又被他喊住。

扭过头去，申公子摘下自己的围巾，俯身温柔地绕在阮虞卿脖颈上："北地天寒，这条围巾送你，算是纪念你我之间这段短暂的缘分。"

阮虞卿手握着围巾，上面还有申公子的余温，心下感动，说不出话来。

一直到火车启动，她还看见申公子站在月台上望着列车。

这趟沪平列车，自上海发车，终点站是北京。

阮虞卿打算在北京下车后，就住在北京，然后发电报给沈雁行，告诉他自己已经抵达北国。

从一开始，她对这趟旅途的规划里，就没有到绥都的打算。

爱得再热烈，也是要顾忌后路的。

她是离家出走，已经够惹恼父母，假如直接去绥都沈家的地盘，不仅会让父母颜面扫地，断绝了接受她和沈雁行这段关系的可能，也会让沈雁行的家人看低了自己，认为自己是轻浮之辈，不值得被庄重对待。

若她想和沈雁行有一世的姻缘，就不得不拿捏分寸，把和沈雁行见面的地点放在北京，只当这是一场寻常的北国之游。

从上海到北京，足有两天两夜的车程。

越往北去，天气越冷。阮虞卿逃离医院时穿的是进医院时那套织锦旗袍和薄开衫，任若如也是江南人，对北方天气没有了解，只准备了几件江南初秋的薄衣服。夜里多亏申公子那一条羊毛围巾挡住寒气，才让阮虞卿得以安睡。

她梦见北国的秋天。梦里的北国秋天是金灿灿的，郊外树林里，一棵棵参天大树笔直，黄叶缱绻地落下，在地上积了厚厚一层，踩上去如地毯般绵软无声，长腿纤瘦的细犬"玄卢"在落叶上轻巧地追着尾巴蹦跳，她怀里抱着一只雪白的兔子，和沈雁行一起，跟在"玄卢"后面微笑着看它……

汽笛声惊碎好梦，到北京了。

阮虞卿握着藤箱把手坐在座位上，等别人先下车。

于她而言，北方就像一份期待已久的生日礼物。她磨蹭着不舍得拆，非要等其他礼物都拆完了，才抱着兴奋又恋恋不舍的心态去扯它的绸带。

乘客们已经下得七七八八了，乘务员来提醒她到站下车，她才走去车门处，小心翼翼地抬脚下车。

扑面而来的，是一阵萧瑟冷风。

双脚踩到月台上，漫天噼里啪啦掉下来雨点子，砸在阮虞卿的脸上、手上。

故都迎接阮虞卿的不是碧云天黄花地，而是北风紧秋雨寒。

阮虞卿裹紧了围巾，在心里安慰自己：没关系啊，尽管没有看到碧云天黄花地，但这一场雨，也可以让她与沈雁行重逢时，可以在西窗下共剪烛花，闲话夜雨。

她谨慎地出了火车站，冷着脸对那些围上来寒暄拉客的小客栈伙计充耳不闻，找到黄包车，选了一个看着面善的车夫，让他拉自己到电报局。

在电报局发完给沈雁行的电报，她又让车夫拉她去鸡鸣客栈投宿。

沈雁行在信里说过，他少年时和母亲旅居北京，住的胡同旁有一家鸡鸣客栈，他每次去北京，都会在那里落脚。

投宿时，客栈老板娘惊讶地看了她一眼，大约是惊奇一口吴侬软语的貌美少女竟会独自来北京住店，看她的织锦旗袍，显而易见是个富家千金。

阮虞卿看老板娘也觉得诧异，说是“老板娘”，但其实是个比自己略大几岁、极年轻的女子，细长眉眼，白净面皮，丁香花一样动人，听她说话，也不像这一路遇到的北京人那样干脆爽利、掷地有声，而是带一点南方口音，却又不是吴语声调。

进了客房，关上门，摘下围巾，阮虞卿这才长舒一口气，放松紧绷的神经。她不由得沾沾自喜，头一次自己出远门，就能应付得这样周到妥帖，多亏去年顾明明炫耀她的旅行时自己留心听了。

不要搭理火车站拉客的客栈伙计，坐黄包车怎么问价显得老成，怎么应付客栈伙计的问话……这些都是从顾明明那里学来的经验。

待归置好行李，阮虞卿支起窗棂子，窗外雨正潇潇，还没有停的迹象。

这场雨一连下了好多天。

阮虞卿也就不出门，只待在客栈里。客栈一楼是饭铺，提供些简单的餐食，她就在客栈里解决三餐，吃惯了南方的粥米，觉得北方的面食倒也颇有趣味。

每次下楼吃饭，她都会问老板娘有没有她的信或电报。

有一次老板娘问她："阮小姐，怎么老待在屋子里？买一把油纸伞，撑着出去走走，下雨天北京城也有的逛的。"

阮虞卿笑着摇摇头。

她不出去逛，不纯是因为下雨，也因为一点小心思：北方的每一片景致，她都想由沈雁行带着她，一点点介绍给她听。

爱着人的心就是如此，一丁点珍视的东西都不想独吞，一定要分享给所爱的人。

到北京的第四天，她终于收到沈雁行的电报：廿七日，不见不散。

距离廿七日还有三天。

阮虞卿把电报捂在胸口，甜蜜地笑了。

廿七日那天一大早，阮虞卿就把藤箱翻了个底朝天。她把衣服轮番试了个遍，最后觉得还是自己离开医院时穿的那件最服帖。她暗自庆幸，幸亏早把这件衣服洗了晾干了。

她又疑心这衣服是在房间里阴干的，会不会有股霉味，于是跑下楼去问老板娘有没有什么熏香笼或者干花香包可以借她熏一熏衣服。

老板娘说可以借她个冬天暖手用的小铜手炉，边找铜炉边抱怨："入了秋就一直下雨，这雨再不停，整个秋天就要荒废了。"

阮虞卿接过铜手炉回楼上，她把衣服脱下，挂在衣柜上，手炉里添两块香点燃，借着手炉袅袅的烟去熏衣服，自己蹲在地上看，懒洋洋地想，下雨又怎样？我和他就算没有碧云天，也还有西窗烛。

但是那天阮虞卿既没看见碧云天，也没等到西窗烛。

她一直等到夜深人静，街上阒无人声，也没有看到沈雁行出现在胡同里。

她趴在窗前等啊等，整个故都寂静的夜，只有瓦檐上滴下的雨滴陪伴她，落在手心里，凉凉的，一声声，如同古老的报时更漏。

天明时，沈雁行还是没有出现。

阮虞卿吹了一夜的风，熬了一夜的精神，终于支持不住，勉力撑着到楼下，叮嘱老板娘如果有姓沈的客人找自己，劳烦她到时引路。

回到客房，她一头栽在床上，沉沉睡去。

她这一觉就睡到了天黑。

醒来时只觉得浑身绵软无力，费力抬起手，手背贴上额头，一片滚烫。

北上时她的病就还未痊愈，必是昨天吹风的缘故，又诱发了旧疾。

她支撑着下楼，双腿都在发抖，问老板娘，老板娘只说没人来找她，书信没有，带口信的人也没有。

阮虞卿勉强一笑，转身上楼。

刚踩上一级台阶，腿一软，她整个人委顿到地上，惊起一片叫声。

老板娘找来大夫，大夫看过后说要卧床休息，又开了几服药。

阮虞卿躺在床上，隐约听见大夫和老板娘在门外说悄悄话："最好捎个信给她家人，让家人把她接走，要是人在你客栈里出了事，那可说不清楚。"

她这病犯得汹涌，像有一把火在五脏里烧，烧得整个人如大旱之年龟裂的河床，嘴唇干裂意识模糊，浑身从皮肤到骨头都紧得发痛。

老板娘抓了药替她熬好服下，药能助眠，她睡了又醒，醒了又睡，全不知今夕是何夕。

睡着时她也是不安的，满脑子只有一个疑问：沈雁行为什么没来？为什么连个口信都没有？是不是被什么事情绊住了，难道是他父亲……

每次醒来，她就趴到窗前，眼巴巴地望着胡同口。老板娘上来送药，看到了呵斥着把她搡回床上，把被子掖严实了，让她不要作死，好好养病。

有一天，喂她吃药时，老板娘突然悠悠道："阮小姐，你是偷偷跑出家来跟男人私奔的吧？”

阮虞卿吃了一惊，老板娘嗤笑：“我在这客栈待了两年，这样的事儿见多了，约好的日子那男人没来是不是？”

阮虞卿结结巴巴地辩驳：“他肯定是被什么事绊住了……”

老板娘用汤匙轻轻搅动着药汤：“每个傻姑娘都这么说，人人都以为自己的故事独一无二，其实全是在重蹈覆辙。阮小姐，听我一句话，痴情女子薄幸郎君，谁都想做崔莺莺，但到头来都成了王宝钏。便是那崔莺莺，在《莺莺传》里也是被张生负了的，是后人不忍，才给她杜撰了个好结局。那男人既没来，你也就忘了他吧，回家去，好好过你的日子。”

阮虞卿安静地听着，也不反驳，只问：“你对戏很了解？”

寻常听戏人，只知道《西厢记》，少有知道《莺莺传》的。

老板娘莞尔一笑：“都是旧事。”

她的笑容中有无限寂寥，令阮虞卿觉得，那些旧事定然就藏在她那一段劝自己的话里。

她到底是在劝我，还是劝自己呢？阮虞卿想。

老板娘放下药：“你家在何处？告诉我，我发个电报给你家里人接你回去。”

阮虞卿摇摇头，向下滑进被子里，遮住半张脸，闭上眼睛。

她不信沈雁行是薄幸郎，她坚信，他只是有事耽搁了。

再等等，再等等他就来了。

但她没能等到沈雁行。

有一天，她刚发完汗，正在床上犯迷瞪，客房门被推开，有人脚步急切地走进来，掀开她的被子。

她吓了一跳，扭头看。

不是沈雁行，是母亲。

母亲是冒雨来的，一向贞静的名门淑女，头发被淋湿，黏在脸上，面孔青白，连嘴唇都在颤抖。她瞪着阮虞卿，半晌，扬手，“啪”地扇了她一个耳光。而后不由分说地把她从床上扯起来，粗暴地给她穿好衣服，握着她的胳膊推推搡搡地把她带下楼。

正是早饭时间，经过一楼饭铺，吃饭的人都惊讶地瞪大眼睛、张大嘴，看着眼前这戏剧化的一幕。

早已经有汽车在外面等着，阮虞卿被母亲塞进车里，司机立刻发动了车子。

母亲始终青白着面孔，咬牙端坐着，也不同阮虞卿说话。

她是怎么知道自己在鸡鸣客栈的？

明明也没有告诉老板娘自己家在哪里。

她要带自己去哪里？回上海吗？

车一溜儿烟地驶离了胡同，开到人烟稠密的大街上。报童在街边摇晃着报纸叫卖，阮虞卿隐约听到“北地王”三个字，忙竖起耳朵仔细听。

只听见报童喊：号外号外——北地王父子三人遇袭，大帅重伤，两位公子横死火车站，北地政局风云再起！

阮虞卿整个人瞬间浑身冰冷。

街上嘈杂的人声瞬间被吞没，整个世界变得清晰空洞。她只听见自己的声音，手拍打着车门，尖叫着“我要下车”。那声音被无限放大，像困在空无一人老房子里的幽灵。

直到一个耳光把她打回现实。

母亲的手腕因为用力过度而脱臼，以一个怪异的姿势擎在半空剧烈地颤抖着，雨水顺着她的面孔滑落。纷乱的头发下，她一双遍布血丝的眼睛死死地盯着阮虞卿，许久，才从牙缝里恶狠狠地挤出一句话：“我真恨死的不是他。”

死的不是他。

阮虞卿反复咀嚼着这句话，短暂的不敢相信后，失而复得的喜悦在她心里炸开，死的不是他，沈雁行没有死！

下一秒，母亲抱着她失声痛哭：“死的不是他，是清文，虞卿，妈妈只剩下你一个孩子了。”

从得知哥哥的死讯到回上海前，阮虞卿的整个记忆都是混沌的，这种混沌直到很多年后，才突然变得清晰。

她在车里得知了哥哥清文的死讯，汽车载着她和母亲去了六国饭店。她们下榻在一间套房里，她在套房次卧的床上躺了整整一个星期，在长长的昏睡与短暂的清醒间反复切换。睡着时她总在做噩梦，梦见沈雁行，更多的是梦见哥哥。

她始终没有见到父亲。

在母亲和医生的照料下，一星期后，她终于大病痊愈，和母亲一起踏上回上海的列车。

月台上有报童卖报，她花钱买了一份。

阮虞卿坐在车窗前看报，尽管事发已经一星期有余，北地王火车站遇袭的报道仍旧占据着报纸头版。

民国十四年……廿七日……北京火车站……大帅重伤、二公子和财务官当场死亡。

财务官……原来哥哥离开无锡后是去了绥都，去做绥都的财务官，这就是他要做的“改变这个国家”的事情。

廿七日……难怪沈雁行没有来赴约。

原来他在料理后事，我哥哥和他弟弟的后事。

汽笛长鸣，列车驶离北国，她待了快一个月却一眼也没有细看过的北国。

回到上海的第三天，阮家为哥哥举办葬礼。

他年纪轻轻客死异乡，恐怕会成为孤魂野鬼，父亲请了北京潭柘寺的高僧诵经作法，一路护送他亡灵归南，落叶归根。

灵堂设在家里，来往吊唁的人络绎不绝，阮虞卿披着麻衣素服和父母一起站在灵堂答礼，余光看遗像里的哥哥，他还那么年轻，只有二十三岁。

他死于意外，走得突然，没有人会在二十三岁就预想到自己的死亡，所以他这张照片，不过是一张放大了的日常照片，照片里的他嘴角上扬，意气风发。阮虞卿还记得，拍这张照片时，她和沈雁行都在一旁……就是她与沈雁行初见那一天，演出结束后他们在后台拍的合影。

直到这一刻，她才真切地意识到哥哥已经死了。

她的心脏一阵绞痛，双腿一软，几乎跪在地上。

模模糊糊地，她听到门外知宾拉长了的唱名声：“知交俞寄梅前来吊唁。”

全身血液“唰”地一下涌上脸颊，令她眼前发昏，她挣扎着站起来。

沈雁行……他不该来的，父亲肯定会大发雷霆，把这个葬礼搅得体面尽失。不可以，要让哥哥安安静静地离开，不能打扰他最后的安宁。

她刚要迈出步子，手臂却被攥住。

回头看，母亲抿着嘴唇冲她摇了摇头。

僵持间，沈雁行已经走进灵堂。

他一身白衣，消瘦异常，眉眼忧郁、神情憔悴，目不斜视地走到棺材前，肃穆恭谨地鞠了一躬。他扶着棺材边缘，目光向里一探，轻声喊了一句死者的名字：“清文……”

他再转向阮家三口，低声道：“节哀。”

出乎阮虞卿的预料，父亲没有发怒，甚至没有言语讥讽，而只是以一个死者家属答礼的普通口吻回答沈雁行：“多谢。”

沈雁行转身离开灵堂。

一直到他走出灵堂，他都没有看一眼阮虞卿。

哥哥下葬后第二天，阮虞卿终于收到沈雁行的信。

卖馄饨的小哥儿挑担路过阮家，说有人托自己捎东西给阮小姐，是一个锦匣。打开来，锦帕里包着一支蜡烛，然而没有烛芯。

何当共剪西窗烛。

烛芯被抽，不能点亮，又如何西窗共剪？

他用这支蜡烛与她断情。

岁暮天寒，彤云酿雪。

阮虞卿在家中独坐。

今天是初一，父母去了静安寺烧香，两个一生不信神佛的人，却在二儿子离世后骤然成了善男信女。或许是因为有些事情终究人力难为，只好寄希望于冥冥之力。

有人敲门，是花店里的人送新鲜白菊来。

阮虞卿接过鲜花，走到哥哥的卧室，替换已经枯萎的旧菊花。

把花瓶里的残水从窗户倒下去，哥哥房间的窗户正对着后园花圃。一年前的中秋节，她还和哥哥一起蹲在花圃里，为祭奠大哥剪秋菊。

而现在，哥哥不在了，花圃的菊花也早已经枯死了。

转眼间，天地都像衣服渐渐旧了。

是否人世间真的有一双翻云覆雨手？

为什么会变成这样？我为什么会在这里？

我不应该在这里，我原本应该在北京，和沈雁行，和哥哥一起，漫步在碧云天黄花地里。

走出哥哥的卧室，阮虞卿快步回到自己房间，打开衣柜，从最深处拿出一件男式大衣。

那是沈雁行的大衣……去年冬天，哦不，实际已经是今年年初，他风尘仆仆地从绥都赶回来，上千里路途，轮船车马几番周转，赴和她的约会，那一天他穿的就是这件大衣。

为见她特意做的新大衣，被小孩的兔子灯烧破了一个洞，她自告奋勇要帮他补，做贼样地带回了家。

原打算在破洞上补绣一朵梅花，合他的字“寄梅”。

但这一年来太快乐了，总也想不起这桩许诺。

到现在，梅花只绣了一半，大衣还是破洞的。

阮虞卿穿上大衣，顶着寒风出门去。

哥哥昨天才下葬，或许沈雁行还没有离开上海。

马斯南路48号，雁虞轩。

曾经，沈雁行搂着阮虞卿坐在书桌前，手握着她的手，两人合力写下“雁虞轩”三个字，沈雁行把字送去给人刻成精致木牌，悬挂在大门边。

而现在，这块牌子已经不见了。

阮虞卿将额头抵在铁门冰冷的栏杆上，许久，才伸手按门铃。

西风紧，门铃声凄凄，无人应门。

可是她明明看到了花圃后的窗帘被微微掀起又落下。

虞美人蓝的窗帘后面是餐厅，沈雁行和她在那里一起吃过饭。他高挽着袖子，手臂结实有力，手指翻飞间却是在熟稔地为她做一片果酱面包，那一瞬间她几乎以为他们已白头多年。

也是在这间“雁虞轩”，他向她许下了“虞美人蓝婚纱”的诺言，写下了“三生有幸得遇虞卿，愿四时佳兴琴瑟静好，五世其昌桃叶蓁蓁”的婚书。

而现在，他甚至不愿意见她。

阮虞卿手握着栏杆，倚靠在铁门上，久久没有动弹。

她这一站，从日暮时分，一直站到夜幕深深。

天将黑时，这个罕见落雪的南方城市飘起了今冬的第一场雪。

雪越下越大，纷纷扬扬地落在阮虞卿的肩头。

马斯南路上的万家灯火渐次点亮，唯有48号仍旧是一片黑暗，像被抛弃于时光之后的废墟。

突然间，二楼卧室的灯亮了起来。

片刻后，二楼客房、书房，一楼客厅、餐厅……转眼间，整个48号灯火辉煌。

然而门没有打开。

阮虞卿仰起脸，凝望着铁门内暖黄明亮的小楼——

我的灯火不再是为迎接你而燃点。

这就是你给我的答案。

阮虞卿松开栏杆，摇摇晃晃地站直身体，用尽全身力气挺直脊背，披着一身风雪，转身离开。

沈雁行一直站在二楼书房的窗帘后。

她在铁门外站了多久，他就在窗帘后站了多久。

他用尽全力克制住自己，不让自己推开那扇窗喊阮虞卿的名字，他手握着窗户把手，握得太久，久到掌心里印下一道长长的红痕。

直到她的身影消失在长街尽头，他才从二楼跑下来，推开一扇扇的门，跑到铁门外，站在大雪里，远望她离去的方向。

大雪无痕，连她的足迹都已经完全掩盖住了。

他转过身去，脱力地靠着铁门栏杆坐在地上，任雪白头。

真冷啊，冰冷的雪，冰冷的栏杆，这就是你感受到的冷吗？虞卿，我的虞卿。

不知过了多久，许副官推门出来，把大衣披到他肩上，把他搀扶起来，低声劝慰："大公子，事已至此……回绥都的火车票已经订妥了，就在明天。"

事已至此，开弓没有回头箭。

沈雁行在许副官的搀扶下走回小楼。

夜深人静，天地间空空如也，唯有风雪浩浩荡荡。

第二天，沈雁行乘火车回北方。

上车前他让许副官买了一堆报纸，他坐在包间里看报，北京火车站枪击案仍旧热度未减，只是又有了新的秘辛。

一个小报头条标题惊悚：神秘枪击案，背后竟是父子相残，兄弟阋墙？

父子相残——说的自然是沈雁行父子。

兄弟阋墙——指的当然是沈雁行和弟弟沈无咎。

不知从何时开始，坊间流传开来，因为沈大帅偏宠二公子无咎，要将"北地王"的权柄交于他，大公子沈雁行不甘如此，才一手策划了这场北京火车站枪击案。

证据很明显——他是枪击案里唯一的幸存者，也是最大的受益人。

大帅只有两个儿子，如今二公子亡故，除了大公子，还有谁能继承北地王？

这豪门里啊，天良丧尽的事多了去了。

看小报的百姓们都这样感叹。

“沈雁行”三个字，在悠悠众口里生了锈，成了个弑父杀弟的残忍畜生。

没有人知道，沈雁行其实是个会唱昆曲的读书人，那死在火车站的两个人，一个是他的知交好友，一个是他的亲密幼弟。

回到廿七日那天，北京火车站。

他和清文，本是来北京见阮虞卿的，恰好弟弟也要陪父亲来北京复诊。

枪击案发生得猝不及防。

想必那杀手在绥都有内应，一早就得知了沈家三父子的穿着。

可是下车时，清文穿错了他的外套。

本来该死的人是他，清文是代他死的。

清文就死在自己面前，死亡来得太突然，他只来得及说一句短促的遗言。

他说：“雁行，小妹。”

他在向自己托付他的小妹，他要自己用他以死相拼换回来的这条命去保护、珍爱他的小妹。

可现在，伤他小妹最深的，就是沈雁行。

三天后，沈雁行回到绥都城。

他一到帅府，连衣服都没来得及换，就被叫去父亲的房间。

房里光线昏暗，药气弥漫。医生刚给父亲打完针，见沈雁行来，医生便退了出去，擦身而过时低声向沈雁行道：“大限最迟也就这几日了。”

沈雁行点点头，送医生离开。

回到房里，走到父亲床边，高床软枕间深陷着一个皱缩如猴子的老人。他曾是叱咤一方的枭雄，纵马驰骋威风八面，说一不二军令如山，但终究逃不过生老病死，和人世间那双忽去忽至的翻云覆雨手。

他抬起沉重的眼皮，看着沈雁行露出古怪的笑：“我要死了，北地王以后就是你了。”

沈雁行眉心一蹙，不等他开口，父亲抢先道：“你从不愿做沈家的儿子，可你的所作所为恰恰证明了你就是沈家的儿子，你不认也不行。儿子，你再讨厌我，身体里也流着一半我的血，一个将门虎子的血。”

火车站枪击案发生后，沈雁行当机立断放出风去，声称死在枪击案里的两个年轻人就是沈家两位公子。他掩盖了阮清文的死，为的就是令幕后黑手以为沈家已经绝后，好得意现出原形。

他断定，绥都城里有叛徒。一旦得知沈家绝后，叛徒必然策划哗变“逼宫”。

果然如他所料。

他杀了个回马枪，成功地揪出了绥都城里的叛徒。只可惜那人嘴硬，无论如何也不肯招供幕后黑手的名字。

听着父亲的夸奖，沈雁行却只觉得刺耳。

他的耳边回响起阮虞卿父亲的话：你生在将门，就注定要死在将门。

这是你的命！

父亲闭目养神了片刻，积蓄够了力气，又睁开眼睛：“你弟弟和朋友的仇，只能你来报。”

他凄凉地一笑：“你不愿做沈家的儿子，可是沈家如今只剩下你一个儿子。”

沈雁行再也听不下去，说了一句“您保重”，转身就要离开。

父亲却喊住了他：“我就要死了，你连陪我多待一会儿都不愿意吗？”

沈雁行只得停下脚步，回头看父亲，父亲那张皱缩如核桃的脸上突然浮现出慈爱的笑容：“其实，我这一生挚爱的唯有你们母子，对月娘和无咎有的只是愧疚，一碗水不能端平的愧疚。”

沈雁行看着他，面无表情。

父亲轻轻叹了一口气：“我死后，把我和你母亲合葬，我一直爱她。”

半晌，沈雁行答：“母亲的遗愿是不要和您合葬。”

母亲弥留之际叮嘱他：“不要把我和他合葬，我要他知道他没有得到我。哪怕我当了一世沈夫人，和他生下了一个儿子，他也不曾得到过我。”

父亲没有意外，他失神片刻后，轻笑：“她怨恨我。”

沈雁行静静地答：“他怨恨的不是您。”

她怨恨的是那个抛弃她的男人。

父亲凝望着天花板，那里有一只蜘蛛正在结网：“是啊，没有爱，哪来的恨和怨？”

她对他有的只是厌恶。

北京火车站枪击案后第六十天，沈大帅亡故，大公子沈雁行接过父亲权柄，成为新一代绥都城司令长官——北地王。

沈雁行推开父亲卧室的门，走到栏杆前，居高临下地望楼下。

一楼大厅里站满了人，抬头仰望着，等待沈雁行开口宣布大帅病殁的消息。片刻后，由许副官带头，楼下众人齐声山呼宣誓：“从今以后，我等唯大公子马首是瞻。”

沈雁行漫不经心地俯瞰着山呼的人群。

他的脑海里一片空茫。

我要这些做什么？我要他们的效忠做什么？

我不应该在这里，我应该和虞卿一起，漫步在北京的碧云天黄花地。

1925年冬，沈雁行继任北地王。阮虞卿去国几千里，远赴法国留学。

第六章

狭路相逢，终不能免

1928年初夏，法国。

贝桑松是法国东部的一座古老小城，拿破仑曾在此地大修工事；被安葬于巴黎先贤祠的文学巨匠维克多·雨果出生于此；这里还是司汤达小说《红与黑》故事的发生地。

阮虞卿在1926年的春天抵达法国，在巴黎待了一年后，来到贝桑松就读于比较文学专业。

贝桑松大学是法国最有包容性的大学，它是整个法国最早接纳外国学生的学校，同学们来自世界各地，有教养、有求知欲的年轻人们在此聚集，连秀美的中国姑娘阮虞卿也并未遭受太多的种族歧视。

春天的贝桑松阳光明媚，阮虞卿和几个要好的同学坐在草坪上聊天。

他们聊的是中西方的戏剧，阮虞卿与他们分享京戏《梅龙镇》的故事。

这出戏又叫《游龙戏凤》，讲的是大明正德皇帝与酒家民女李凤姐的爱情故事，皇帝微服私访到民间，在酒店见民女貌美，一见倾心，纳其为妃。

阮虞卿清唱了两句："我这里将花丢地下，从今后不戴这朵海棠花。"

几个同学听得如痴如醉，听完，男同学朱利安问阮虞卿："这个故事是真的吗？我听说，在中国，阶级划分严密，皇帝和平民之间真的会发生爱情故事吗？"

阮虞卿笑一笑："有人说，这位李凤姐确有其人，是正德皇帝霸占的臣下之妻，也有人说她本是个王府歌姬，真假很难考证。朱利安说中国阶级划分严密这点不假，但就像一个人有童年、少年和青年、老年，中国社会并不是从一开始就暮气沉沉、等级森严的。一千多年前的汉朝，武皇帝的第二位皇后卫子夫确确实实是歌姬出身，甚至武皇帝的母亲也是寡妇再嫁才生下他。”

英国女同学艾玛粲然一笑：“我喜欢这个故事，在近代阶级森严的中国社会，这出戏能被中国人喜欢，说明无论多么压抑的社会里，都还蕴藏着冲破一切牢笼的渴望。”

听了艾玛的话，阮虞卿一怔。

艾玛继续道：“但我觉得它未来应该更现代一些。”

阮虞卿打起精神问：“怎么说？”

艾玛认真斟酌着词句：“女主角太被动了，完全被皇帝牵着走，我认为她应该有更多的心理活动，她到底为什么爱上他？他的什么打动了她？戏里太仓促了，令人怀疑，她仅仅是臣服于他皇帝的权力。或者说，写这出戏的人并不在意女主角的内心，只是把她作为一个故事的道具。”

阮虞卿笑：“你让我想起了一个老朋友。”

顾明明。

顾明明对《牡丹亭》的疑问，恰如艾玛质疑《梅龙镇》。

法国男同学朱利安反驳艾玛：“为什么非要有具体的理由？你们英国人就是太世俗，爱情可以是没有理由的，不受理性驱动的，一对青年男女为什么不能是单纯受荷尔蒙的驱使一见钟情？”

艾玛与朱利安针锋相对：“英国人世俗？英国人只是不像你们法国人那样滥情，要知道世界上最伟大的一见钟情戏剧《罗密欧与朱丽叶》，可是我们的莎士比亚写出来的。”

朱利安分毫不让：“谁说《罗密欧与朱丽叶》是最伟大的一见钟情？我还觉得《茶花女》更伟大呢。”

艾玛唇枪舌剑：“《茶花女》？那个富家子弟玩弄、抛弃可怜交际花的故事吗？”

英法两国隔海相望，经济文化上有千丝万缕的牵扯，再加上百年战争的影响，如同阋墙兄弟，关系微妙，艾玛和朱利安两个人也时常斗嘴。

阮虞卿笑着拉架：“其实朱利安说的也不无道理，爱情本就是超脱于理性外的情感，一见钟情这个说法在我们中文里有一句诗，金风玉露一相逢，便胜却人间无数。”

她说了一遍中文，又翻译成法语解释给朱利安和艾玛听。

朱利安听得心驰神往：“真美的说法。阮，真可惜你就要回国了，我还想多听你讲讲你们国家的文化呢。”

这是阮虞卿求学贝桑松的第二年，也是最后一年。

明天，她就要离开贝桑松，离开法国回中国去。

阮虞卿浅浅一笑：“我也很舍不得你们，在贝桑松的日子，承蒙大家厚爱，我永生难忘。只是，我在中国还有一些未了的事情。”

这一年来，她在贝桑松的日子确实快乐，在她迄今为止的一生中，从未有过像在贝桑松一年这样，与那么多志同道合、年龄相仿的朋友待在一起，就像笼中鸟终于见到了它的森林。

但，梁园虽好，不是久恋之家。

她站起身来，掸掉裙摆上的草屑，向同学们微微鞠一躬：“愿来日我们还能在此相聚，继续谈论文学艺术和爱情。”

阮虞卿回到住处时，天色已晚。

她站到门口正要掏钥匙开门，隔壁邻居家的门开了。邻家小姑娘飞奔出来，扑到她腿上抱住，撒娇道：“你可回来了，我都要等睡着了。”

小姑娘的父亲拿着一瓶葡萄酒踏出门来，温文尔雅地朝阮虞卿微笑：“勃艮第朋友送的长相思，用它给你送行。”

阮虞卿打开门，请他们进屋。

邻家父女是中国人，姓桑，父亲叫桑含章，女儿叫桑榆，来自河南项城的书香世家。

桑含章青年丧妻，带着女儿来法国游学，父女俩来贝桑松是为过春天。他们租住在阮虞卿隔壁，同在异乡为异客，拜访交谈过后又发现都对中国戏有一点研究，小桑榆对阮虞卿还分外亲近，于是两家的交往更加亲密。

他们一起谈论昆曲京戏，相约郊游，度过了一个愉快的初春。

一个星期前，桑含章甚至隐隐透出一点向阮虞卿求婚的意思，被阮虞卿委婉地拒绝掉了。好在他是个坦荡的君子，倒也不觉得难为情，照旧和阮虞卿以朋友的身份往来。

三明治、冷火腿，煎鳕鱼，起初吃不惯这样的冷食，到现在，阮虞卿倒很难再想象出热茶饭的滋味。

一杯红酒入喉，人已微醺，借着摇曳的烛光，桑含章旧事重提："难怪你拒绝我，原来是因为要回国了。"

阮虞卿不胜酒力，手支着额头笑："不，我拒绝你不是因为要回国。"

桑含章皱眉："难道是我的求婚让你困扰，才急着回国？"

阮虞卿摇头："是因为我父亲……家里来信说，父亲病了，情况不大好。"

桑含章轻叹："父母在，不远游。"

阮虞卿双手撑着桌子摇摇晃晃站起来，走到矮柜前，拉开抽屉取出一样东西，又回到餐桌前，把东西递给桑含章："送给你。"

桑含章打开来，是一块漆黑的方形墨，正面印着"文心堂"三个金篆字，背面压了一幅岁寒松柏图。

阮虞卿用手背贴脸，给滚烫的脸降温："这是我从国内带来的墨锭，徽州文心堂的墨，质地绝佳的上品。文心堂的老板早年在苏州做伙计，常往我外公家送笔墨纸砚，这块墨也是他送给我外公的，现在我把它送给你。我家在上海，以后你们父女回了国，欢迎去我家做客。"

次日清晨，阮虞卿离开了贝桑松。

她这一生再也没有见到过桑家父女。

她也不知道，许多年后，小桑榆家亡丧父，流落到徽州，成了"文心堂"的孙少奶奶。

这世间，冥冥之中仿佛真有一双翻云覆雨手。

从法国回上海，先是坐轮船走水路，由地中海入海，过直布罗陀海峡进入红海、阿拉伯海，在苍茫的印度洋上经历仿佛永无尽头的漂流后，路过岛国斯里兰卡，其后是马来、星洲……然后便是中国的领海了。

船行到星洲时靠岸，搭载了一批新乘客，给连日漂泊人人疲态的船上带来了些许清新活力。黄昏时分，冷清多日的甲板上又聚集起大批乘客，他们三三两两地聚集在一起，谈天气、攀关系、看日落。

阮虞卿独自趴在栏杆上望远处的信天翁。

她想，到底还是踏上了回头路。

两年半前，她去法国时，同行的有奶娘。

两年半以后，回中国的船上，却是孑然一身。

好在有了上次坐船的经验，她有足够的能力照顾自己。

只是寂寞难遣。

贝桑松已在身后不能回头，眼前却也是一片空荡荡茫茫然，两三年前她离开的时候，上海就已经不是过去的上海了。

正出神，她的小腿突然被剧烈地一撞。

低头看，一个两三岁年纪的小姑娘，正抱着她的腿，仰脸笑嘻嘻地看她。

稚子身体柔软小手娇嫩，阮虞卿的心一软，蹲下身，把她抱起来："你是谁家的孩子，叫什么名字？"

不等小姑娘开口，一个年轻男人脚步轻快地朝他们走过来："小桃子，又调皮了是不是？等我告诉你妈妈，没收你晚上的点心。"

是个英俊的男人，有一双含笑的眼睛，阮虞卿弯腰把小桃子放下，小桃子撒腿跑向男人，被他一把抱住腰，举到臂弯托住。

男人走到阮虞卿面前，笑着道歉："打扰你了。"

阮虞卿微笑着摇摇头。

男人看着阮虞卿，眉心一蹙，似乎在思索些什么："我们是不是在哪儿见过？"

他这么一说，阮虞卿细看他一眼，倒确实有两分面善，应当是见过的，只是想不起来。

男人恍然大悟："我想起来了，你是阮伯伯家的'小红娘'。"

混沌的记忆瞬间清明，阮虞卿也想起来了，这男人是那年在大伯家偷听她给表弟表妹们唱《西厢记》的客人，他叫什么来着，周……

男人眉眼笑盈盈地自我介绍："我姓周，周开阳。"

周开阳是从星洲上船的，和他一起的还有他的堂姐，以及堂姐的女儿小桃子。

他们也是回上海。

漂泊遇同胞，两个人在甲板上吹着海风聊天。

周开阳把自己这些年的经历向阮虞卿娓娓道来。那年去阮虞卿大伯家拜访后，过完年他就出了国，是去星洲。他是东京大学毕业的医学生，有学长在星洲开医院，请他过去帮忙，这一待就是四年。

他问阮虞卿："你呢？"

阮虞卿简短答："我去了法国留学。"

周开阳饶有兴致地追问："学什么？"

不等阮虞卿回答，身后传来女人的唤声："开阳、小桃子。"

阮虞卿扭身回头看，一个腹部微隆的女人，一手扶着腰，一手被老妈子搀扶着，正朝他们走来。

周开阳对阮虞卿道："这就是我的堂姐。"

他三两步上前，从老妈子手里接过堂姐挽住，走到阮虞卿面前："这是阮虞卿小姐，开银行的阮伯伯你记得吧？阮小姐是他的侄女。"

女人朝阮虞卿伸出手："周绿樱。"

周绿樱一张细长眉眼的白皙瓜子脸，约莫二十六七岁模样，虽然清秀文雅，却透着一股杀伐决断、说一不二的气质，显而易见是大户人家的当家主母。

晚上风浪大，周绿樱向周开阳抱怨："刚在房里抱着木桶吐了半天，怀小桃子时也没这样折腾。"

阮虞卿看一眼她的肚子："兴许是双胞胎呢。"

周绿樱精神一振："这倒没想过，说不定真有可能。"

周开阳笑着插话："我刚还问阮小姐在法国读的什么学科，现在看来，想必是妇产科。”

阮虞卿神色霎时一冷：“不，我读的是比较文学。”

夜深了。

月光从小小的窗斜照进来，落在床头，一片冷蓝，清寂、凄凉。

阮虞卿的脸被笼罩在月光里，她睁着眼睛，在想往事。

回到1925年，上海初雪那天。

她在“雁虞轩”外的风雪里伫立到天黑，在灯亮起门紧闭后，她伤心地离去。不知在大雪里走了多久才回到忆定盘路的家，她还未进门，就晕倒在门口。

醒来时，是在自己的床上。

高床软枕，灯火暖黄，窗外北风呼啸，床边坐着正低头织毛衣的母亲。

这样舒适地躺在床上，仿佛不过是年幼的自己刚做了一个噩梦醒来。

然而母亲的话把她拉回现实。

母亲放下毛衣，注视着她：“你就算不为了自己，也要想想你的母亲、你的孩子。”

母亲眼神平静，话里却有惊雷。

孩子？！

母亲又拿起毛衣针，边织毛衣边口吻冷静地陈述，仿佛在教授她编织毛衣的技法：“在北京，医生上门给你看风寒时就诊出来了。原以为又是高烧又是风雪……没想到它顽强得像野草。”

阮虞卿呆呆地看着她。

母亲手里的毛衣终于织好了。

展开来，是一件小小的套头毛衣，只得成年人一个巴掌展开那样大小，娇嫩的黄色，下摆勾了一朵雏菊……

半晌，阮虞卿才意识到这是什么。

她短促地尖叫一声，用手捂住面孔。

母亲的话传进她耳朵里：“我让医生瞒住了你爸爸，他到现在还不知道，但他总有知道的一天……也有办法让他永远不知道，找个信得过的医生……”

阮虞卿听得毛骨悚然，她掀起被子下床，“扑通”一声跪在地上，抱着母亲的腿哀求：“不要，求你。”

母亲面无波澜：“你要想好，一旦他出生就会成为你的牢笼。因为他，你将不再自由，他或许毁了你未来的很多可能。”

阮虞卿满面泪痕地仰脸看母亲：“难道做母亲是一种惩罚吗？”

母亲居高临下望着她：“是，你以为做母亲就只是新生和喜悦？不，还有毁灭和惩罚。”

她把阮虞卿扶起来，让她躺回床上，盖好被子，替她掖好，温柔地抚摸她的鬓发：“这是你的孩子，只有你自己可以做选择，等你想好后，告诉我你的选择，无论你选什么，妈妈都会陪着你。”

不等母亲转身离去，阮虞卿就握住了她的手臂。

阮虞卿的眼神虚弱而坚决：“我要他，妈妈，帮我。”

母亲履行了诺言。

一个月后，阮虞卿踏上了去法国的轮船，对外宣称是去法国留学。

这是母亲想到最好的办法，把她送去法国大姑姑那儿生孩子，既能瞒住父亲保下孩子，也能保住阮虞卿的名声和阮家在社交圈子的体面。

登船那天是雨天，父亲报社事忙，只有母亲一个人去送阮虞卿。

船即将启航，阮虞卿站在甲板上同母亲做最后的告别，看着岸上擎伞凝望着自己的母亲，阮虞卿突然发觉，这个一直被她轻视的女人有一种深藏不露却撼天动地的力量。

一个未嫁从父出嫁从夫、一直如影子般活着的女人。

她在次子身亡的情况下，按捺住巨大的悲痛，冷静地为女儿筹谋。她向丈夫瞒下女儿怀孕的消息，又想出了让女儿出国的法子，她悄悄联络到并说服远在法国的大姑子与她“共谋”。但她又是如何说服丈夫放女儿出国的？

不知道。

从上海到马赛，海上漂泊的这四十天里，阮虞卿一边承受着孕期的不适和海浪颠簸，一边努力思索这个问题。

到最后也无解。

她不得不承认自己是个失职的女儿，她对自己的母亲一无所知。

船在马赛靠岸，大姑姑已经等在那里，而后他们去了巴黎。到巴黎的第五个月，阮虞卿生下了孩子，她和沈雁行的孩子。

天色渐晚。

月光下移到阮虞卿的胸上，笼罩住她挂在脖子上、搁在胸前的挂坠。

她伸手摸索到挂坠，按一下机关，挂坠“当”的一声弹开。

冷蓝月光照出挂坠里照片上一张可爱的婴儿脸。

是个女婴，闭上眼似乎还可以听到她咯咯的笑声。

她死于八个月大。

如果她还活着，正该是小桃子的年龄。

有了周开阳一家做伴，尤其有了小桃子的笑声，余下的路程便不再如初时那样难熬，船又行了十天左右，终于在上海泊岸。

母亲在岸上等她。

相比两三年前，她苍老不少，早年那些因养尊处优不劳心力而呈现的年轻，因为次子之死和女儿离家而凋零殆尽，就像花瓶里撒了保鲜剂的鲜花，娇嫩终究不能长久。

阮虞卿不禁想，我自己呢？比起两三年前，我是不是也老了很多？

家里司机直接把行李送回忆定盘路，母女俩便又雇了一辆车，径直去圣仁医院。

父亲是半年前查出来得病的，这半年来他的病情时好时坏。医生让他就住在医院里他不肯听，每次病稍一转好就出院，于是医院和家之间来回的奔波。

到医院，下车前，母亲再次嘱咐阮虞卿：“千万仔细，别说漏了嘴。”

她指的是孩子。

父亲到现在也不知道这件事。

阮虞卿点点头，推门下车。

尽管早就做了准备，但父亲的冷淡仍旧让阮虞卿难以招架。

自从那年私奔离家去北京，父亲就再也没有和她说过一句话。

他深恨女儿忤逆自己，两三年的分别也未能消磨他的怒气。即使已经只剩下这一个女儿，面对女儿小心翼翼的问候，他也只是从鼻腔里发出一声轻哼就算作答。然后他便下了逐客令，说自己累了，要休息。

母亲挽着阮虞卿的手臂，带她出了病房："你爸爸就是这样，别放在心上……对了，申公子也在医院，你要不要去看看他？"

申公子？

那个曾经与自己相亲，撞破自己私奔却不戳破，反而温柔地馈赠围巾的申公子，他怎么了？为什么会在医院？

母亲长叹一口气："得了重病，医生说将不久于人世，恐怕熬不过今年……你们相识一场，差点做了夫妻，也该去探他一探。"

阮虞卿的心沉甸甸地坠了下去。

她到医院附近的花店买了束鲜花，去探申公子的病。

申公子正在看书，想必是万万没想到阮虞卿会出现在眼前，惊喜交加，忙不迭地请阮虞卿坐，伸手拿了个橘子给阮虞卿剥："真没想到，还能再见到你。"

他定然因为这病吃了很多苦头，记忆中温润的脸颊如今变得苍白消瘦，总是勾着的嘴角也多了一丝纹路，给笑微微的面容添了几分苦相，剥橘子的手青筋毕露，手背上密密麻麻的针眼泛着青黑，想必是输液的缘故……

阮虞卿眼底一酸。

或许是感受到了她的视线，申公子抬头一笑，调侃："幸亏你当年没有嫁我，否则今天就要守寡了。"

阮虞卿"扑哧"一笑。

申公子温柔地凝视着她："虞卿，那之后，你过得好吗？"

这是他第一次喊自己“虞卿”，他们见面的次数不多，但作为一个上流社会教养出来的标准公子，他总是彬彬有礼地、克制地喊她“阮小姐”。

阮虞卿点点头：“我很好。”

申公子长长地吐一口气，粲然一笑，闭上眼睛：“那我就放心了。”

阳光斜穿绿窗，照到他身上，银白色的光芒，如同一条接引他的路。

他病逝于半年后。

父亲在医院待了几天，病情转好就嚷嚷着出了院。

他出院那天，小姑姑一家和南京的大伯也赶来上海，一是为探他病，二是为给阮虞卿接风——阮虞卿是小辈，按规矩没资格劳动伯伯姑姑，但她是从法国归来，携着大姑姑的消息和礼物。

厨娘烧了一桌上海菜，家里圆桌坐满，热气腾腾推杯换盏，一派多年未见的热闹气象。阮虞卿转达了大姑姑的问候，把从法国带的礼物送给各人，她讲起大姑姑一家的现状、在法国的学习和生活，然后挨个回答亲人们的问题……正说到热闹处，有人按门铃。

是来递帖子的，精致的桃红信笺，写着“阮虞卿小姐敬启”。

送帖子的是个白净的年轻男孩，笑容得体不卑不亢，看得出是有身份家庭的听差，他自称是冯府的人。

听差走后，大伯蹙眉：“冯府，哪个冯府？”

沪上名流里，姓冯的也太多了。

小姑姑迫不及待地怂恿阮虞卿：“快拆开看看是谁。”

阮虞卿也觉得纳闷，她哪里认得什么姓冯的人？

用银裁纸刀剪开信封，里面信纸折了三折，展开是一行娟秀小字：船上一别已有数日，甚是思念，月中十六日小女生辰，如蒙不弃，望光临寒舍言欢。

落款是周绿樱。

原来是她。

“冯”想必是她的夫家。

看到“周绿樱”三个字，大伯恍然大悟：“原来是她，交通部冯部长的儿媳妇。”

原来她是这样的出身，难怪年纪轻轻却有那样的气质。

大伯问阮虞卿：“你和她是怎么认识的？”

阮虞卿道：“回上海的船上，她带着女儿和堂弟在星洲上船。”

大伯若有所思：“堂弟，是开阳吗？”

阮虞卿点点头。

大伯笑着回头和众人解释：“开阳的父亲是我上海银行的股东，周家是南京望族，开阳在东京大学读的医科，几年前去了星洲做医生，没想到现在回来了，还恰巧和虞卿搭同一艘船。”

小姑姑拈一枚青梅子磨牙，揶揄阮虞卿：“哟，这样的青年才俊，和咱们虞卿差不了几岁吧，他结婚没有？”

阮虞卿勉强一笑：“邀请我的是周绿樱，同她的堂弟有什么相干？姑姑你不要乱点鸳鸯谱。”

饭后，她写了复信，差人送去冯府，说十六日必到府上拜访。

十六那天，她去了冯府，周开阳竟然真的在。

后来，每次周绿樱邀请她登门，三次里周开阳至少有一次在。阮虞卿有些疑心，又觉得是自己小题大做，人家未必是有心为自己，说不定只是堂姐弟关系好而已。她也曾想过不要和冯府往来太亲密，但每次冯府来帖子，她又都鬼使神差地应了要去。

冯府里勾她魂魄的是小桃子，小桃子总是令她想起夭折的女儿。

有一回在冯府，正抱着小桃子逗弄，周绿樱突然撞一下周开阳的肩膀，挤眉弄眼笑：“怪不得我总觉得虞卿面善，今天总算想起来了，你看她低头的时候像不像丹朱？”

阮虞卿好奇：“谁是丹朱？”

周开阳向堂姐翻一个白眼：“哪里像？阮小姐是工笔仕女，丹朱是个刚下树的猴子。”

他朝阮虞卿道：“别听我姐胡说，丹朱是她的小姑子。”

阮虞卿尴尬地一笑。

一转眼，夏天尽了。

江浙秋短，刚换上毛线开衫没几天，秋天也到了尾声。

秋与冬交替，生与死循环。

江南方早秋，北国忽已雪。

绥都城，屋外天寒地冻，帅府里正大宴宾客。

是已故的老帅二夫人的寿宴，高朋满座、觥筹交错，红灯高照、花团锦簇，然而最热闹的还是咿咿呀呀的戏台。

唱的是《白蛇传》。

台下有人窃窃私语：“哟，新鲜，头一次听宅门里唱堂会，唱的不是京戏。”

有人笑着回答：“这是北昆，乡野粗腔，赵爷是雅人，觉得耳生也正常。”

“北昆”是昆曲在北方的演变流派，不同于南音昆曲的精巧雅致，北昆粗犷豪迈，多在农村乡野间表演传唱，是“登不了台盘”的东西。

赵爷纳闷道：“这倒奇了，堂堂北地王，这样的体面风光，怎么家里唱堂会请个北昆班子来？”

那人回：“这您就不知道了，今天寿宴的主人二夫人，原本就是北昆班子出身的戏子，这个荣庆戏班，就是她过去寄身的班子。”

赵爷恍然大悟：“原来如此，这样说来沈帅真是个大孝子。”

对方嗤地笑了：“什么大孝子，沈帅是老帅正妻生的儿子，和二夫人可是毫无关系。”

赵爷诧异半天，而后脸上带着狡黠的笑，他凑近了对方暧昧道：“难不成……”

对方正色打断他的遐思：“别乱想，二夫人今年四十有五，半老徐娘一个，沈帅不过二十七八，年少英俊，大权在握，多的是名门淑女攀附，哪里会和二夫人有什么首尾。”

赵爷讪笑：“是我瞎想了，不过，说起来也奇怪，倒没听说沈帅有什么桃花秘闻。”

……

两个人的交谈声，被渐渐大起来的戏腔和风雪声掩盖。

这场热闹，一直持续到深夜才暂告一段落。

沈雁行从军中回到帅府时，宾客们都已经散了。

喧嚣落地后的深宅，只剩下灯影憧憧花木窸窣，艳丽凄寂。沈雁行换下军装穿上便服，去向二夫人问安。

二夫人月娘正歪在贵妃榻上摆弄望远镜，屋里的桌子上和地下堆满了今天收的贺礼，她像一个西方童话里的恶龙，心满意足地盘踞在自己的“金币”之上。

见沈雁行来，她把望远镜从眼前移开，慵懒道：“这么晚才回来？”

沈雁行回：“军中事忙。”

二夫人笑：“你这样忙，还特地来问我安，有心了。”

沈雁行看一眼她手里的望远镜：“我来，还有别的事情要说。这副望远镜，是宫房君送的吧。”

宫房君大名宫房次郎，是沈雁行在美国读书时的同学，毕业后他回到日本，成了日本《朝闻道》报社的记者，前不久被派驻到《朝闻道》在绥都的中国分社。

二夫人把望远镜在手里翻转一下：“是，上次他来家时我偶然提了一嘴，没想到他这么有心。”

沈雁行欲言又止，婉转道：“他是有心，只怕心思太多了些，到底是日本人，您……”

这年月，来中国的日本人，岂有心思单纯的。

二夫人把望远镜搁在膝盖上，看沈雁行：“你不必说了，我是从东北流亡到绥都，从小见惯了俄国人和日本人横行霸道，我心里有数。”

沈雁行点点头：“如此就好。”

说完转身要走，却听见背后二夫人说：“你且别走，陪我说说话吧。”

月光冷蓝，二夫人的脸上带着盈盈的笑：“白天里，我听见客人们说悄悄话，说沈帅真是宽容大度，对一个小妈也这样尽孝。其实，他们哪里知道，你不是尽孝，你只是不在意，我说的对不对？”

不等沈雁行回答，她继续说下去：“你呀，看到你，我就想起你娘。”

沈雁行静静答：“都说我和母亲长得像。”

二夫人勾起嘴角笑：“是像，眉眼里的一抿子愁最像，但我说的不是这个。”

“那是？”

“你和她一样，都不在意我。”

她往贵妃榻上一靠，望着窗棂子上的溶溶月思旧：“我十八岁那年进你们家做妾，第一次见你娘，紧张得要命，听多了主母折磨小妾的故事，怕自己也重蹈覆辙……但直到你娘去世，她也从未刁难过我半分。下人们都说，大夫人真是宽宏大度，只有我自己知道，她只是不在意我。她不喜欢你爹，压根儿没把你爹当丈夫，随便他纳十八个妾又怎么样，她根本不在乎。你是你娘的好儿子，她既没因为我痛苦过，你也就懒得记恨我，是不是？”

她笑着，笑声中有些许寂寥。

沈雁行垂下眼睛，看着地上从窗口投进来、随风颤动的树影：“我对您，除了不记恨，其实还有些别的感情。”

二夫人点点头：“也是，你和无咎虽然不是一个娘，兄弟感情却好，他没了，你便代他尽孝。”

沈雁行摇头：“也不全是为这。”

二夫人疑惑：“那是？”

沈雁行轻轻一笑：“算是，替我父亲补偿你，他一生对我母亲执念，也说不上到底是为爱，还是为征服。总而言之，为着这份纠缠，把那么多不相干的人搅合进来，你、令仪的娘，你们都无辜。我虽对他有怨恨，但到底是他的儿子，他做的孽，我应当补救。”

二夫人捂着嘴笑了，笑得前仰后合，半晌，她才平静下来，眼里笑出了一层泪，隔着泪光看沈雁行：“原来你是这个心思。你呀，你以为我在意你爹是不是爱我？”

沈雁行蹙眉。

二夫人用手帕拭干眼角笑出来的泪：“我对你爹，不是你想的那样。我心里，也是有别的男人的。”

沈雁行惊诧。

二夫人倚回到榻上：“我老家在关外。我小时候，我爹在一个将军府里做马夫。后来俄国人和日本人在旅顺打起来，将军向朝廷请命参战，被老太后召回了北京城，将军府就这么散了。隔年我爹被日本人说成是俄国人的间谍给绞死了，我们家也就没了，我带着妹妹阿姣一路向南逃难，遇到荣庆班唱许仙的小生，多得他扶持，才到了绥都。”

到了绥都，也就只到了绥都。

她给人做了妾，从此再没见过那个许仙，连妹妹阿姣都不满她贪慕虚荣气得一跑了之，到现在也不知下落。

沈雁行轻声问：“是我父亲强迫你？”

二夫人笑：“哪里，我是自愿的。”

夜来风露重，渐冷，她下塌去关窗：“南逃的那一路上，不断有人在死。我见过一对夫妻恩爱得不得了，然后呢？男人先因为没钱治病死了，而女人把所有粮食省下来给女儿吃，也饿死了，最后十二三岁的女儿成了孤儿。人总是要活下去，能怎么办呢？二两碎银，把自己卖进了妓院……那时候我便明白了一句话，贫贱夫妻百事哀。我不要过那样的日子，所以我嫁给了你爹，那时你爹还不像现在权势滔天，但他已经发迹，并且也不算老。你看，我精打细算地做了一笔买卖，把自己卖了个好价钱。”

她并不爱那个成为她丈夫的男人，因此也就没有怨恨。

他父亲一生，原来从未得到过真正的爱慕。

二夫人幽幽道："你看，女人的心是很深的，只要她不说出口，谁都不知道她在想什么。"

沈雁行问："你，有没有后悔过？"

二夫人握着窗子，偏头笑："后悔过啊，但是人要先活下来，才谈得上后不后悔。"

她慢慢地合拢窗扇："人常把初恋比作白月光，但月光这种东西，只适合在填饱了肚子后，夜深人静的时候独自回想，奔月而去，只会冷死。"

她关上了窗。

帅府这场堂会一唱就是四天。

前两天是北昆班子荣庆班，后两天换成了来跑码头的南方昆班传喜班。

传喜班唱《牡丹亭·游园》的那天，沈帅没有去军营，而是留在帅府，他坐在台下，静静地听完了这一折戏。

唱罢，那"柳梦梅"下了台，早有人等在后台。

是沈帅的副官，他恭恭敬敬地说："沈帅有请。"

"柳梦梅"忐忑不安地跟着副官走过重重八角门重重花木，来到一处幽僻的小院。他推门进去，沈帅穿着长衫坐在书桌后，和气地请他落座。

一直到说完了话告辞，回到戏班里，"柳梦梅"还晕晕乎乎的，师兄弟姐妹们一股脑地涌上来追问："沈帅跟你说了什么，沈帅见你是为的什么？"

他说："没说什么呀，就问我，艺名传瑛，是不是苏州桃花坞五亩园传习所的弟子。"

众人又问："哟，沈帅一个北方人，还知道五亩园的传习所，然后呢？"

他答："然后？问我认不认识闻莺先生，问他老人家现在身体怎么样。"

众人继续问："还认识闻莺先生？稀奇，然后呢？"

他道："然后又问了很多传习所的老师，最后问我，知不知道有个常去传习所教唱的名媛阮小姐，这我可没印象，你们知道阮小姐是谁吗？"

……

送走了唱柳梦梅的张传瑛，沈雁行在书房里独坐了很久。

他拐弯抹角地想从别人嘴里探听她的消息，却发现，仿佛世上已过去千年，而他与她的那些过往，早已经无人知晓。

冯丹朱推门进来的时候，看见的便是深陷在阴影里散发着寂寥之气的沈雁行。

见她来，沈雁行问："你怎么来了？"

冯丹朱走到窗边，把窗户推开，让阳光和空气进来："我来呢，一是替我们女子医院感谢你的捐款。"

她是绥都女子医院的医生。

她掸一掸身上的尘土，转过身："二来，是想你帮我一个忙。"

"什么忙？"

冯丹朱对沈雁行羞赧地笑："我大嫂生了对双胞胎，邀我回上海给孩子们过百日。他从星洲回国了，他会带女朋友去，我想让你以男朋友的名义陪我去百日宴。不久就是令仪的生日了，你反正也是要去上海看令仪的，对吧？"

沈雁行强打起精神，调侃她："那你打算怎么向人介绍我呢，是说俞寄梅还是沈雁行？他的女朋友是个什么来头，你的男朋友可不能被人比了下去。"

冯丹朱噘嘴："听说祖上也是南京的世家，家里是开报馆的，自己还会唱昆曲，姓阮，叫什么我忘了……怎么？你表情不对劲，你认识？"

如阮虞卿在船上预料的那样，周绿樱生的是双胞胎。周绿樱喜不自胜，一定要阮虞卿做双胞胎的干妈，百日宴也一定要阮虞卿到场。

阮虞卿本来是不想去的。

双胞胎的百日宴是"妹妹"的祭日。

"妹妹"，她八个月早夭的女儿，因为太小，还没来得及取名字，只是"妹妹""妹妹"地叫着，就化成了一抔泥。

晚上睡不着，她坐在卧室飘窗上，就着月光看挂坠里"妹妹"的照片。

门不知何时被推开，母亲悄无声息地走进来，站到她身后，把手搭上她的肩膀，声音轻柔却不容置喙：“冯府的百日宴，你一定要去。”

阮虞卿仰脸看母亲：“那天……”

母亲在她对面坐下，把挂坠托在手心里，仔细端详了半天：“长得很像你，可惜我没机会听她喊一声外婆……小妹，逝者已矣，都过去了。”

都过去了。

轻舟已过万重山。

阮虞卿愣怔了许久，低声道：“我知道了。”

母亲离开后，阮虞卿打开衣柜，把里面的旧衣服一件件拿出来看。

百日宴是庄重场合，冯府对这对双胞胎视若珍宝，设舞会宴请宾客，赴宴自然要穿礼服。

她直到成年，为成人礼才做了第一件礼服裙。后来又为参加周紫鸾的婚礼做了第二件。

在法国那两年，她在巴黎深居简出，不入社交场，在贝桑松又是个学生，是以虽然法国是全世界的时尚中心，她倒没沾染半点法式时髦。

把两件旧礼服裙试了试，倒还合身。

她望着镜子里的人，或许是月光皎洁，抹去了岁月沧桑，镜子里的人还是旧时模样，与三年前那成人礼上的少女、婚礼上的女傧相没有任何区别。

只是，想必连这礼服都已经过时了。

第二天，阮虞卿和母亲、小姑姑去逛南京路，购置新衣、新鞋、新首饰。

三年不见，上海已经换了一副新天地，南京路繁华更胜从前，永安百货的商品也越发琳琅满目，时尚果然变了。她衣柜里的旧衣服与商店橱窗里的相比，显得那么捉襟见肘，不合时宜。母亲和小姑姑为阮虞卿挑了几条裙子、几件大衣、几双鞋，又买了一副耳环。

在西餐厅吃午饭时，小姑姑说，百货商场里的礼服都是样子货，还是去云裳订制妥帖。

于是下午又去云裳定做礼服。

云裳的老板是顾明明的母亲顾桢，阮虞卿问她，顾明明可有信来，何时回国？顾桢说最早也要等冬天。

趁母亲、小姑姑和顾桢聊天，阮虞卿走出云裳，独自在附近散步。

“云裳”转过弯去，就是霞飞路。她一边走，一边低头想心事，不知不觉就走到了霞飞路上，等反应过来时，离“香侬”已经近在咫尺。

“香侬”还是旧日模样，连招牌都未再粉刷过，夜色将至，彩灯闪烁，人来人往，都是年轻漂亮的情侣，挽着手臂笑盈盈的，门一开一合间，飘出节奏明快的爵士乐，好一个欢乐的小天地。

阮虞卿站在马路对面凝望了半天，转身离去。她没有看到，“香侬”的门被推开，沈雁行从里面走出来，朝着与她相反的方向离开。

百日宴那天，周开阳亲自来阮家接阮虞卿赴宴。

这不是一场正式的拜会，为免麻烦，阮虞卿的父母以散步为由，在周开阳来之前躲了出去。

周开阳一身黑丝绒西装，打理得倜傥清爽，寒冬腊月的天气，笑容令人如沐春风。

他开车载阮虞卿去冯府。

车没开出多久，阮虞卿就觉察到了不对劲：“是不是走错路了？”

冯府明明在另一个方向上。

周开阳手扶方向盘，专注地盯着前路，嘴角微扬：“没有错，你还不知道吧？冯家上月搬了新家，在马斯南路上。”

马斯南路……“雁虞轩”在的那条马斯南路。

阮虞卿几乎脱口喊出“送我回家”。

她努力按捺着，在心里自我说服着……眼前的景色越来越熟悉，那条她曾怀着雀跃的心情、脚步轻快地跑过去见沈雁行的路，那条她曾万念俱灰地走在风雪里离开沈雁行的路……马斯南路。

即将经过“雁虞轩”的位置时，她低头，闭上了眼睛。

车子终于停下，她还没睁开眼睛，就听到了音乐声，时下流行的爵士乐，美国黑人歌手Louis Armstrong（路易斯·阿姆斯特朗）的名曲*West End Blues*（《西区蓝调》）。在贝桑松时，同学聚会上总爱放这首歌，熟悉的旋律让阮虞卿放松下来，她松开握紧的拳头，长舒一口气，再次告诫自己，一切都已经过去了，轻舟已过万重山。

她下车，挽住周开阳架起的手臂，和他一起走进冯府大门，走上台阶。

门童笑容可掬地拉开门。

阮虞卿踏进大厅，一眼就看到了沈雁行。

冯府将一楼大厅所有家具清空，布置成个空荡荡的舞池，此刻挤满了衣香鬓影的宾客。如此喧闹，而沈雁行独自站在窗边，日光倾泻在他身上，他比那年小园重逢时更忧郁寂寥，但这忧郁中似乎又多了一些她陌生的东西，他紧蹙的眉心间有一种不耐烦，仿佛在尽力忍耐些什么。

他怎么会在这里？

他应该在绥都，做他万人之上的北地王。

像是觉察到了什么，他漫不经心地抬眼。

阮虞卿不及闪避，与他的视线狭路相逢。

这大厅里的一切仿佛瞬间消失了，宾客、乐声，只剩下窗边那一束天光，和它笼罩着的人。

他们就这样，咫尺天涯地凝望着对方。

直到有人闯入，打破这种唯有两心知的静寂。

一个红缎子长裙的年轻女孩儿跑过来，抱住沈雁行一条手臂，摇晃着娇嗔着不知道说了些什么，沈雁行收回视线，低头冲她轻轻一笑。

阮虞卿的耳边也骤然响起周开阳的声音："看到穿红裙子的女孩儿没有？那是堂姐夫家的小姑子，冯丹朱小姐。"

冯丹朱，那个周绿樱说低头时和自己有三分相似的小姑子？

不等阮虞卿回应，冯丹朱已经挽着沈雁行朝她和周开阳走了过来。

冯丹朱和周开阳似是很熟悉，一见面，一拳击到周开阳肩上："周开阳，别来无恙。"

周开阳笑着同阮虞卿介绍：“丹朱在北方读协和医科，刚毕业回上海。”

他仔细打量沈雁行：“想必这位就是……”

沈雁行言简意赅：“不值一提，沈雁行。”

周开阳笑道：“假若‘北地王’三个字也不值一提，那我们就更算不得什么了。”

他扭头对阮虞卿道：“想必你也听过沈帅的大名吧。”

冯丹朱把食指竖到唇边“嘘”一声：“别张扬，这里没人知道他就是沈雁行，都当他只是我的朋友，你们喊他寄梅就好。”

寄梅，俞寄梅。

阮虞卿淡淡答：“在法国待太久了，对于国内的人和事，旧的我已经记不清了，新的也都一概不知。”

她曾和沈雁行私订终身、有过孩子，她的哥哥和沈雁行的弟弟死于同一桩刺杀案，他们的命运这样亲密地纠缠。而现在，周开阳却问她“你也听过他的大名吧”。

周开阳自然不知道她和沈雁行的关系。

哥哥在绥都城做财务官用的是化名阮承俊，意为继承大哥宗俊的遗志，所以当初车站血案，报纸上报道的死者也是阮承俊而非阮清文。

父亲对外宣称，哥哥是暴病而亡。

连沈雁行去吊唁时，用的也是别名“寄梅”。

沈雁行垂眼，轻轻一笑：“这两三年国内确实天翻地覆，阮小姐要补的课太多了。”

阮虞卿微笑：“那倒也不必，能遗忘的都是无缘的，不知道的都是无分的，无缘无分的，管它做什么？”

许是觉察到气氛微妙，周开阳笑着插话对丹朱说：“过去姐姐、姐夫老抱怨，说你这样顽劣，以后哪个敢娶，没想到最后叫你钓到条最有分量的金龟婿。你如今也大学毕业了，什么时候能喝到你和沈帅的喜酒？”

冯丹朱笑着打周开阳的肩膀：“就你嘴滑，我还年轻呢，倒是你这个老头子什么时候和这位小姐结婚？”

周开阳反驳："什么老头子，我也就比你大五岁。"

阮虞卿沉默地听两个人斗嘴，漫无目的地想，接下来该怎么办？随便找个理由告辞？还是……硬着头皮待下去？

轻舟已过万重山。

沈雁行才是那最后一重山。

最巍峨、最不可逾越的那重山。

她咬一下嘴唇，下定决心……

身后传来爽朗的笑声："你们在这儿呢，叫我好找。"

扭身回头看，周绿樱牵着小桃子走过来，两个保姆一人怀抱一个孩子跟在后面。

周绿樱一身浅紫珠光缎裙，围着油光水滑的白狐披肩，艳光四射神采奕奕，浑不像刚生完孩子不久的模样。周绿樱走到阮虞卿身边站定了，揽着她的肩膀，亲昵道："想必开阳已经给你介绍过丹朱和雁行，哦不，寄梅了。"

阮虞卿悄悄舒了一口气。

周绿樱也曾多次游历国外，是个赶时髦的新派人。冯府百日宴不像寻常人家那样花红柳绿的老派，而是搞成个舞会加自助餐会，请的也都是年轻的朋友们——她的公公冯部长在南京，小两口独自在上海安家，冯府是她当家做主的冯府。

百日宴，说穿了就是周绿樱找借口开个舞会罢了。

留声机换了一张舞曲的唱片，周开阳笑盈盈请阮虞卿共舞，握着阮虞卿的手滑进舞池。片刻，冯丹朱也和沈雁行进了舞池。

冯府大厅成了一片歌舞的海洋。

连着跳了好几支舞，直到跳得气喘吁吁的，周开阳才拉着阮虞卿出了舞池。他小跑到长餐桌前，取了两杯香槟酒，递一杯给阮虞卿，鬓角汗津津、眼睛亮闪闪的："你的舞跳得不错。"

阮虞卿啜一口香槟，浅笑答："算是童子功。"

女中就有舞蹈课，顾明明跳得最好，她是阮虞卿课上的跳舞搭子。

周绿樱在不远处喊周开阳："开阳，过来一下。"

周开阳抱歉地一笑，放下杯子，去找周绿樱。

阮虞卿把手里的香槟一饮而尽，又端了一杯，走到近处一张靠窗的桌子前坐下，一边喝酒，一边静静看别人跳舞。

冯丹朱和沈雁行还在跳，她大概也有些累了，人半靠着沈雁行，懒洋洋地，时不时地"咯咯"一笑，笑容娇艳明朗。

一个从未受过风雨摧折的姑娘。

突然，冯丹朱拉起沈雁行的手臂，跑出舞池，朝阮虞卿跑过来。

阮虞卿不及起身躲避，冯丹朱就到了眼前。她拉出椅子坐下来，把阮虞卿的去路堵了个严严实实："阮小姐，不介意我们坐这儿吧。"

阮虞卿勉强一笑。

白衬衫黑领结的侍者端着托盘路过，冯丹朱叫住他，要了两杯香槟，问阮虞卿："我听说，香槟是以法国香槟省命名的，阮小姐在法国留学，去过香槟省没有？"

阮虞卿摇头："我去法国是为求学，很少到处转。除了读书的贝桑松，只在巴黎待过。"

听到"巴黎"两个字，冯丹朱眼睛晶亮："巴黎好玩吗？"

阮虞卿摩挲着高脚杯的杯沿："很有意思的城市，风景很美，有很多咖啡馆和小酒馆，还有书店和画廊，尤其是塞纳河的左岸，傍晚沿着塞纳河散步时，常常会听到有人在为文学和艺术激烈地辩论，似乎全世界最有才华和激情的年轻艺术家都在那儿了。"

说着说着，阮虞卿仿佛觉得自己真的回到了巴黎，在塞纳河边散步的夏夜，咖啡馆里飘出的悠闲爵士乐，马蹄踩在砖石路上的嗒嗒声，暑热蒸腾的芳草苦香，塞纳河里流动的熠熠星光……

没有人认识你，但你可以凭借自己对文学和艺术的见解去认识任何一个人。

一个躲避与重生的好地方。

一个……他与她之间，曾经的应许之地。

1925年新年，她从南京北上，他自绥都南下，为的是重逢在满月光辉下，可是乍见就要分别，她怕与他恋爱败露会被父母送去法国，于是便问他，有没有去过法国。

那之后他们又无数次谈起过法国和巴黎，他曾说，或许来日两个人可以一起去巴黎，旅行客居也好，求学深造也罢，他们可以一起散步在左岸，沉醉在巴黎这场流动的盛宴……

可最后，只有她一个人独行在塞纳河边。

冯丹朱讪笑："阮小姐不愧是书香门第的后人，像我，想到巴黎就只会说一定要买它几大箱漂亮裙子。对了，阮小姐在法国读是什么科目？"

阮虞卿踌躇了片刻，据实回答："比较文学。"

她的余光瞟见沈雁行。

自从和冯丹朱坐到桌子前，他始终一语不发，侧身垂着眼睛沉默地听两个女人对话。直到听见"比较文学"四个字，他迅速地抬了一下眼睛，又更迅速地垂下，快得仿佛一个幻觉。

冯丹朱咯咯笑，亲昵地用肩膀撞一下沈雁行："和你在美国读的一样。"

沈雁行轻轻一笑："已经是上辈子的事了。"

周开阳回来了。

舞会一直持续到下午四点，客人们陆续告辞，只剩下了最亲近的朋友。

周绿樱请了照相师傅来家，给这场舞会留念，宴散前，她把客人们招呼到一起拍合照。

她把双胞胎里的哥哥塞到周开阳怀里，又把妹妹塞到阮虞卿怀里："开阳是干爹，虞卿是干妈，干爹干妈抱着干儿子干女儿合张影。"

阮虞卿尴尬地接过孩子，被周绿樱推搡着站到周开阳身边。

周开阳倒是落落大方，笑盈盈的。

沈雁行在不远处，和冯丹朱站在一起，神色冷淡地看他们合影。

白光过后，照相师傅比一个"OK"的姿势，周绿樱招呼其他人："大家都站过来，拍张大合照吧。"

在周绿樱的摆弄下大家站好队拍了一张大合照，这场百日宴也就结束了。

周开阳送阮虞卿回家。

车停在阮家大门前，周开阳一只手搭着方向盘，扭脸笑盈盈看阮虞卿："方不方便请我进去坐坐？"

阮虞卿有些慌张。

若说之前她还能自欺欺人，今天舞会上周绿樱的种种表现，"干爹干妈"的这种调侃几乎可以算得上摊牌了——她就是要撮合自己和周开阳。

现在，周开阳说"进去坐坐"，毫无疑问，是要正式拜会她的父母。

阮虞卿横下一条心："我父亲近来身体不好，不便见客，改天再说吧。"

说着，她像午夜十二点前的灰姑娘似的，推开车门跳下去，匆匆进了家。

第二天，周绿樱打电话请阮虞卿参加茶会，她找借口婉拒了。

阮虞卿做好了从此不再见周开阳，也不再见周绿樱和小桃子的心理打算。

却没想到，过了没几天，她就又和周开阳见面了。

再见是在医院。

父亲旧疾复发进了医院，阮虞卿跑前跑后地办手续，在走廊上与周开阳撞个正着。

他穿着白大褂，别有一番倜傥，喊住阮虞卿："虞卿，你怎么在这儿？"

阮虞卿只得停下脚步，硬着头皮和他寒暄。

得知阮虞卿的父亲生病，周开阳详细询问了是什么病，胸有成竹地打包票："放心，心脏科的主任是我东大的师兄，我会托他关照伯父。"

他又问了阮虞卿父亲的病房号，傍晚，亲自带花来探望。

阮虞卿出去散个步透口气的工夫，回到病房时，只见窗开着，晚风溜进来，吹得窗台上一束晚香玉暗香浮动，父亲正笑着和周开阳聊天。

她一怔。

自从哥哥意外身亡，她就再没见过父亲这样的笑脸。

见她回来，父亲支使她："给开阳沏一杯茉莉香片，剥个橘子。"

开阳，叫得这样亲密。

从那之后，周开阳就老是往父亲病房跑，有时是问他的病情，有时是单纯闲聊，陪老先生解闷。

他是最容易讨长辈欢心的那类年轻人，小姑姑口中所谓“青年才俊”。他长得好，俊美乖巧，读书好，性格好，擅长倾听。父亲总被他哄得眉开眼笑，连带着对阮虞卿的态度都温和了许多。

阮虞卿心里颇有些矛盾，明知周开阳是项庄舞剑意在沛公，但她看着父亲脸上的笑意，又不忍心对周开阳摊牌，叫他别再来了。

就这样，一直拖到了父亲出院。

出院前一天，父亲突然主动和阮虞卿说话：“下个月我六十大寿，你去请开阳参加。”

阮虞卿一惊。

她不敢驳父亲的要求，却也不知道该怎么和周开阳开口。

父亲显然是看穿了周开阳的心思，也看中了周开阳这个人，想要他做女婿。父亲大可以亲自请周开阳，却非要阮虞卿开口，这里面也有威逼的意思在——阮虞卿若开口，就是跟周开阳暗示愿意交往；周开阳若答应，就是摊牌了在追求。

一整天，她都在踌躇，要怎么和周开阳开口。

没想到先开口的倒是周开阳。

这天傍晚，周开阳陪父亲聊完天，阮虞卿送周开阳出病房。走廊里，周开阳突然停下脚步，问阮虞卿：“今天是个特殊的日子，我想你陪我去个地方，方便吗？”

阮虞卿问：“什么地方？”

周开阳长长地吐一口气：“西郊墓园。”

第七章

鸾胶无觅，旧梦难续

周开阳的眉眼中蕴含着悒怅，认识他以来，阮虞卿从未见他如此。

他一直是轻快的、明朗的，人间四月的风。

阮虞卿暗想或许今天是他某个亲人的祭日。

她没有想到，周开阳带她去西郊墓园祭奠的竟然也是她一个故人。

周令月。

那个死在她十八岁那年的女中校友周令月，她还和顾明明一起去参加过周令月的葬礼。那时顾明明悄悄告诉她，听说周令月的死有内情，只是顾明明也不知道内情是什么，这个谜题曾困扰过阮虞卿一整个夏天，直到被自己突然遭遇的变故冲淡。

没想到，时隔三年，旧事又浮现。

周令月……周开阳……她恍然大悟："她是你的……"

周开阳点点头，他蹲下身把一束白菊放在墓碑前，手指温柔地揩去墓碑上蒙住泛黄照片的微尘道："她是我的妹妹。"

阮虞卿斟酌着，试图推敲周开阳带她来这儿的用意："我记得令月的祭日在夏天，难道今天是她的生日？"

周开阳摇头。

阮虞卿越发迷惘。

周开阳深吸一口气，看着她，神情郑重，像是下定了很大的决心："今天什么日子也不是，我带你来这里，是为了告诉你，周家埋藏最深的秘密。我的妹妹令月，并非因病而死，而是自杀身亡。"

阮虞卿如遭雷击，半晌才回过神来。

原来这就是内情！

她依稀记得，周令月在静慧女中是个风云人物，高挑美丽的女孩儿，有一次文艺汇演她扮演阿芙洛狄忒，赤脚穿白色的希腊式长袍戴雏菊编织的花环，轻灵如精灵，倾倒台下无数观众。

很难把这样一个女孩儿和自杀联系起来。

周开阳垂下眼睛："她是因为一个男人。谁也不知道她是什么时候和那男人认识的，又是如何海誓山盟私订终身，等家人发现时，她已经被那男人抛弃了。民国十四年春天，我出国前她已经有些精神恍惚，但我被想象中大展宏图的自由蒙住了眼和心，自我说服那不过是小女孩儿失恋后的正常反应，就这样狠心地抛下她出了国……我刚到星洲没多久，就收到家里来信，说令月死了，夜深人静的时候，她悄悄跳了楼，天亮时才被发现，血都要流干了……"

他抬眼冲阮虞卿虚弱地一笑："离家去星洲的那天，她没下楼送我。我走出家门，回头时望见她站在卧室窗前看着我，她在无声地向我求助，我一直无法忘记那个眼神……假如当时我留了下来，或许她就不会……"

他哽住了，再也发不出声，垂着的手不住地颤抖，阮虞卿不忍地伸手握住，柔声劝慰："不是你的错。"

周开阳摇头："不，令月的死，那个男人、我和父母都是共谋，令月是被情人的背叛和亲人的冷漠共同害死的……虞卿，你有没有听说过西格蒙德·弗洛伊德医生？"

一些不太好的记忆如潮水般侵袭了阮虞卿，半晌，她回答："在巴黎时听人说起过，他研究人的内心，我粗略读过他那本《解梦》。"

周开阳轻轻"嗯"一声："我虽是学医的，但直到到了星洲，才接触到弗洛伊德医生的理论，我隐隐约约感觉到，令月之死并非是个意外，记得小时候家里的老用人总提起一个疯姨婆，令月或许就是继承了这种在家族血脉中流传的精神疾病，而那个男人触发了她的病。"

"假如当初我的父母正视令月的病，把她送去治疗，而不只是斥责她……在他们看来，令月上男人的当是轻浮浪荡，因为这一点打击就疯癫是脆弱，令月让他们蒙羞，他们尽力遮掩这个秘密，把令月当犯人关在阁楼里，甚至对外宣称她是病死。”

他的眉眼里突然充满了愤怒：“我忍不住想，在中国这样一个视脆弱为罪孽，把家族荣誉看得高于一切的地方，几千年来，有多少像令月这样的女孩被亲人的冷漠扼杀在阁楼里。不应该这样，虞卿，这个世界不应该这样。”

忽而，他的眼神又变得温柔如水：“我不能眼看着另一个令月的悲剧在我眼前发生，虞卿，我不允许你变成第二个令月。”

阮虞卿一惊。

半晌，她才轻声问：“你知道些什么？”

周开阳反手把她的柔荑握在自己手中：“船上乍一重逢，还没有认出你是谁来，我就已经感觉到了你身上有一种我熟悉的郁郁寡欢气息，我想，这个女孩儿心里肯定藏着事情……堂姐家百日宴上，一进门你看沈雁行的眼神就不对劲，我还没向他介绍你，他就喊你阮小姐。”

阮虞卿想要挣脱他的手，反而被他握得更紧：“我又想起，你哥哥清文去世的日子，不就是那年沈雁行在北京火车站遇袭后不久？遇袭而死的人里，也有一个姓阮的，我旁敲侧击问爸爸，他说，清文曾经在阮伯伯无锡的银行里工作过，后来不告而别……”

他耐心地寻找到一块块往事残片，拼凑起她不为人知的秘密。

阮虞卿被他娓娓道来的声音逼得几乎崩溃，她用尽全力按捺住即将失控的情绪：“你这样用心，我很感激。但请到此为止吧，我的秘密你不必知道。”

她挣脱开周开阳的手，急匆匆地离开墓园。

第三天，父亲出院时，周开阳没有来送别。

自那之后，周开阳没有再联系过阮虞卿，连周绿樱似乎都忘记了阮虞卿这个人。

阮虞卿本以为，周开阳是知难而退了。却没想到，他会在父亲六十大寿那天登门。

父亲六十大寿，家族成员几乎全部到齐，除了远在法国的大姑姑。大伯全家、小姑姑全家……热热闹闹地挤满了阮家的客厅。

团圆的气氛里暗藏着一丝悲伤，人人都知道之所以聚得这样齐是因为恐怕这是父亲过的最后一个生日。

最终，这份隐约的伤感被周开阳的不约而至冲散。

周开阳一到来，就用自己温文的气质征服了阮家所有人，大伯本就和他父亲是故交，看着他长大的，亲近自不必说；小姑姑这样热衷牵线做媒的，对他这类青年才俊更是青眼有加；阮虞卿的几个表弟表妹，或是被他的谈吐折服，或是被他的英俊倾倒。一顿饭还没结束，他在众人的嘴里，已经从“周先生”变成了“开阳”“开阳哥哥”。

饭后，周开阳陪长辈们喝茶，阮虞卿终于得空，溜到花园透气。

周开阳这暗度陈仓的一击，让她猝不及防。

原以为他放弃了，如今看来，这些天他是蛰伏起来，筹谋新计策。

她心乱如麻地在小花圃里乱转，不知过了多久，一回头，看见周开阳正含笑站在花圃外看着她。

她的耳边响起那天从墓园回家后和母亲的谈话。

她没有把周令月之死的真相告诉母亲，只是说，周开阳向她表白了。

母亲眉眼沉静，一副早料到会有这天的模样，她也并没有多说别的，只说：“周开阳也好，别的什么人也罢，你要想清楚，你才不到二十二岁，余生还很长，况且……”

剩下的话她没有说，但阮虞卿心知她想说的是什么。

她站在花圃里，和周开阳对视了半天，咬一咬下唇，下定决心，迈出花圃，朝周开阳走过去：“那天在墓园里，你猜测得大致不差，但还有些事情你不知道，或许你知道了就会改变主意。”

她伸手摘下脖子上的挂坠，递给周开阳。

然后，她看着周开阳，从1925年那场私奔开始，尽量用平稳的口吻向他讲述自己的往事。

起初干涩到字字出口如刀片割喉，讲着讲着，逐渐流利起来。

这是她走过的路，每一条岔路都是自己的选择，没有什么好羞愧的。

听完她的讲述，周开阳握着挂坠，半晌没有说话。

过了很久很久，他才轻轻地长叹一声：“假如我那年没有去星洲该有多好，或许不止可以挽救令月，也可以免你受这些年的苦。”

他把挂坠又给阮虞卿戴上，顺势握住她的肩膀把她揽在怀里，在她耳边呢喃安慰：“都过去了，虞卿，都已经过去了。”

寿宴过后一个月，父亲再次旧疾复发住进医院。

这次他没能再回到家里。

他生命中的最后一段时光因为周开阳而照进阳光，周开阳每天有空就会去看他，大多数时间是在聆听，听他讲述自己的峥嵘岁月、他的求学岁月，毕业后是如何进入报业，创办自己的第一份报纸，又是怎样认识了那些鼎鼎大名的作家文人……

父亲去世前一天是冬至。

江浙一带的规矩，冬至大如年。父亲虽然在医院里，但还是让阮虞卿把文房四宝从家里给他带来，说要“画九”。

“画九”是旧俗，冬至这天画一张九九消寒图，或是九枝九朵寒梅，每天给一朵梅花填色，或是一句“亭前垂柳珍重待春风”，每天涂满一画，七九河开，八九雁来，九九归一春回大地，冬天结束了，寒冷夜终结了。

从阮虞卿记事起，每年冬至日，父亲都会亲自画九。

画好了挂在客厅里，由大家轮流填色，他自己用朱红正色，母亲用品红，宗俊大哥用花青，清文哥哥用藤黄，阮虞卿用虞美人蓝。

阮家的冬天是五色的。

后来，宗俊大哥离家，消寒图少了花青，再后来，清文哥哥身亡，少了藤黄，她去法国那两三年，想必家里的消寒图只剩下朱红、品红。

阮虞卿心里伤感，替他磨好墨就离开了病房。

她和母亲去附近酒家买冬酿酒和汤圆。

回到医院，离父亲的病房还远，就听到里面传出小孩儿的咯咯笑声，她疑惑地放慢脚步，轻轻走到病房门口，小心翼翼朝里看。

父亲坐在桌子前，腿上坐着一个约莫两三岁的小孩儿。那小孩穿着病号服，大约是个小病人，误闯进了父亲的病房。

父亲一手揽住小孩儿，一手握着小孩执笔的稚嫩小拳头，正在教对方画梅花："对喽，画圈，慢慢地……"

他脸上洋溢着开怀的笑容，冬日艳阳照在他的背上，他就像一个慈祥的老祖父。

阮虞卿眼睛蓦然酸涨，怕父亲发现，忙退回了走廊。

晚饭喝冬酿酒、吃汤圆，父亲举着勺子愣了半天，突然对阮虞卿说："有件事……"

他顿了一顿，又把话咽了回去："算了，明天再说。"

没有明天，当天晚上，他在睡梦里咽了气。

阮虞卿再也听不到他"明天"想要和自己说的事了。

一直到父亲下葬，站在墓碑前，母亲突然对阮虞卿说："你爸爸他可能知道孩子的事。"

阮虞卿吃了一惊："有人告诉过他？"

母亲摇摇头："没有，大姑姑口风很紧，你大伯和小姑姑到现在也还不知道。但我总觉得，你爸爸应该是知道了。"

阮虞卿模模糊糊地想，难道他要跟我说的事，和孩子有关？

父亲和两个哥哥葬在同一个墓园，离开前，阮虞卿和母亲去看哥哥们。

清文哥哥的墓碑前，放着一束花，是他最喜欢的百合，花还没有全部枯萎，显而易见是新放不久。

阮虞卿问母亲："你自己来看过哥哥吗？"

母亲也很疑惑："没有，最近一直在忙你父亲的事，已经好久没来了。"

这束百合至此成了阮虞卿心里的一团迷雾，直到两年后，秘密才得以解开。

父亲下葬当晚，阮虞卿去书房找东西，揿亮壁灯，看见墙上挂着的那幅九九消寒图，她蓦地回忆起父亲病逝那天在病房里抱着那陌生孩子的笑脸，她心一空、腿一软，握着抽屉把手滑坐在地上。

坐在这间父亲气息逐渐消散的书房里，她突然回过味来，父亲在生命最后这段岁月里，应该是寂寞而伤心的。

长久以来，他是这个家的“君王”，说一不二的刚愎表象下，是脆弱敏感的自尊，他试图用父亲和丈夫的权威去支配一切，为每个人“做主”，安排他认为的美好未来。

可现实却是，他的权威一再被挑战、被藐视，先是大哥，再是二哥，然后是自己，最后，连他温顺了半生的妻子都在对他撒谎，而且是个弥天大谎。

他洞悉了妻子和女儿掩藏的秘密，惊觉自己在妻女心中竟是如此冷酷不近人情的形象。他总想掌控家人，最后却完全被排除在他们的世界外。

在走向死亡的路上，他终于意识到自己的渺小和无能为力，或许他对自己说“有件事”的时候，是终于释然了。他想要和妻女、和自己拧巴的一生和解了，但或许是出于羞赧，他又迟疑着把和解推向明天。

这一推便是天人永隔。

九九消寒图涂到第四朵梅花的时候，顾明明回国了。

她一回国，刚放下行李就跑来找阮虞卿，一身风尘仆仆，站在阮虞卿家楼下，雀跃地喊她的名字：“虞卿、阮虞卿！”

阮虞卿推开窗就看见她在楼下仰脸朝自己笑着。

她笑容明媚，一如少女时代的模样。

阮虞卿飞奔下楼，裙裾飞扬间，几乎错觉回到女中岁月。什么都没有发生过，什么北国之约、哥哥身死、父亲病故，统统都没有发生，她还是个十七岁的女学生，要和她的好朋友一起去上舞蹈课。

奔到楼下，真面对面了，发现还是有变化，顾明明瘦了，脸上没了婴儿肥，少女面颊上的玫瑰色也消退了不少，让她想起《红鬃烈马》里那句唱词：“少年子弟江湖老。”

顾明明伸手在她肩膀上一打："好啊，说我老！"

晚上，顾明明在阮虞卿家过夜。

两个人并排横趴在床上，顾明明说："上次和你一起睡觉，还是你十八岁生日。"

阮虞卿十八岁的成人礼，请了一群女同学来家里。晚上顾明明没走，和她说了一宿悄悄话，逼问她和沈雁行的故事，听得一阵叹一阵笑。

顾明明跟阮虞卿放狠话："我以后谈的恋爱，肯定比你还轰轰烈烈。"

快二十二岁的阮虞卿问顾明明："怎么样，谈了轰轰烈烈的恋爱没有？"

顾明明打个滚翻过身，仰脸朝上，月光照在她脸上，像温柔潋滟的水光："谈了，也没谈。"

阮虞卿纳闷："谈了就是谈了，没谈就是没谈，怎么能既有又没有？"

顾明明随手拽过蚕丝枕巾盖住脸，声音闷闷地从枕巾下传出来："我爱上了一个人，可是他嫌弃我。"

阮虞卿"咯咯"笑："什么人那么大胆？敢嫌弃我们顾大小姐？"

"一个骄傲自大、神气活现的臭家伙！"

她的话说得那么咬牙切齿，却又那么情意绵绵。

阮虞卿伸手抚摸她一头散开的乌云长发："这个臭家伙嫌弃你什么？"

顾明明向后伸手，摸索着抓住阮虞卿的手："嫌弃我轻浮，不庄重。"

"你哪里轻浮，哪里不庄重？"

"我在国外学的是设计时装，他嘲笑我说国家被列强觊觎，亡国灭种之际，同胞们民不聊生，而我却只惦记着做裙子。"

"你怎么跟他说？"

顾明明一把扯下枕巾，跳起来，她站在床上气势汹汹地说："我反问他，救国救国，把自己说得那么崇高伟大，可是你关心过你妈妈、妹妹被紧紧勒住的胸和腰吗？你连自己的母亲和姐妹都不关心，你对同胞的爱也太空洞了！"

阮虞卿笑得几乎要跌下床去："他怎么反驳你？"

顾明明又躺回床上："他没有反驳，他只是笑了。"

阮虞卿轻声说："我猜，他一笑，你就爱上他了，是不是？"

顾明明"嗯"了一声。

月光里，顾明明的眉眼中柔情四溢。

阮虞卿温柔地抚摸着她的长发："他是做什么的？"

"律师。他帮纱厂的女工们跟老板谈判加工钱，是他爸爸的纱厂。革命革命，革自己老子的命。"

她捉住阮虞卿的手，盖住自己的眼睛："虞卿，假如他永远也不爱我怎么办？"

阮虞卿感觉到掌心有点湿，顾明明应该是哭了。

半晌，顾明明自言自语："玫瑰会有的，彩虹也会有的，他一定会爱上我的，我们都会得到自己想要的东西。"

"玫瑰会有的，彩虹也会有的"是顾明明自己发明的名言，在女中时她就总喜欢说这句话。

阮虞卿笑了，跟着重复："玫瑰会有的，彩虹也会有的。"

顾明明学成归来，进了她母亲的"云裳"做设计师。而阮虞卿待父亲的身后事都打理完毕后，日子渐渐回归正轨，她变得清闲却茫然起来。

以前有父亲的病吊着，只需要围着父亲转就已经填满一天。

现在父亲不在了，时间都变成了自己的，她不得不直面自己的未来，要做些什么来度过余生？

在贝桑松的学业还未完成，是说服母亲和她一起去法国留学，还是留在国内找一份事情做？母亲在中国生活了大半生，已经长成一棵根深叶茂的树，不见得愿意拔根而起和自己漂流异国。就算母亲表面同意了，也难说是不是真心的，她做了半生父亲和丈夫的影子，阮虞卿不想她余生再委屈自己做女儿的附庸。

何况，还有周开阳。

就这样暗自纠结着，时间一天天过去。

春节前，周开阳带她去见了家长，周伯伯、周伯母对她都很满意，催促二人赶紧成婚，就这样头昏脑涨地赶鸭子上架着，大年初二，他们登报宣布了订婚。

春节过完没多久，到了外公的祭日。

阮虞卿陪母亲回苏州给外公做祭祀。

十周年，是个隆重的整年祭日。除了扫墓、设宴招待亲友，还需要请和尚做法事，种种事务繁杂琐碎，处处要和人打交道。阮虞卿和母亲忙不过来，周开阳便自告奋勇，以“未来外孙女婿”的身份帮她们操持。

有了周开阳的帮忙，一切都进行得有条不紊。

最后一天，母亲和阮虞卿两个独自去给外公扫墓。

烧给外公的纸扎，阮虞卿特地找人做了个戏台，戏台里两个戏装女孩儿，演的是昆曲《牡丹亭·游园》。

烧完纸，回家的路上，走在阡陌田埂上时母亲突然说：“还得多谢你，因为你，外公的晚年才没有那么孤单。”

亲生母亲对自己说谢谢，阮虞卿吃了一惊。

母亲又一笑：“你外婆去世后，外公一直很孤独，直到身边有了你。”

阮虞卿纳闷：“可是外公有你啊。”

外婆在母亲六岁那年去世，可母亲在外公膝下一直长到十七岁才出嫁。

母亲小心翼翼避开脚下的水洼：“我太平庸了，令你外公失望。”

“你外公是个名士，在苏州昆曲界大名鼎鼎，外婆也从小灵秀聪慧，是公认的才女，他们两个是《浮生六记》里沈三白、陈芸娘一类的风流人物。偏偏生下个我，我既不喜好诗文，又对昆曲没有兴趣，虽然你外公从没说出口过，但我从他看我的眼神里就知道，他很失望。”

阮虞卿讷讷道：“我一直以为，父母对子女的爱，是天生的、无条件的。”

母亲摇头：“父母在成为父母前，首先是他自己，凡人皆有爱憎。”

看着母亲，阮虞卿心里生出个模模糊糊的想法。

或许就是因为从小生活在外公失望的目光里，才令母亲养成了这样温驯的性格，她是一个自觉不被爱的女儿。她温驯了大半生，却在民国十四年秋天突然爆发出神佛难挡的勇气，是因为她深爱她的女儿。

阮虞卿鼻腔酸涩，轻轻喊了一句“妈妈”，抱住她的手臂偎依上去。

做完外公的十周年祭祀，他们没有立刻回上海。

父亲逝后，忆定盘路的家里只剩下母女两人相依为命，上海没有人等她们回去，苏州又阔别已久，索性多待几天忆旧。

周开阳也没有回上海，他说自己是南京人，每次到苏州来都是路过办事，从没认真游览过这座最正宗的江南小城，正好趁此机会，让阮虞卿这个地道的苏州小娘鱼带自己逛逛姑苏城。

正值隆冬梅花盛开的季节，阮虞卿便带他去邓尉山看香雪海。

香雪海梅花绵延数十里，稠如云海，暗香浮动，风吹到处，花瓣漫舞，真如纷纷扬扬的香雪一般。阮虞卿和周开阳走在梅花林里，耳边突然响起那年沈雁行的话："等冬天来了，一起去看香雪海啊。"

他表字"寄梅"，这其中的梅，正是苏州香雪海的梅花，是在他母亲家族血液里绵延的乡愁。

现在，与她一起看香雪海的是别的男人。

离了香雪海，周开阳提议去光裕书场听书。

"听说光裕书场唱《珍珠塔》最好，我几年前看过胡蝶那部《珍珠塔》的电影，一直想听听弹词。"

《珍珠塔》。

那年她带沈雁行听过却一直没能听全的《珍珠塔》。

阮虞卿下意识地想要拒绝，但看着周开阳兴致勃勃的神色，却无法把话说出口，最后只得点点头。

然而刚一踏进光裕书场，她就后悔了。

一进门，她就看见了沈雁行。

沈雁行和冯丹朱坐在一张桌子前，他正耐心地听冯丹朱叽叽喳喳说话。

阮虞卿攥着周开阳的手腕就要退出门去，然而晚了一步，被冯丹朱眼尖看个正着，笑靥如花地朝他们挥手："周开阳、阮小姐，来这儿坐。"

手被反手一握，阮虞卿侧脸抬头看周开阳，周开阳眼神里满是鼓励。阮虞卿定一定心，随他牵着手，走进去，走到沈雁行和冯丹朱那一桌坐下。

这样的巧合，令冯丹朱兴奋得脸颊发红：“好巧啊，你们怎么在苏州？”

周开阳答：“虞卿外公十周年祭日，我陪她和伯母回苏州做祭祀。”

冯丹朱暧昧道：“看来离喝你们喜酒不远了。”

沈雁行扫一眼两人紧握的手，不咸不淡道：“恭喜。”

周开阳反问冯丹朱：“你们又怎么会在这儿？我记得丹朱你最不耐烦听中国戏的咿咿呀呀。”

冯丹朱看着沈雁行，笑眯眯道：“有一回在雁行家里看到一张《珍珠塔》的唱片，听了一点觉得挺有意思，这次来了苏州就来听听。”

周开阳惊讶：“《珍珠塔》还有唱片？这倒不知道。”

沈雁行垂下眼睛，端起茶杯：“是一个故人送的私藏。”

那是1925年正月十六，阮虞卿和他在火车站见面，送他的新年礼物。

那时沈雁行逗阮虞卿，不肯收，说：“万一收了，你以后不陪我去书场听了怎么办？”

现在，他们终于又一起坐在书场里听这出弹词。

只是各自的身边都有了别人。

像是觉察到了阮虞卿的不自在，周开阳把目光转向沈雁行：“沈先生一个北地之王，怎么老在江南见到你？”

冯丹朱挽住沈雁行的手臂，笑眯眯道：“北伐结束，全国一统，如今天下海晏河清，又没在天天打仗，他老待在绥都有什么意思？”

周开阳不冷不热道：“海晏河清？我看不见得吧。租界里美英法德耀武扬威，隔着海日本人虎视眈眈，八百里秦川连年大旱民不聊生，胶东半岛还在日本人手里，这也算得上是海晏河清吗？”

不知是否自己多心，阮虞卿总觉得，周开阳话里的刺是为着自己。

周开阳对沈雁行心有芥蒂，因为沈雁行曾是自己的情人。

沈雁行似笑非笑：“照周兄的意思，匈奴未灭何以家为，我这个北地王，竟还有心思谈恋爱听弹词，真当是罪该万死。”

没想到他把话挑得这样明，周开阳反而僵住了。

见气氛不对，冯丹朱忙打圆场岔开话题："外面牌子上写今天说的是《珍珠塔》，这是个什么故事，有没有人跟我讲讲？"

冯丹朱是个新派人，很少听这些古中国的东西。

阮虞卿接话道："这出戏又叫《方卿羞姑》，讲的是家道中落的相国之孙方卿……"

相国之孙方卿，因家道中落，前往姑母家求助盘缠上京赶考。姑母为人势利，见方卿潦倒，无情逐客。表姐翠娥得知此事，仗义相助，送方卿珍珠塔。后来方卿得中状元被封八府巡按，重回姑母家，将姑母一番奚落后，娶翠娥为妻……

听完阮虞卿的讲述，冯丹朱蹙眉道："我不喜欢这个方卿。"

周开阳好奇道："为什么？"

冯丹朱两手一摊："气量狭小，非大丈夫。"

周开阳问："他哪里气量狭小？"

冯丹朱认真回答："他做了八府巡按，飞黄腾达后，想的第一件事情竟然是去羞辱姑母，不是气量狭小是什么？"

周开阳乐了："先前姑母羞辱他，他羞辱回去，一报还一报而已，这样就算气量狭小？那苏秦说嫂子前倨后恭，也是气量狭小？"

战国时的纵横家苏秦，功成名就前潦倒穷困，被父母兄嫂鄙夷，一朝六国封相，再回家时，亲人恭敬他，苏秦于是笑着问嫂子："为何前倨后恭？"。

冯丹朱干干脆脆地答："当然是。我顶讨厌男人这点，方卿羞姑，苏秦前倨后恭，以至于楚霸王那句'富贵不还乡如锦衣夜行'，都透着一股小家子气。"

周开阳乐得一拍桌子："苏秦、楚霸王小家子气，我倒是头一次听人这样说他们。"

冯丹朱冷哼："辛苦求学，艰难创业，吃了那么多苦头，为的竟然是出一口年少时的恶气，或者让别人觉得自己了不起，难道不是小家子气？"

周开阳问："那照你说，该为什么？"

冯丹朱将脸一扬："圣人不是早就写明了？修身、齐家、治国、平天下。"

周开阳"扑哧"笑："几年不见，我们丹朱小姐连《四书》都读上了，了不起，了不起。"

冯丹朱恼怒地起身越过桌子朝他肩膀擂一拳。

阮虞卿轻声道："戏要开场了。"

闹哄哄的书场里寂静下来，一男一女两个弹词艺人走到台前，朝观众致意，一撩长衫、旗袍下摆，在椅子上坐下，拿起琵琶、三弦架好，清一清嗓子，拨弄琵琶弦，唱道："广寒宫紧闭广寒门……"

是第五回《二次哭塔》。

1924年，阮虞卿与沈雁行听的那一回，是第四回《翁婿相会》。

大珠小珠落玉盘的琵琶声里，阮虞卿一时恍然，仿佛时光如风琴般被一双无形的手无限压缩，一直压回到1924年的那个姑苏夜，《翁婿相会》唱完后，书场没有打烊，而是继续唱了下去——

广寒宫紧闭广寒门，只有嫦娥影与形。

然后是第六回《下扶梯》：小姐是含羞涩、欠调停，无可如何勉强行……

突然间，"铮"的一声，琵琶发出刺耳鸣声，艺人也瞬间收了声。

阮虞卿从想象中回过神来。

原来是艺人的琵琶弦断了。

两个艺人站起身来，朝观众鞠一躬，匆匆下台回了后台。

片刻，书场经理上台向观众们致歉："咱们马先生只用得惯自己的琵琶，今天怕是不能继续伺候各位这出《珍珠塔》了。马先生的徒弟给大家唱一出《玉蜻蜓》，还请诸位包涵，今天的茶水一律免单。"

冯丹朱有些失望："真扫兴，琵琶弦怎么就断了？这先生也真是的，不能随便换把琵琶继续弹吗？"

沈雁行道："琴通人心，越是好乐手，越和她的琴合二为一，琴就是她的爱人，一生所爱哪里是可以轻易改换的？"

他抬眼，望着阮虞卿："听说，海上有鸾胶，可以续琴弦。"

这是一个古老的神话传说，说海上有一个凤麟州，生活着仙人、凤凰和麒麟，仙人可以用凤凰的喙和麒麟的角煎成一种续断琴弦的胶，叫作鸾胶。

他这是在试探吗？

阮虞卿没有低头，也没有垂眼，她回望着沈雁行，静静地微笑着回答：“凤凰和麒麟不过是传说，世上哪里真有什么鸾胶呢？”

鸾胶无觅，旧梦难续。

琵琶弦断，珍珠塔绝。

他们注定听不完这一本《珍珠塔》。

第二天，阮虞卿带周开阳去东山草堂拜访柳闻莺。

比起刚落成时，溯玉草堂也有了风霜衰败之色，但因为蒙了一层时光的垢，反而越发显得温厚。柳闻莺也更见老了，看到周开阳，眼睛里闪过些许惊讶，却不作声，等到周开阳出去参观草堂，只有两人时，才悄悄问阮虞卿：“那位俞寄梅先生……”

沈雁行很少见报，想必柳闻莺也很少看报，故而到现在还以为俞寄梅只是个昆曲票友。

阮虞卿笑着撒谎：“俞先生不过是我哥哥的同学，对昆曲感兴趣，我和他之间并没有什么。”

柳闻莺点点头：“原来如此。”

阮虞卿又问：“若如不在家吗？”

提到任若如，柳闻莺得意之情溢于言表：“她呀，她现在可忙了，唱红了，是个角儿了，最近还有人找她拍电影。东山太偏僻，往来苏州还得坐船，她三年前就搬出去了，现在住虎丘那儿，她有空了就会来看我。”

正说着，就听见门外传来笑声，扭头看，任若如扒门站着，笑盈盈地道：“你们说曹操，‘曹操’我可就到了。”

比起四年前火车站一别时，她眉眼依旧明艳，只是成熟许多，掐腰绿旗袍配同色缎面高跟鞋，亭亭玉立，摇曳生姿，如水中绿荷。

当天晚上，阮虞卿和周开阳借宿草堂，没有回苏州。

阮虞卿住任若如的卧室。

任若如的卧室是临水的小榭，床榻靠窗，枕在床头，能听见外面湖里哗哗的流水声。任若如趴在枕头上，一把青丝泻了满背：“可惜不是夏天，否则还能听到蝉鸣蛙叫。”

阮虞卿笑她：“也不嫌吵。”

任若如叹息：“不嫌，大部分时间草堂都太静了。”

少女时，避世的草堂里，除了年迈的柳闻莺和还是黄发小儿的师弟，就只有她一个妙龄的女孩儿。

每个少女心里都有她的牡丹亭。

她低声对阮虞卿说：“你和沈雁行的事，我都知道了……当初咱们把计划做得那样精细，到头来还是一场空。”

阮虞卿微笑：“都过去了，我现在和开阳很好。说说你吧，你这些年过得好吗？”

任若如懒洋洋地伸手去捕捉月光：“好，怎么不好？唱红了，成角儿了，爱听戏的哪个不知道任若如的名字？”

话说得这样，她脸上倒不见得意。

阮虞卿想起柳闻莺说的话来：“闻莺先生说，还有人找你拍电影呢。”

任若如嗤笑：“是，九州电影的陈老板，想找我拍一部昆曲电影。”

阮虞卿道喜：“好事啊。”

任若如眼光里透出厌恶：“什么好事？那位陈老板，专会投机，拍些淫秽不堪的下流电影，又是出了名的趋炎附势之徒，惯会巴结权贵向上爬。他这次找我，不过是想借我的名声，让我给他正在巴结的一个青帮姨太太做配角。那姨太太连杜丽娘和孟丽君都分不清楚，演的哪门子昆曲电影？给姨太太抬轿的事，谁爱做谁做，我反正不做。”

原来如此，这几年来沪上电影投资成风，周家也有参股电影公司，阮虞卿也曾听周开阳提起过电影行业的种种乱象。

她点头："是不该搅和进这些脏污里，该安心唱你的戏。"

两个人一起趴着，静静抬头看了一会儿月亮，阮虞卿又问："你……还是一个人吗？"

那年来草堂向任若如要沈雁行寄来的信，两个人坐在回廊里一起看雨，她从任若如唱的两句《牡丹亭》里，觉察出这女孩儿定然有了心上人，正处于热恋中。这么多年过去了，她可有和那人修成正果？

任若如低低地笑："不是一个人，难道是一条狗吗？"

她有意避开话题，想必是并不如意。

阮虞卿也不再追问，笑着伸手捏她的腮帮子。

第二天，告别前，周开阳询问任若如："我和几个朋友正在筹备一场戏曲义演，任小姐是昆曲界的名伶，如果加入进来，一定会筹到不少票房。我斗胆邀约，还请任小姐赏光。"

上月闸北棚户区大火，不少贫苦百姓流离失所，于是商界有人提议做一场赈灾义演，把所有票房捐献给受灾百姓。周开阳的父亲刚把生意做到上海，正想找个机会宣传一番，于是自告奋勇牵头给这场义演搭台。

任若如也不答应，也不说不，只笑着答："容我考虑两天。"

草堂重逢后，过了两天，阮虞卿去任若如家登门拜访。

任若如住在虎丘一带，一座清静的小院子，一进门，隔着假山石，就听见有人在练嗓子，少女水汽丰沛的细嫩嗓子，欢喜地唱："良辰美景奈何天，赏心乐事谁家院。"

她被打断："停，唱得不对，那么欢喜做什么？杜丽娘看见牡丹花开在后花园里无人欣赏，伤怀自身，哪里能这么欢喜？"

阮虞卿忍不住笑。

五年前和任若如初见时，她也对任若如说过这番话。

一转眼，说这话的人成了任若如。

听见笑声，任若如绕过假山走过来，看见是阮虞卿，明白她在笑什么，自己也“扑哧”一笑，扭头对那唱《牡丹亭》的少女说：“我有客人，你自己去一边练吧，记住我刚才说的话。”

她边引阮虞卿往屋里走，边解释：“叫傅秋荻，是传习所的小徒弟，命不好，刚进传习所，传习所就倒了，我可怜她无处去，就收了她做关门弟子。”

传习所建于阮虞卿十四岁时，她和沈雁行、任若如相识那年是传习所最热闹的时候，在上海“新舞台”首开公演，四十八出折子戏场场爆满，一时风头无两。

如今传习所早已解散，那些阮虞卿带着沈雁行访问过的梨园子弟也都已纷飞四处，有的组了班子到处演出，但更多的则是脱了戏服改行，为生计奔波劳碌。

连“新舞台”都已经拆除了。

花开有时，花谢有期，天命难改，“人定胜天”这句话，多少有些赌气。

在客厅里坐下，娘姨端了茶来，任若如含一枚青梅子，问阮虞卿：“你来是为了义演的事吧，我可以登台，但有个条件。”

阮虞卿问：“什么条件？”

任若如把梅子核吐到盘里，发出“叮”的一声响：“阮虞卿登台，任若如才登台；阮虞卿若不，任若如也不。”

阮虞卿一愣：“你这是什么意思？”

任若如托腮道：“想让你登台，就是这么个意思。”

她站起身，在屋子里来回踱了两圈：“人家都说我唱《牡丹亭》最好，但他们不知道，我能唱好杜丽娘，起因是你的一句点拨。在昆曲上，你算是我的一字师。”

“闻莺先生总说，要不是碍于门第，虞卿哪里只会是个票友？以她的领悟和嗓子，若进梨园，必是个名角儿！”

像阮虞卿这样书香门第的小姐，业余票戏还算文人雅趣，若真进梨园，按世俗看法，便是宅门逆子自甘下贱了。

她走到阮虞卿面前停下，弯腰，扶住她的双肩直视着她：“我不知道你和沈雁行之间到底发生过什么，但我看得出来，你的心空荡荡的，你应该找点什么东西把它填满。昆曲，就用昆曲。爱情没了，人还得好好活下去。”

阮虞卿被她热诚的目光感染了，脱口而出：“好，我和你一起登台。”

登台的剧目，任若如选了《紫钗记》，阮虞卿选了《牡丹亭·游园》。

听阮虞卿说要登台，周开阳没有惊讶，也没有反对，反倒兴致勃勃：“也好，名媛票戏，噱头十足，这次登台的不止你一个名媛呢。”

他说完又笑：“其实我和你结缘，也是因为戏。”

1925年春节，在南京大伯家，她在二楼给小表弟小表妹们唱“叫张生隐藏在棋盘之下”，他在楼梯口听到，便知道是阮伯伯那位喜欢唱戏的小侄女来了，于是借口给阮伯伯拿文件上了二楼来看她一眼……

谁能想到，多年后，他们在船上重逢。

到如今，她成了他的未婚妻。

这场义演，表演的除了昆曲，还有京戏、黄梅戏、评剧乃至新兴的申曲。筹备委员会讨论了半天，把名字定为“百戏同春”赈灾义演。

拉好了班子，又定好了名字，宣传就做起来了。

这场义演是为发动全社会筹款，也是周家向上海市民打的第一张感情牌，周开阳父亲不吝宣传费，在百家大小报纸上都打了广告：水火无情，百戏同春，三月二十日，华维药房赞助之赈灾义演，恭候市民大驾光临。

然而就在广告见报的当天，一则“丑闻”也铺满了各粉色小报的头条——惊爆，昆曲名伶未婚生子，私生女已两岁有余。

虽未点名，但字里行间影射的都是任若如。

第八章

有芯无烛，情海自渡

生活餍足的无聊小市民，对桃色新闻最是关心，何况当事人还是时下最红牌的戏子。“任若如未婚生子”的丑闻像自己长了脚飞跑，一夜之间就传遍了整个上海。

阮虞卿在报上看到这则新闻时，正在和母亲一起吃早餐。

她刚端起咖啡杯把折好的报纸翻开，“昆曲名伶未婚生子”八个大字就跃入眼帘。她吃了一惊，忙放下杯子坐直了看报，一目十行地浏览，刚读完，家里电话就响了。

是周开阳，他口吻焦急：“看到报纸了吗？”

阮虞卿“嗯”了一声。

周开阳语气迟疑：“这件事情，你知道内情吗？”

阮虞卿心乱如麻，握着听筒冲着空气摇头：“不知道，我和若如也有三年没见了。”

报上说任若如的私生女今年两岁，那么算起来，在自己出国那一年，她就已经有孕在身，说不定火车站碰头时已经……孩子的父亲是谁，八成是那个让她从春香变成杜丽娘的男人。

周开阳苦笑：“一大早林秘书就接到好几个电话，都是参加义演的名媛，众口一词地说任若如道德败坏，和她同台会坏了自己名声，要我们把她踢出义演名单。”

林秘书是周开阳父亲的秘书，负责这次赈灾义演的统筹工作。

阮虞卿冷笑：“不明内情就给人盖章道德败坏，这些个名媛，自家父亲兄弟里未必就没有养外宅私生女的，倒也不见她们和父兄断绝关系。说到底就是拿她们好出身和所谓贞洁立牌坊，欺负若如是个戏子，是个女人。”

她话说得尖刻，简直不似平日那个温婉软言的淑女。周开阳许是被惊到了，半晌，才回答：“这些都是俗人，不要和她们一般见识。”

阮虞卿逼问：“你们打算怎么办？”

周开阳犹豫：“那些名媛威胁说，要是不把任若如除名，她们就要罢演。”

阮虞卿斩钉截铁地说：“若如对我有天圆地方那么大的恩情，如果她被除名，请把我的名字也一起抹掉。”

她“啪”地挂断了电话。

回到餐厅，阮虞卿端起咖啡杯把冷掉的咖啡一饮而尽：“妈妈，我要去一趟苏州。”

说罢，她“噔噔噔”上了楼。不多时，她穿戴好拎着小藤箱走下来，急匆匆出了门。

到了苏州，阮虞卿先奔任若如虎丘的家。刚进巷子，远远就看见一群人围在任家大门口，举着相机，闹哄哄地要往里挤。任若如那唱杜丽娘的小徒弟傅秋荻费力地把着门，急得一头汗直跺脚：“说了任老师不在家，你们再这样，我叫警察了！”

阮虞卿想了一想，让黄包车夫调头离开。

尽人皆知任若如家在虎丘，丑闻既出，她想必不在这儿，怕是另寻地方躲避去了。

她能去哪儿呢？

洞庭东山，溯玉草堂。

那是任若如少女时代未出师时的家，那里偏僻，外界也很少有人知道她和柳闻莺的渊源。

阮虞卿坐船去东山。

任若如果然在东山。

见阮虞卿来，柳闻莺一脸尴尬。阮虞卿也不与他作假周旋，开门见山问："若如在草堂吗？"

柳闻莺叹一口气，引她往里走："你不是外人，我也不瞒你……报纸上说的都是真的，若如一大早就来了草堂，钻进卧室里不出来，你和她是朋友，替我劝劝她。"

听柳闻莺话里的意思，他一早就知道任若如有女儿。

也是，任若如是他收养的孤女，除他之外别无亲人，这样天大的事怎么会瞒他，又怎么能瞒得住他！

联想起自身，阮虞卿感慨万千，自己当初尚有母亲和大姑姑一家相助，待在异国，还过得那样艰难。任若如只有一个年迈的柳闻莺伸出援手，一边照顾孩子，一边还要瞒住孩子的存在学戏唱戏，到最后还唱成了角儿，她该是受过多大的苦？

到了任若如房门前，柳闻莺轻轻一敲："若如，虞卿来了。"

阮虞卿伸手推门，门没有关。

她轻手轻脚走进去，冲柳闻莺点一点头，掩上门。

任若如正斜倚在贵妃榻上发呆。

几日不见，她憔悴许多，想必是被丑闻弄得焦头烂额。

见阮虞卿来，她勉强一笑："哪家报社派你来的？"

还知道开玩笑，阮虞卿走上前去搡一把任若如的脑袋，被她就势握住手腕，拖着坐在榻上。不等阮虞卿坐正，任若如一把抱住她，把下巴搁在她肩膀上，长吁一口气："让我抱一会儿。"

阮虞卿静静地让她抱了一会儿。

任若如问："外面肯定已经满城风雨了吧？"

阮虞卿嗔她："你说呢？你虎丘的家，家门让记者给堵了。开阳那儿，好几个同台的名媛打电话说有你没她们。你倒好，自己躲进小楼成一统，任尔东南西北风。"

任若如嗤笑："谁稀罕？我这几年钱也攒了几个，大不了隐退，买两亩薄田做农妇去。那些名媛嫌我道德败坏，脏她们清誉，我还嫌她们嗓子难听，脏我唱功呢。”

还是那个嘴上不饶人的任若如。

阮虞卿双手扶住她肩膀，逼她和自己对视：“就算你不稀罕，就算你打算明天就去当农妇，这场义演你也得给我演完了。我已经给开阳撂了话，有你有我，我和你同进同退。”

任若如湿了眼眶：“傻瓜，你何苦跟我陪绑法场？”

阮虞卿替她揩掉眼泪：“五年前，你帮我做小红娘的情谊我没忘过，火车站里我发的誓，我也一直记得。”

那年阮虞卿私逃去北方，托任若如代买火车票。火车站里，她对任若如许诺过，来日你若有难，我一定竭尽所能。

阮虞卿揽住她的肩膀：“有人想打倒你，你就偏要站着，别怕，我和你站在一起。”

任若如鼻音浓重地“嗯”了一声。

许久，她说：“其实，我大致猜得出是谁在背后捣鬼，无非是九州电影的陈老板，他恨我推了他的邀约，让他巴结那青帮姨太太不成，他这是在杀鸡儆猴呢。”

阮虞卿握紧她肩膀：“最可恨就是这些下作商人，把艺术当成自己手里的玩物。”

任若如嗤之以鼻：“像他这样的人，梨园里多了去了，电影界也不过是一个新时代的梨园。我若继续唱下去，少不了遇到这种货色，倘若今天就怕了，明天又要怎么办呢？”

阮虞卿眼里含笑，看她：“怎么，不做农妇了？”

任若如撸下腕子上的皮筋，把一头乱糟糟的蓬发一扎，下巴一扬：“我做农妇，梨园岂不痛失一个天才！”

阮虞卿忍不住笑出声来。

门突然被推开，一个糯米团子般的小孩儿跌跌撞撞跑进来，抱住任若如的腿，含混不清地喊姆妈。任若如一把将孩子抱起来，脸冲向阮虞卿：“给你看我的女儿，思乾，乾坤的乾。”

思乾？好奇怪的名字。

阮虞卿看一眼思乾，隐约觉得有些面善，似乎和自己认识的某个人眉眼神情相近，却总也想不出是像谁。

或许是像她的母亲吧。

任若如抱着思乾，看向阮虞卿的眼神里有些调侃：“不好奇孩子的爸爸是谁吗？”

阮虞卿屈起手指刮一下思乾的鼻子，对任若如说：“这是你的私事，你愿意告诉我，我才有兴趣知道。”

回到上海，阮虞卿第一时间给周开阳打了电话，约他晚上一起吃饭。

西餐厅里钢琴声叮咚，阮虞卿向周开阳道歉：“抱歉，昨天电话里我太粗暴了，让你为难了。”

周开阳却眼底含笑：“其实，我很开心。”

阮虞卿不解。

周开阳把手放到她手背上：“你对我态度粗暴，发号施令，我很开心。这说明你已经真的把我当未婚夫，要求我和你站在一起。”

他顿一顿：“所以，我会和你站在一起。”

他继续说下去：“你说得没错，如果若如是一个男人，根本不会遭到这样的逼迫，只有女人才会被这样严苛地审判。我也是有妹妹的人，令月不在了，我应该像怜悯令月那样去怜悯每个可怜的女人，就当是为令月积德。”

阮虞卿感动地反手握住他的手：“你爸爸那边好交代吗？假如退出的人太多，这台义演组不起来怎么办？毕竟还要考虑灾民和你爸爸的付出。”

周开阳沉吟片刻：“爸爸那边我去说服，只是给药房做个宣传而已，法子多得很，没必要非踩着一个可怜女人的尊严。义演我会让林秘书尽量说服演员们，如果退出的名媛太多，就去北京、南京请几个角儿来，假如真的组不起来，我就另想法子给灾民筹款，大不了我自己卖两亩乡下的地，拿私房钱填。”

他真的是一个熨帖至极的人，或许是天性如此，或许是因为妹妹令月的死，总而言之，他是阮虞卿见过最为他人着想的人。

阮虞卿软声道：“哪里能让你一个人担？你是为了我，就算真到了那一步，天塌下来了，我和你一起补天。”

好在事情没有想象中那样糟糕。

林秘书是个干练的纵横家，她巧舌如簧地说服了好几个闹事的名媛。阮虞卿又四下里活动，和其他名媛吃下午茶尽力说服，终于让她们相信，如果罢演的事情传出去，她们的清誉虽能保住，却也会背上只顾个人名誉，不顾灾民死活的坏名声。

最后只有四个人退出，周开阳托关系从南京得月台又请了几个半红不红的角儿来补空子，义演总算按时顺利开幕。

任若如的丑闻并未影响义演售票，反而多了些好事者，想来一睹话题人物的风采。

但事情也不是一切顺利。

临近登台，任若如的搭档突然撂挑子了。

任若如唱的是《紫钗记》，为了新鲜，她这次是反串演李益，那演女主角霍小玉的是个刚冒头唱出名字的小戏子，叫君凤仪。

君凤仪一口咬定自己崴了脚，登不了台。

任若如冷笑：“我看她何止崴了脚，怕是一脚崴进了钱眼里。”

任若如怀疑君凤仪是收了九州陈老板的钱，有意在登台前发难，让任若如难堪。

一旦今晚任若如不能登台，明天报纸上会写成什么样子？

难敌丑闻，赈灾义演除名任若如。

这陈老板，当真是用心狠毒。

任若如的猜测没有错，赈灾义演结束后不久，报纸登出新闻——昆曲名伶君凤仪进军电影界，担纲女二号，拍摄九州电影公司新片、昆曲电影《长生殿》。

回到义演当天。

听到君凤仪罢演的消息时，阮虞卿正在后台化妆。

她冷笑着把眉笔往桌子上一掷："君凤仪，很红吗？没有了她，这出《紫钗记》还唱不成了？"

她找到林秘书："麻烦调整一下剧目顺序，把《牡丹亭》推后半个时辰，我先给若如搭档唱《紫钗记》。"

时隔五年，阮虞卿又以霍小玉的模样站在台上。

望着台下，阮虞卿一时有些恍惚，仿佛回到了十七岁，静慧女中的小礼堂。那时候台下父母在，哥哥清文也在。

甩水袖，一转身，与自己含情脉脉对视的那穿着火红官服的"李益"却不是沈雁行了。

赈灾义演在天蟾舞台连演两天，票房爆满。

第三天，周家在自家的花园"周园"搭台，加唱一场，以答谢给义演捐献巨资的票友。

那天是个细雨天。

浓云遮天，夜幕早降，周园里挂起了红灯笼照明，给树木蓊郁的花园子平添了一份神秘，台上的戏腔也被映衬得越发幽怨。

台上，任若如在唱《牡丹亭》。

台下，看客们窃窃私语："到底是任若如，把这杜丽娘给唱活了。"

有人轻笑："任若如能登台，还要多谢一个人。"

众人惊诧："谁啊？"

"昆曲名票阮虞卿啊，就是唱霍小玉的那个。我听说，任若如被曝光有私生女后，很多登台的名媛闹着要她退出义演，多亏阮虞卿仗义相助，说要与她共进退，这才保住了任若如。"

"听说阮虞卿是周家公子的未婚妻，可是真的？"

"报纸上都登了的，还能有假？"

"倒真是天造地设郎才女貌的一对。"

“周、阮两家都是南京书香门第，家世也很相配。”

“定了结婚的日子没有？”

“上星期我陪夫人买首饰，在银楼遇见周太太和阮小姐挑镯子，想必过不久就会发喜帖了。”

幽怨戏腔和嘈杂谈话声里，后排无人在意处，一个人悄然起身，往花厅走去。

沈雁行。

杏花雨密密，沾湿人衣。

花厅的门被风斜斜吹开一线罅隙，屋内妆台前有人正背对着门上妆，那样纤薄的背和肩胛，被握住时会羞怯地颤抖，像合在掌心里的蝴蝶。

沈雁行轻轻推开门，走进去。

他穿过满屋子熠熠流光的戏服和头面珠翠，径直走到阮虞卿的身后停住，凝望着镜子里左右翻转的面孔。

她的妆只画好了一半，左半边是绯色的杏眼桃腮，右半边是莹白的本来面目。

她也从镜子里看到了他。

只是片刻的停顿，短到近乎不可察觉，她抬手继续画眉，旁若无人。

沈雁行声音低哑：“我们还有没有可能，重新开始？”

不等她回答，他自顾自说下去：“我连看了两天天蟾舞台的表演，每场筹款都一掷千金，才终于换来一个进周园的机会。”

“第一天开演前，报纸和剧院门口的海报上都写着‘阮虞卿——《牡丹亭·游园》’，可等红丝绒帷幕拉开，台上的你不是杜丽娘，而是霍小玉。

“我惊得险些从椅子上跳起来。

“我没想过，你会再演《紫钗记》。

“我看着台上的你，看得神魂颠倒，含羞的霍小玉、惆怅的霍小玉、一颦一笑牵人心魂的霍小玉……我的虞卿，还是那样身段娇美容颜瑰丽，可和她折柳相别的李益，却不是我，而是别人。”

就像去年冬天在冯家舞会上重逢，隔着一重又一重的人和三年的时光，他与她遥遥相望。她比三年前更消瘦，却也更艳丽，褪去了婴儿肥，漂亮的骨相得以进一步显露。她的颊骨极美，弧线柔润、皮肤光洁，化了淡妆，银粉薄施，光艳照人。

可她的手却挽在别的男人的臂弯里。

令他深深地妒忌。

阮虞卿的妆已经画满了整张脸，绯色彻底掩盖住了本来面目。

园子里的戏腔被风送到花厅，和雨声纠结在一处，如泣如诉。

“昨日所梦，池亭俨然，只图旧梦重来，其奈新愁一段？”

阮虞卿端起放在桌角的茶杯，轻翻手腕，把半盏残茶泼在地上，抬手继续描摹眉眼：“你可看得出，我今天扮的是谁？”

不等沈雁行回答，她继续道：“你当然认得出是霍小玉。只不过，不是《紫钗记》，而是《霍小玉传》。”

《紫钗记》和《霍小玉传》讲的都是李益与霍小玉的爱情传奇。

《紫钗记》是李益和霍小玉解开误会，破镜重圆。

而《霍小玉传》是霍小玉在李益面前泼酒断情，含恨而终。

泼在地上的酒和水如何才能重回杯中？

覆水难收。

这便是她给沈雁行的答案。

她笑微微站起身来：“我要上台了，您请自便。下月廿日，华懋饭店，我和开阳的婚礼，如果赏脸，请来。”

她拿起立在桌脚的油纸伞，施施然走出花厅，掩好门。

沈雁行听到门外传来笑意盈盈的对话。

“你怎么来了？”

“下雨呢，路滑，接你去戏台。我来撑伞，你撩着下摆，小心踩到摔跤。”

声音渐远，雨声渐悄。

万籁俱寂里，只剩下沈雁行一个人彻底湮没于黑暗。

赈灾义演结束后，周、阮两家就正式为婚礼忙碌起来了。

农历四月二十，是周开阳母亲在庙里请人算的好日子。

阮虞卿本来觉得父亲才去世不到半年就办喜事不像样子，但周开阳说，父亲生前曾和他说过，希望阮虞卿早日结婚成家，卸下自己心头的大石。

问母亲，母亲也说，既然是已经选择好的路，早走晚走没什么分别。

就这样，在众人殷殷的目光下，敲定了结婚的日子。

周开阳是周家独子，周家有意把婚礼排场做大，婚宴订了华懋饭店的场地，婚纱托“云裳”订制。顾明明自告奋勇说帮阮虞卿设计样式，在女中读书时她就说过，以后等自己学成了，要给阮虞卿设计婚纱。

阮虞卿忙得跟陀螺似的，今天和妈妈、小姑姑去办嫁妆，明天被周开阳母亲接出去看金饰。周开阳很尊重她的意见，婚礼每个细节都要她过目敲定……

有时在百货商场里遇到相熟的女性长辈，无人不语气艳羡。

“虞卿嫁得这么好，阮先生在天有灵，可以安息了。”

“虞卿好福气，嫁给那样的青年才俊。”

“虞卿秀外慧中，周家公子娶了虞卿才是天大的福分。”

大家都交口称赞，说她和周开阳是天造地设的一双。

可晚上回到家，坐在床边，借月光注视着镜子里的自己时，阮虞卿却总觉得缺乏真实感。

周家父母那么喜欢她，周开阳那么近乎完美，可她却觉得那么虚幻而空洞。她的心里既不觉得激动，也不觉得排斥，有的只是一种与己无关的麻木，仿佛置身于一场舞台剧，她是入不了戏的女主角。

民国十三年，和沈雁行在一起时，她的心时而如行走吊桥，忐忑又兴奋；时而如受火烧，干渴焦躁；时而又像阳光下的肥皂泡，艳丽绚烂轻飘飘……那样强烈的感受，活着的感受，爱着的感受。

当站在“云裳”的穿衣镜前，望着镜子里穿白纱的自己时，阮虞卿终于不堪忍受，无法继续自欺。

“开阳，我后悔了。”

片刻的震惊后，周开阳像是早料到有这一天，很快恢复了平静："是因为沈雁行？义演那天，我看见他进了后台。"

他试图挽回："可是我爱你，哪怕你心里有别人，我愿用余生，搏你一个心回意转。"

"沈雁行负你在先，我不愿看你重蹈覆辙。

"何况如今时局混乱，沈雁行游走于军政两届，如同过江的泥菩萨，你又何苦和他一起卷入旋涡？"

他恋恋不舍地松开她的手："我会在楼下等你，一刻钟后，请你下楼来，告诉我你的答案。"

周开阳下楼后，阮虞卿独自在二楼坐了很久。

她一点点积蓄着勇气和力气。

最后，她站起身来，深吸一口气，抚平白纱上的褶皱，提起裙裾下楼。

周开阳坐在沙发上，弓着背，一手扶额，形容憔悴，像是瞬间苍老了好几岁。听见脚步声，他抬起头，一动不动地望着阮虞卿，眼神悲伤，如同早知结果、只等法官宣判的罪犯。

阮虞卿回望着他，一步步走到他面前，轻声说："开阳，抱歉。"

周开阳狼狈起身："我知道了，你不必说了。"

他抓起帽子扣在头上，慌不择路地推门离去。

阮虞卿颓然跌坐在沙发上，双手捂住脸。不知过了多久，顾明明走到她身边坐下，轻轻握住她的肩膀，把下巴搁在她肩上，轻声呢喃着安慰："没关系，没关系，玫瑰会有的，彩虹也会有的。"

从"云裳"回到家时已是夜里。母亲不在客厅，阮虞卿去到她的卧室，见她正举着烛台翻她陪嫁的樟木箱。

床上扔了一堆东西，都是母亲过去的穿用。红嫁衣，颜色娇嫩的旗袍，都是现在已经难得的好料子，灯光下色彩艳丽的，如同一条丝绸的河流。

阮虞卿随便拿起一件老洋装式样的绿裙子，隔空朝着母亲一比。其实母亲身形并未怎么变化，这些旧衣服还合穿，只是不再符合身份和年龄，所以才被收了起来，不见天日。

一个女人的一生，就这样被社会规范逐渐削减，从丰腴艳丽，到嶙峋黯淡。

母亲嗔她一眼，把衣服夺过去，扔在床上，将烛台递给阮虞卿："替我举着，给你找东西呢，你外婆留给我的耳环，给你结婚那天戴。"

阮虞卿一哽。

半晌，她才慢慢道："不必了。"

母亲翻东西的手一停。

阮虞卿屏息看着母亲，许久，她抬起头来，线条柔润的鹅蛋脸被烛光涂抹上一层松脂色，如同文艺复兴时的油画："也好，老觉得事情太顺利了，顺利到反常，现在总算松了一口气。"

阮虞卿悬着的心悄然落下："您不怪我？"

母亲把散落一床的衣服又塞回樟木箱里："有什么可怪的？无论如何，都是希望你幸福。其实这些日子我一直在想，该不该叫停这场婚礼？开阳这样的好男人举世罕见，他会是一个很好的丈夫，可我知道你对他不是爱情。"

母亲把樟木箱的金属扣子扣好："世上大部分人可以安于无爱的婚姻，因为他们没有拥有过爱情。爱情本来就是罕见的，遇到它，既是一种幸运，也是一种劫难。"

听自己的母亲谈论爱情，阮虞卿觉得羞赧而怪异，不知道该如何回答。

她拿起床上的绿裙子岔开话题："忘了一件。"

母亲的目光落到那件绿裙子上，眼神中有一种难以名状的苦涩温柔："哦，不用管它，我一会儿挂到衣柜里。"

她又叮嘱阮虞卿："还是要找个地方坐下来，心平气和地和开阳把事情讲清楚。"

阮虞卿点点头："嗯。"

帮母亲把藤箱放回到柜子顶上后，她走到楼下客厅，给周开阳打电话："明天下午，香依咖啡厅，我们坐下来谈一谈吧。"

时隔多年，阮虞卿又踏进香侬咖啡厅。

虽然招牌如旧，但走进去才发现香侬已经是一个新天地。

里面重新装修过，一改过去的法式优雅风，转而变为更加俏皮的美式风。一色贝壳蓝的墙纸和白色方块地砖，彩绘着线条明快、颜色鲜艳的情侣画像，唱片机里放着轻快的爵士乐。

坐在香侬里的客人们也更年轻，一张张玫瑰色的面孔，顾盼神飞的、慵懒自在的……一代新人换旧人，这一代年轻人从小跟着父母出入香侬，在咖啡香和爵士乐的浸淫里长大，比他们的父母兄姐都更松弛。

反而衬得沉默相对的阮虞卿和周开阳像是异类。

静静地听完了一整首歌，阮虞卿才开口："昨天你问我，是否是因为沈雁行，我可以明确地回答你，不是。"

周开阳抬起头，眼底有些红血丝，显然一夜未睡："那为什么？"

"因为我配不上你。"

周开阳抓住她的手，语气急切："我说过，我不在意你的往事。"

阮虞卿轻轻把手抽离，摇头："不是因为我的往事，而是因为我的现状……开阳，我妈说，大部分人可以安于无爱的婚姻，她说得很对，但无爱的婚姻要想长久，至少应该无害，而我会害了你。"

阮虞卿斟酌词句，尽量想要表达得委婉而准确："你在我最孤立无援的时刻出现，理解我，安慰我，帮我照顾父亲，修补了我和父亲的关系，许诺给我一个安稳的未来。这些都太诱人，而我又太软弱，所以才试图自欺欺人地去接受这一切，就像落水的人抓住眼前的浮木。"

"但这种关系是不健康的，落水的人应该自己努力上岸，而不是把自己托付给一根浮木。否则，只有两种结果，或者我无法上岸，拉着你一起沉入深海；或者我痊愈上岸，不再需要浮木。无论如何，你都会被我毁掉。"

她已经把话说得这样明白。

周开阳哽咽："可我心甘情愿做你的浮木，无论是沉沦还是被抛弃。"

阮虞卿伸出手，温柔地抚摸着他的脸："开阳，不要这样，你是照亮过我的太阳，我希望你能永远挂在天上。”

周开阳红着眼睛问她：“你会和沈雁行复合吗？”

阮虞卿摇摇头：“往事已矣。”

三天后，周开阳、阮虞卿登报解除婚约。

当天下午，阮虞卿收到沈雁行差人送来的帖子，邀她第二天到马斯南路小公馆一叙。

阮虞卿没有去。

她只是让人给沈雁行送去了一封信。

沈雁行打开信封，里面除了一根长长的棉线，什么都没有。

一根棉线，长如蜡烛——那是烛芯。

民国十四年，沈雁行送阮虞卿一根无芯的烛身。

民国十八年，阮虞卿回赠沈雁行一根无蜡的烛芯。

有身无芯，有芯无身，都是不可点亮的。

这一支西窗烛，他们终究无法共剪。

沈雁行没有再回信。

周开阳没有再找阮虞卿，他的堂姐周绿樱和小桃子也退出了阮虞卿的世界。

大伯和小姑姑看到报纸上解除婚约的声明后，气得来阮家嚷嚷了一通，说她们母女俩擅作主张不把他们放在眼里心上，于是赌气暂时断绝了来往。

悔婚的余波绵长，虽然周家平静地接受了一切，但所谓上流社会的圈子就是这样牵一发动全身。阮虞卿做出这样的事，在他们看来是有失体面，需要与之切割，阮家一下子变得门庭冷落。甚至常登门向母亲请教花艺的朋友，都一下子消失不见了。

仿佛短暂地登上了一个喧嚣舞台，谢幕后，生活又归于平静。

或者说，是比平静更可怕的寂静。

一天早上，阮虞卿睁开眼时，感觉到房子里仿佛出现了一个巨大的黑洞，沉默地、贪婪地、阴森森地攫取着人心中的一切热情和耳边的所有声音，让她失掉了浑身的力气，仿佛有一个拳头死死抵住她的胸口，一直把她钉进床板里，血肉塌陷，融为一体。

久违的感觉。

熟悉的感觉。

在周令月的墓前，周开阳曾经问她是否听说过西格蒙德·弗洛伊德医生。

她怎么会没听过？这个奥地利人是欧洲最出名的精神病医生，每个以心理治疗为业的医生多少都是他的信徒，在阮虞卿接受心理治疗的那些日子里，曾无数次听人提起这个名字。

那是在“妹妹”离世后。

其实，早在刚到法国时，阮虞卿的精神状况就有些堪忧。哥哥清文的骤然离世、沈雁行的抛弃、父亲的冷漠对待，这一连串的打击在经历了初期的麻木后，在异国他乡一股脑地强烈爆发，再加上怀孕中胎儿的影响，阮虞卿整日精神恍惚。大姑姑察觉到不对，阮虞卿却矢口否认自己的异常。

其实她心里知道，自己出了问题。但她拒绝被治愈，宁愿躺在床上、沉浸在这种情绪里受苦。因为她模糊地知道，一旦被治愈，就不得不正视未来。

直到“妹妹”因为猩红热夭折。

她终于意识到，自己已经失去得够多，假如继续沉沦于往事带来的痛苦之中，她还会失去更多。

埋葬了“妹妹”后，她挣扎着走出家门，在大姑姑的陪同下去往一家号称是弗洛伊德学生开设的私人诊所。

半年后，她被“治愈”，前往贝桑松求学。

回国前，医生曾经给她忠告，说很少有心理问题能得到彻底解决，它就像一根深埋在灵魂深处的导火索，或许哪天一个火星迸溅到上面，就会再次引爆。

而在这天早上，阮虞卿嗅到了火星的味道。

玛丽嬷嬷的电话及时把她从胡思乱想里拉了回来。

她邀请自己回一趟静慧女中：“又快到毕业季了，你来帮我指导下毕业生的汇演吧。”

时隔多年，阮虞卿再次回到静慧女中。

红砖墙耐得住时光侵蚀，女中乍一看还是旧日模样。站在大门前，阮虞卿一时有些恍然，仿佛五年时光并不存在，自己只是周末回了趟家，现在，又回到了学校。

然而玛丽嬷嬷脸上渐深的皱纹提醒她，年华滔滔，毕竟是流过去了。

玛丽嬷嬷带她去小礼堂，向即将毕业的女生们介绍她，阮虞卿一下子被年轻的女孩们包围了。从一张张兴奋的玫瑰色面孔上，阮虞卿看出来，尽管已经过去了五年，她仍然是女中口口相传的风云人物。

她的心感动起来，如同干硬的海绵被投进温水里，一下子舒展开，变得饱满柔软。

除了参加毕业汇演的女孩们，在静慧，阮虞卿还认识了一个人。

见习修女玛利亚。

玛利亚是中国人，但在发愿奉道时已经舍去了本名，玛丽嬷嬷借《圣经》里“抹大拉的玛利亚”之名，替她取名“玛利亚”。

玛利亚修女是一个年轻女孩，有一双如鹿般澄澈无垢的眼睛和羞怯的笑容，她在四年前进入圣母堂开始修行，到年底就能申请成为正式修女。

从她的谈吐可以推测得出，她一定出身良好，受过教育。

但她为什么会出家修道呢?

对于往事，玛利亚绝口不提，事实上她很少说话，只是认真倾听。

阮虞卿很喜欢她，见她第一眼就觉得莫名的亲近。

很快，玛利亚就成了她的密友。

有时她们会谈论一些关于女学生的事情，或者自己的事情；有时候她们只是一起散步，或坐在一起你读你的《圣经》，我看我的《良友》，谁也不说话，只是知道对方存在，就已经很安心。

这天，阮虞卿来圣母堂找玛利亚修女时，却被告知修女不在。

院长嬷嬷说，今天是玛利亚修女的生日，她的亲人接她出去吃饭了。

亲人？原来她是有亲人的。

阮虞卿只得按捺下疑惑，回家去。

她不知道，玛利亚修女正在餐厅里和亲人谈论有关她的话题。

香侬咖啡厅里，重新穿上俗世衣裙的玛利亚修女，不过是个二十出头的清秀女孩儿。

在这里，她不是玛利亚修女，而是沈令仪。

曾经的北地王的千金，沈雁行在写给阮虞卿的信里，曾反复提起过的，他的妹妹令仪。

令仪向坐在对面的哥哥沈雁行详细讲述阮虞卿的近况："她精神不是很好，像溺水的人推开了唯一的木板，要凭自己的手脚游到岸上，我很心疼她，希望真的能带给她一点安慰。"

沈雁行许久没有说话。

令仪小心翼翼地问："那么，你呢？最近过得怎么样？"

沈雁行"嗤"地一声轻笑："能怎么样，做北地王该做的事罢了。"

是北地王，不是沈雁行。

令仪心疼地把手放在他手背上。

沈雁行轻叹一口气："以前看父亲，只觉得北地王算什么？一个弄权的武夫而已，仗着权势高高在上，视他人为蝼蚁。等到自己被推到这个位子上，才知道经营一方要承受的压力……上次来时，我跟你提起宫房次郎，果然现出獠牙来了。"

令仪蹙眉："他做了什么？"

沈雁行冷笑："起初只是旁敲侧击，说文化同根同源应当共生共荣的鬼话，见我不肯接招，索性摊牌谈生意，说可以扶植我，与北方其他人争权。代价嘛，是要我做他的傀儡。我就知道，他来中国怎么可能是一个单纯的报人。"

令仪忧心道："那你……"

沈雁行安慰道："放心，我自有我的应对。只是……"

令仪急问："只是什么？"

沈雁行寂寥地一笑："他说，你为做北地王，连弑父杀弟的事情都做得出。男子汉大丈夫，为求功业，有什么不能出卖的？你看，在别人的眼里，我沈雁行就是这样一个没有人伦的畜生。”

令仪无言，只能紧紧地握住他的手。

从圣母堂回到家，阮虞卿发现母亲不见了。

起初，她只以为母亲或许出门了，但直到天黑，母亲也没有回来。

这很反常，母亲不爱出门，每次她回家时，母亲都会坐在客厅里一边织毛衣，一边等她吃晚饭。

她能去哪里呢？

挨到睡觉时间，母亲既没有回家，也没有打电话回来。阮虞卿慌了，拨电话给顾明明，请她帮忙，让她的父亲问一下今天有没有哪个警局接到车祸一类的报案。

顾明明的父亲陈也如是警界高官，原本在苏州，多年前阮虞卿和沈雁行夜游姑苏被打劫，就是靠陈也如的大名才从警局脱身。

前不久，陈也如调来了上海。

顾明明很快回复消息，没有。

阮虞卿慌得双手发凉，镇定了片刻，拨电话给小姑姑。

因为和周开阳悔婚的事情得罪了小姑姑，两家已经数月没有往来。接到她的电话，小姑姑起初还口吻冷淡，听阮虞卿说到她母亲失踪，她一改态度，说自己马上就到。

不多时，她便坐车来了阮家。

她有条不紊地安排——

第一件事，给母亲所有的朋友打电话，问他们今天是否见过她。

第二件事，拟一则寻人启事，如果天明母亲还没回家，就登报找人。父亲生前是上海报业领袖，如今小姑父也还在报馆做事，联络报纸的事情就交给他。

母亲的朋友不多，除了两三个花友，就只剩下和父亲共同的朋友，电话很快打完，每个人都否认今天与她见过面。

小姑姑指挥阮虞卿写寻人启事："年龄，相貌，离家时穿什么衣服……你妈今天离家时穿的什么衣服？"

两个人跑到母亲卧室里，打开衣柜，看少了什么。

自从父亲去世、阮虞卿和周开阳悔婚后，阮家门庭冷落，母亲也基本断绝了社交，过去的大部分衣服都被她收了起来，只挂了几件简约舒适的在衣柜里。阮虞卿看了半天，却也看不出到底少了哪件。

一直到走出卧室，关门时，她才突然灵光一现。

是那件从檀木箱子里拿出来的翠色旗袍。

是母亲年轻时的衣物，那天为给她找外婆留下的耳环翻出来，过后没有收回箱子里，而是挂在了衣柜里。

现在这件衣服不见了。

阮虞卿又推门进了卧室，把檀木箱子拖出来翻找一遍，里面也没有，这才确信母亲离家时穿的就是那件绿色裙子。

写完寻人启事，小姑姑给家里打了电话。不多时，听差来了，拿走了寻人启事和一张唐怡君的照片，小姑姑则留下来陪着阮虞卿，以防母亲突然回家。

但直到天亮，母亲也没有回来。

三天后，终于有电话打到报馆，说在十六铺码头附近看到了唐怡君。

阮虞卿和小姑姑赶到码头，看到了静静伫立在江边、眺望黄浦江的母亲。

打电话的是一个码头搬运工，他悄悄跟阮虞卿说："我今天早晨才看到报纸，但前两天就看见她了，奇奇怪怪地站在江边，以为她想跳河，但她就只是站着不动，问她话也不回答，就只念叨一句话。"

"什么话？"

"我要去广州。"

广州？

阮虞卿疑惑不已。

她走到母亲身边，握住母亲的手臂，轻声喊妈妈。

母亲回过头来，两天不见，她骤然憔悴消瘦，显现出与年龄相符的老态来，但眼睛里却有一种与这个年龄全然不符的羞怯，仿佛一个满盈爱意的少女……

她似乎没有认出阮虞卿，只是温柔地用吴语说了一句“我要去广州”。

广州……

尘封在记忆里的往事突然如浪头般纷至沓来。

阮虞卿想起了民国十四年和沈雁行在苏州小园晒书时，那张夹在《李清照词集》里的船票。

宣统元年十二月初六，上海到广州。

原来那是母亲的船票。

母亲为什么要去广州？为什么宣统元年没有去成，二十年后她又对这场未成行的旅行念念不忘？

阮虞卿和小姑姑带着母亲去了医院。

母亲始终呆呆的，也不反抗，却也不回答她们的问话。医生做了简单的检查后，遗憾地告诉阮虞卿：“令堂大概是脑筋不清爽了，人老了很多会这样，但令堂还这么年轻……抱歉。”

阮虞卿鼻子一酸，眼泪“唰”地落下来。

她扭头看母亲，母亲坐在椅子上，神情安恬，眼神呆滞。

都说眼睛是心灵的窗户，现在她的母亲紧掩住了自己的“窗户”，把自己的灵魂关在里面，不再与世界分享，不再做谁的女儿、妻子和母亲，而是做完全属于她自己的唐怡君。

阮虞卿把母亲领回家。

在码头伫立了两天两夜，母亲累了，一回家，一改往日名媛贵妇的精致做派，没有梳洗，没有换睡衣，甚至没有脱鞋，倒头就睡。

阮虞卿小心翼翼地帮她脱了鞋，盖上被子。

她走回到楼下，坐在客厅沙发上。屋内没有开灯，她在黑暗里静静坐着，试图感受母亲这些年的孤寂。

母亲从来没有自己的社交，父亲还在时，母亲是父亲的社交搭子，每次出门都是陪父亲，连那几个花友，也都是人家登门来找她，她鲜少去找别人。

父亲去世后，受自己悔婚的牵连，那几个花友也不登门了，连自己也为排遣孤独，每天早出晚归地待在女中或者圣母堂。

自己在女中和圣母堂的时候，家里就只有母亲。

空荡荡的家里，母亲只有影子陪着。

阮虞卿在黑暗里静静落下泪来。

第二天，阮虞卿打电话给玛丽嬷嬷，说自己不能去女中帮忙了："妈妈生病了，我要在家陪她。"

玛丽嬷嬷遗憾："怎么会这样？前段时间她打电话给我时还很正常。"

阮虞卿惊讶："我妈妈打过电话给您？"

玛丽嬷嬷回答："是啊，她打电话说你最近情绪低落，拜托我叫你回女中帮忙，说人一忙起来就没那么多时间胡思乱想了。"

挂掉电话后，阮虞卿握着听筒倚在墙上，半天才缓过来。

母亲应该是早已经意识到了自己在走上一条黑暗无尽的不归路，所以在彻底被黑暗吞噬前，她为女儿做了最后一件事——她打电话给玛丽嬷嬷，托玛丽嬷嬷照顾阮虞卿。

母亲，她可怜的母亲。

唐怡君的病，把阮家那些因为悔婚暂时疏远的亲戚又聚拢回来。大伯和小姑姑建议，还是应该找一个信得过的娘姨贴身照顾母亲，以防再次走丢。

大伯说："我看你过去那个奶妈就挺好，性情好，也知根知底。"

阮虞卿心里打了个突突，敷衍过去："她早就回老家给远房侄子带孩子去了。"

最后商定，从小姑父崇明老家找个信得过的穷亲戚。

人很快就找到了，小姑父的远房表姑，一个孀居多年的寡妇，手脚麻利，干惯了农活的也有一把好力气，阮虞卿喊她六婆。

有了六婆的帮忙，阮虞卿终于有了喘息之机，她可以静下心来想想未来。

两个哥哥都已经不在了，父亲去世，母亲生病，她越来越清晰地意识到，自己已经走到了无枝可依的境地。

大伯与小姑姑毕竟还有自己的一头家，不能也不应该全倚仗他们。

她必须自己承担起照顾母亲余生的责任。

她必须先自救，熄灭心里那正在死灰复燃的火星。

上次在法国，最终治愈她的，是贝桑松的求学生活。

她必须回到人群里，参与到学习和工作里。

阮虞卿给旧友们都写了信，请他们帮忙找一份工作。

不久后，她收到了柳闻莺的复信，说帮她找到一份教职，在吴中大学教昆曲。

信的末尾附了一句：知秋亦在吴中大学任教，教授民俗学。

知秋，卞知秋。

柳闻莺的外孙卞知秋，她小时候在苏州喊了几年“知秋哥哥”的卞知秋。

第九章

牡丹亭上三生路，怎奈无缘共此生

吴中大学是一所刚建成不久的大学，由几个在上海做生意的苏州人出资建造。因为学校资历浅，故而招募教工的条件也适当放宽，不要求是名宿大儒，也不一定非要高级文凭，重点看是否有真才实学，且特别注重课业的丰富性。所以才设了昆曲课，又在苏昆名宿柳闻莺的推荐下，聘请了阮虞卿。

对于聘请阮虞卿这件事，校董里不是没有反对意见，认为她毕竟太过年轻貌美，在吴中大学这样一所男女混学的学校任教，传到社会上恐怕会让吴中大学沾染“挂羊头卖狗肉”之嫌。

阮虞卿听闻后，写了一篇论文托柳闻莺交给学校，论文里详细论述了自己对于几部昆曲名篇的见解，角度新颖、文思缜密，终于说服了大半校董，获得学校聘书。

到学校报到那天，她意外地碰到了熟人。

是她的“宿敌”，周紫鸢。

她和周紫鸢是女中同窗，民国十二年那一届里容貌最出挑的两个姑娘，被戏称为“姚黄魏紫一双国色”，又因为性格爱好截然相反，在女中时周紫鸢就跟阮虞卿很不对付。

最后一次见周紫鸢，还是在民国十四年她的教堂婚礼上。

没想到时隔五年再相见，她们成了同事。

阮虞卿是学校的昆曲老师，而周紫鸢是学校教务处老师。

周紫鸢的敌意并未随着时间消散，与阮虞卿说话时依旧阴阳怪气：“哟，这不是虞卿吗？我以为你嫁了周开阳，在家相夫教子了，没想到在这儿见到你。什么，你没嫁周开阳？哦对，想起来了，登报解除婚约了，我真替你可惜。”

离开教务处，另一位来报到的女老师悄声告诉阮虞卿：“别搭理她，一个太太而已，没什么真才实学，不过仗着先生是校董。”

阮虞卿模模糊糊地想起来，到最后还反对聘请自己的校董里似乎有一个叫冯友仁的。

她一直觉得这名字耳熟，现在终于想起来了。

冯友仁，可不就是周紫鸢的先生？

她冲女同事微微一笑：“多谢。”

阮虞卿今天只是来报到，第一堂课是在明天。和女同事告别后，她在校园里独自散步，欣赏风景，看着校园里三两成群笑闹的学生，感受着久违的青春气息。

不知道是因为脸嫩，还是因为穿得太随意，阮虞卿竟然被人当成学生，一个稚气未脱的男学生热情地跑过来和她打招呼：“同学你好，我是一年级的江芦生，你是哪一年级的？下节课是什么？”

阮虞卿觉得有趣，故意隐瞒教工身份：“我下节没课，正想着要找节课去旁听，你有什么推荐的吗？”

江芦生笑容越发明朗：“那不如你和我一起去上课，我下节课是民俗课，你感兴趣吗？”

民俗课。

那不就是卞知秋开的课？

阮虞卿一口答应：“好啊。”

窗明几净的大教室里，时隔十年，阮虞卿又见到卞知秋。

小时候，阮虞卿和外公住在苏州，外公是苏昆界名士，经常和其他昆曲爱好者清谈雅集，每次柳闻莺都是座上客，每次他来都会带自己的外孙卞知秋。

卞知秋大阮虞卿四岁，初次见面时，她十岁，他十四。

卞知秋也爱昆曲，他唱柳梦梅最好，阮虞卿第一次在雅集上唱杜丽娘，和她搭档唱柳梦梅的就是卞知秋。

十一的女童和十五岁的少年，一个稚嫩一个年少，一本正经地唱什么情啊爱的，声音身段都是好的，独独是不知愁怨，说到底是精美的花架子，逗得大人们乐不可支。

阮虞卿十二岁那年，卞知秋考上了北大，离开苏州回到了自己北京的父母身边。同年，阮虞卿外公病逝，她也回了上海。

从那之后，他们就再也没见过。

十年不见，地覆天翻，讲台上的卞知秋老师和她记忆里的“知秋哥哥”几乎不再有任何重叠。

他一身浅灰长衫，气质稳重而又意气风发，全然是个成熟的男人，举手投足间有一股风雅气，语言却有点到即止的风趣，让女学生们心醉神迷。

但得了女学生的喜欢，就难免不如男学生的意。

那带着阮虞卿来听民俗课的男学生江芦生突然举手：“先生，我有问题。”

卞知秋点头，请他起身：“这位同学有什么问题？”

江芦生站起身来，下巴一扬：“我想问，您这门学问到底有什么意义？”

他的话里有硝烟味，课堂里一时间哗然。

被学生这样挑衅，卞知秋也不生气，只是微笑着反问：“听你话里的意思，你觉得民俗学并没有任何意义。”

江芦生大大咧咧承认：“是的，我认为毫无意义。”

卞知秋心平气和问：“为什么呢？”

江芦生口吻变得激愤起来：“眼下的中国内忧外患，被欧美瓜分，被日本觊觎，天灾不断，民不聊生，可以说到了亡国灭种之际。这样危难的时刻，我们需要的是坚船利炮，是不畏死的精神，是保家卫国，是铲除那些寄生在百姓身上吸食民脂民膏的寄生虫。而你的民俗学却只是留恋过去的时光，把大好的精力放在研究中国人为什么吃月饼、吃粽子上！这是一种可耻的浪费！”

他的一番发言震慑全场，整间教室瞬间鸦雀无声，同学们面面相觑，不知该作何反应。

半晌，卞知秋笑了：“你是叫江芦生吧？”

江芦生睥睨着他：“是，怎样，你打算记我的过吗？”

卞知秋摇头：“江芦生同学，你的爱国热情令我很感动，你的话也不无道理，我想请你回答我几个问题。”

江芦生哼一声：“请说。”

卞知秋沉吟片刻，问道：“你认为民俗学只是留恋过去的时光，因此没有意义，对吗？”

江芦生昂首答：“是，有意义的是未来，不是过去。”

卞知秋笑眯眯道：“也就是说，你认为今比昔好，时代应该是一直向前，并且也真的在一直进步，对吗？”

江芦生哼一声：“那是当然，因为人类的智慧一直在增长，所以人类社会也在一直进步。”

卞知秋问：“江同学，你的专业是什么？”

江芦生皱眉：“化学，怎么？”

卞知秋点点头：“你很少看历史书吧？可以明确的是，人类社会并非一直在进步，东汉末年的天下大乱，令社会凋敝，直到唐朝才又出现盛世。唐末大乱，又使得文明崩塌，翻开五代十国的史书，种种暴行触目惊心，已经近乎禽兽。直到北宋建国，中国才又重见文明曙光。”

江芦生听得有些蒙：“可是……”

卞知秋继续道：“你也说如今中国被欧美用坚船利炮瓜分，但你可知，两百年前你口中的列强很多也不过是贫瘠小国，你可知列强崛起是始于什么？”

江芦生完全被问住了。

卞知秋环顾一周，问：“有哪位同学知道？”

阮虞卿微笑着举起手。

卞知秋看她一眼，微微一怔，似乎觉得有些眼熟，他点点头：“这位女同学，请说。”

阮虞卿起身：“是一场西方学界称之为文艺复兴的运动。”

卞知秋高兴地点头："对，那这位女同学，你可否向江同学解释一下文艺复兴？"

阮虞卿思忖片刻，言简意赅道："这场运动的参与者认为，人比神更重要。"

卞知秋鼓掌："总结得很好，请坐。"

他转身，在黑板上写下一个大大的"人"字，把粉笔一抛，娓娓解释道："人比神更重要，人类社会不是由神创造的，而是由一个又一个的人组成，只有重视人本身，人类社会才会向前发展，我认为，人类社会本质上是由人的欲望推动前进的。"

"《礼记》里说，饮食男女，人之大欲。也就是说，人最基础的欲望，就是吃和爱，人类所做的一切，都是为了要吃东西，要爱人。人类追求吃和爱的过程，就是社会前进的过程。程朱理学所谓的'存天理灭人欲'和欧洲中世纪的神学至上，不许人追求口腹之欲，不许人爱人，文明之光也随之湮灭。"

他笑眯眯地看向江芦生："所以，江同学，你现在仍旧认为，研究吃粽子、吃月饼没有意义，是一种可耻的浪费吗？"

江芦生哑口无言，却又不知该如何反驳，只好紧抿着嘴愤愤不平地坐下。

卞知秋转身擦掉黑板上的"人"字，又写下一个英文"Folklore"（民俗）："实际上，民俗学当然不能被粗暴地概括为研究吃月饼、吃粽子的学问，它的本意是民众的智慧。"

他转过身，微笑俯瞰着讲台下的学生们："民众的智慧，从生活中总结的智慧，用以指导更好地生活的智慧。"

"在座尽是我民族之精英，未来属于你们，未来由你们创造，我希望你们记住一点，无论你有多么宏伟的信仰和宏大的目标，最终的目的，都应该是让人类拥有更好的生活。

"而生活是什么，是衣食住行，是发自内心的愉悦，恰恰是那些最微末的东西，组成了我们的生活。"

一场课堂风波就此化解。

下课铃响后，学生们陆陆续续走出了教室。

江芦生或许是生了阮虞卿的气，也不问她，自顾自地离开了。

阮虞卿也不起身，就坐在原位，手托着腮看卞知秋整理教案。

到最后，教室里就只剩下了他们两个。

卞知秋整理完教案，一抬头看见教室后排，那先前回答他问题，说“文艺复兴运动认为，人比神更重要”的女同学，仍旧坐在原地，正笑盈盈地手托腮看着他。

看到她的第一眼，卞知秋就觉得眼熟，只是想不起在哪儿见过。他犹豫了片刻，隔着半个教室问对方：“这位同学有什么事吗？”

阮虞卿站起来，清一清嗓子，唱：“是那处曾相见，相看俨然，早难道好处相逢无一言。”

卞知秋恍然大悟：“虞卿！”

阮虞卿点点头，莞尔一笑。

第二天下午，阮虞卿上了第一堂昆曲课，讲昆曲的起源。

就这样，她开始了自己的大学教学生涯。

阮虞卿又找回了在贝桑松求学时的感觉：洋溢荷尔蒙的校园，明亮的教室、明媚的阳光、蓬勃的花与草，澎湃的师与生，每个人都充满了求知欲，走廊里、草坪上随处可见大声争论、各抒己见的学生。

她的昆曲课很受欢迎，每次开课都坐满了人，甚至还有不少来旁听的外校学生。整个沪上高校圈里都在流传，吴中大学新开了门昆曲课，跟别校不一样，吴中大学的昆曲课老师是个年轻漂亮的女孩子，不仅自己唱得好，课也讲得漂亮。

不仅学生们喜欢她，她和同事相处也很融洽。吴中大学的老师多是年轻人，自己读书时接受的也是兼容并包的治学理念，同事之间少有猜忌，阮虞卿性情柔和不与人争，更是令人心生亲近。

也不是没有不和谐的音符。

比如周紫鸾。

周紫鸾每次见到阮虞卿，都似笑非笑、怪声怪气。

又比如江芦生。

他耿耿于怀初见那天阮虞卿骗他自己是学生，更介怀阮虞卿回答卞知秋的问题，当堂令他颜面扫地。

发现阮虞卿就是新来的昆曲课老师后，江芦生跑来找阮虞卿，嘲笑她只关心士大夫们那些关于才子佳人、不切实际的浪漫空想，却不关注贫民大众的现实苦难。

阮虞卿不欲与他争辩，也不想说服他，便只是微笑敷衍。

江芦生倒也不气馁，三天两头地依旧跑来找她，趾高气扬地送她书："喏，你也该看看这些书。"

是一些鲁迅、柔石的作品。

阮虞卿礼貌地把书推还给他："这些我早就看过了。"

还是那年在火车站时，沈雁行谈起巴黎，说上海是一些人的天堂，却也是另一些人的地狱后。阮虞卿突然对那个与自己迥然不同的世界另一面产生了兴趣，于是让沈雁行替自己找了很多所谓左翼作家的书来看。

看着江芦生不可思议又不甘心的表情，她觉得好笑："你该不会以为，我只看张恨水和《良友》杂志吧？"

阮虞卿和卞知秋一起散步时，聊起江芦生。卞知秋听了江芦生那些幼稚的举动，他笑着说："他喜欢你。"

阮虞卿蹙眉："别胡说，他比我小五岁呢。"

江芦生是大一学生，今年不过十七岁，严格来说还是个孩子。

卞知秋摇头："我是说真的，你看他的所作所为，难道不是像极了有些小男孩对待喜欢的女孩儿，故意惹她生气，事事想压她一头，好让她崇拜自己？"

阮虞卿摩挲着手臂上的鸡皮疙瘩："那他可找错了对象，我从小就不喜欢这类男孩子。非要喜欢的人崇拜他，为此不惜打压对方，让对方自卑，这种爱太可怕了。"

卞知秋点点头："是，江芦生这个学生，本身就有些可怕。他太狂热，又太空洞，太爱这个国家了。我希望他只是因为太年轻，所以无法联系起个体和集体的关系。”

卞知秋的担忧不无道理，几个月后，在江芦生身上发生了一件震惊全上海的事，验证了他的忧虑。

卞知秋至今是个单身汉，吴中大学教职工宿舍有限，他就在学校附近租了间房子。

每次阮虞卿上完课，假如卞知秋有空，两个人总会一起散散步，聊聊天。

阮虞卿喜欢和卞知秋在一起的感觉。

那种感觉，就像冬天的风雪夜，披着羊毛毯坐在炭盆前的摇椅上，一只手抚摸着膝盖上的猫，一只手翻着读了一千遍也不厌倦的、最心爱的小说。炭火烧得“毕剥”作响，箅子上烘着毛栗子，香味浓郁，催人入“黑甜乡”。

又像夏天的蝉时雨，侧卧在靠窗的梨花炕上午睡，凉爽的风从窗棂子缝隙里溜进来，屋檐落雨声，大珠小珠落玉盘似的，一种暗藏宁静的活泼。

或者春天午后，大人们都睡着了后，独自一个人跑到花园里看蚂蚁搬家，阳光晒在背上，那种热辣辣的，把每个毛孔都晒得舒张开，那种独享了全世界的惬意。

又或者是秋天，在树下小憩时，秋风秋叶那有节律的、摇篮曲般的沙沙响动。

其实，那就是她在苏州的童年四季。

那些已经遗忘的、无论如何也回忆不起的春花秋月、夏雨冬雪的细节，时隔多年，又跟着卞知秋回来了。

看见卞知秋，阮虞卿感觉就像一头扎回童年。

西方童话里，常常有恶龙掳走公主，需要屠龙骑士去解救。而童年，其实就是一个公主最好的骑士，可以帮她抵御最凶猛的恶龙。

转眼又是冬天。

一个没有课的休息日，阮虞卿待在家里和六婆一起照顾母亲。

突然有人按门铃，阮虞卿跑过去开门，门外是卞知秋。

他笑盈盈的，手里拿着一个四四方方的扁蓝布包：“我办事恰巧路过这附近，就捎带给你送东西来。”

他把布包递给阮虞卿，阮虞卿接过打开，是一本工尺谱《弦索备考》。

阮虞卿忙道谢：“我想着上课可能用得着，就给闻莺先生打电话请他帮忙找一本，没想到这么快就找到了。”

卞知秋答说：“我前两天回了趟苏州，他就托我把书带给你。对了，若如也托我问你好，问你什么时候有空回苏州和她聚聚。”

两个人在门口说了半天话，六婆走出来，问：“谁啊？在门口说半天。”

见是个年轻男人，六婆上下打量一圈，眼神里浮出暧昧的笑意来，把人往屋里招呼：“怎么不进门呢？快进来，虞卿，这是你在学校的同事吗？”

阮虞卿忙不迭答：“是，卞老师，他路过，给我送东西来。”

六婆越发热情：“那你可得多谢人家，眼看就要吃晚饭了，卞老师留下来吃顿便饭吧？”

卞知秋看阮虞卿。

阮虞卿侧身让出路，引他进屋：“六婆刚从崇明老家带回来的银鱼，打算做一道她最拿手的银鱼炒蛋，你今天有口福了。”

卞知秋跟在阮虞卿身后，穿过小径，走进客厅。沙发上，一个秀丽憔悴的中年女人正坐着织毛衣，对于客人的到来她视若无睹。

阮虞卿走到她面前，软声喊妈妈：“妈妈，知秋哥哥来了，你还记得他吗？闻莺先生的外孙。”

女人抬起头，温顺地朝卞知秋点一点头。

卞知秋惊讶：“怡君阿姨怎么会这样？”

小时候在苏州，卞知秋和阮家走得近，唐怡君归宁时他们见过几面，印象里的唐怡君一直是温婉端庄如烟如蔼的标准淑女。

阮虞卿细心帮母亲把鬓边垂下的发丝掖回耳后：“可能是爸爸去世的打击太大，她现在记不清太多东西了。”

唐怡君突然伸手，握住她的腕子，清晰地说了一句：“我要去广州。”

阮虞卿哄她：“好好好，船票明天就送到了。”

唐怡君低头看一眼自己身上，突然又惊慌失措起来，嚷嚷：“我的绿裙子呢？”

她的身上穿着一套灰褐色的宽便衣裙。

阮虞卿流利地应对，扬声喊六婆：“六婆，那件绿裙子干了没有？”

不多时，六婆攥着一件绿裙子从楼上奔下来：“来了，来了。”

唐怡君一把夺过绿裙子，抱在怀里，甜蜜地笑了，笑容中透出一种年轻女孩的羞怯。

六婆小声对阮虞卿说：“这样下去不是办法，找裁缝比着，再多做几件吧。”

阮虞卿点点头，扭头对卞知秋抱歉地说：“让你受惊了。”

卞知秋摇头：“是你受累了。”

六婆在做饭，母亲不能没有人照看，阮虞卿和卞知秋只好坐在客厅里聊天。

聊了没多久，六婆懊恼地走出来：“煤气炉出了问题，点不着火，现在叫人来修，今天晚饭也要吃到三更半夜了。”

卞知秋笑：“我可真没口福。”

六婆眼珠子一转，热络地起哄：“一条街外新开了家西餐厅，店面漂亮得很，最适合你们年轻人了。这样，虞卿你陪卞老师去那儿吃晚饭，过两天我让乡下亲戚再捎一条好金瓜、一篓子毛蟹来，正正经经请卞老师吃一顿大餐。”

卞知秋和阮虞卿，就这样被六婆推搡着出了门。

走在华灯初上的街上，阮虞卿笑着向卞知秋赔罪：“六婆是个老派人，见到单身男女就心痒，你别放在心上。”

六婆撮合两个人的心思这样外露，与其被卞知秋暗自揣度，不如自己把话摊开了说明白。

卞知秋不以为意：“她是好意。”

沉默地并肩走了一会儿，卞知秋突然说：“其实，宋朝以前中国人是只吃两餐的。”

阮虞卿惊讶："真的？"

卞知秋点头："真的，宋朝以前，社会经济欠发达，粮食有限，并且为了降低维护社会治安的成本，历朝历代实行宵禁制度，天黑之后百姓不得出门，没有夜生活，也就没有了吃晚饭的必要。到宋朝，经济飞跃，宵禁废除，市民生活出现了空前的繁荣气象，三餐制这才普遍流行开来。"

阮虞卿若有所思："原来如此。"

卞知秋弯眉一笑："所以，你看事情并不是一成不变的。有些我们以为自古以来的东西，可能只有千年的历史。有些我们以为亘古不变的东西，其实稍纵即逝。一切都会过去，无论是三餐制还是君主制，无论是爱还是伤害。"

阮虞卿心头一震。

他说这么长一番话，原来是在委婉地劝慰自己。

重逢以来，他们聊过很多话题，童年生活、求学生涯、对昆曲的见解、教学中的愉悦与无奈……但从未提起过阮虞卿生活中遭遇的那些激流。

哥哥清文的英年早逝、父亲的病故、与周开阳那场近乎丑闻的退婚……

还有那些卞知秋不知道的秘密。

她小心翼翼地闪避着，不在卞知秋的面前表现出消极，他是她回溯童年伊甸园的河流，她不愿她的伊甸园被她成年后那些不快的遭遇入侵。

但卞知秋毕竟不是一条河，而是一个人。

他看出了阮虞卿微笑假面后的忧郁，于是借一个三餐制的故事，告诉她一切都会过去，不要留恋，不要沉溺，松开手，让它过去。

阮虞卿不知该如何回答，她笑着顾左右而言他："是啊，一切都会过去，就像宋朝繁荣的市民生活，也一样会过去，人们对昆曲的狂热，也一样会过去。"

卞知秋"啊"了一声，从口袋里掏出一张票来："差点忘记了，我今天找你还有别的事。"

是一张电影票，昆曲电影《牡丹亭还魂记》。

卞知秋道："这部电影拍摄时请了外公做顾问，女主角是当年传习所的弟子，傅秋荻，你还记得吧？下周首映，外公也要来上海，他托我送首映的票给你。”

傅秋荻？阮虞卿记得，她是传习所最后一批弟子，刚进门传习所就关门了，任若如怜悯她，收了她做关门弟子。

一年前在虎丘任家见她时，她还是个把杜丽娘唱得欢欢喜喜，被任若如训示的小徒弟，现在竟然已经是电影女主角了。

阮虞卿接过票：“多谢，有空我会去的。”

阮虞卿本不想去《牡丹亭还魂记》的首映会，但这件事不小心让六婆知道了，六婆极力怂恿她去：“这电影有那么多你的熟人在，又是你最喜欢的昆曲，人家卞老师还特地送票给你，不去多没礼貌？不用担心你妈，我一个人照顾得来，她最近很听话。”

阮虞卿无奈：“六婆，你不要再费心撮合我和卞老师了，我没有结婚的打算。”

六婆撇嘴：“张嘴吃饭，穿衣嫁汉，自古以来都是这样。你现在嘴硬，难保哪天不变主意，卞老师相貌俊俏，又和你门当户对，知根知底，你现在不抓住，以后有的后悔！”

六婆不由分说地逼着阮虞卿换了衣服，化了妆出门。

父亲在世时，每天要往返报馆，家里有车有司机。父亲去世后，母亲把司机遣走了，车也转卖给了朋友，母女俩要出门就打“300030”叫“银色汽车公司”派车，或是坐黄包车。

以前和周开阳交往时，每次一起出门，周开阳都会开车来接她。

卞知秋是书香子弟，家风讲究“清朴”二字，汽车这种奢侈品是没有的。

阮虞卿没有叫车，慢吞吞地散步，走到霞飞路去。

岁暮天寒，彤云酿雪。

今晚怕是会有一场鹅毛大雪。

到永泰电影院门前时，已经是万家灯火的时刻。

这部电影宣传做得很大，铺满了报纸，但在发行上又走保密路线。这场首映礼不对外售票，能收到赠票的都是些资深影迷、电影评论家、报社编辑、昆曲名流，或者买指定报纸抽到奖券的幸运儿。

这样神秘，反而激发了普通观众的热情，有一张首映礼的门票，成了可以在朋友圈子里炫耀的事情，电影院大门外挤满了倒卖电影票的投机商和求购电影票的市民。

卞知秋站在大门外的铜狮子前，正和什么人说话。

阮虞卿走过去同他打招呼，他热情地把和自己聊天的人介绍给阮虞卿：“虞卿，这位是云观澜先生，永泰电影院的经理，这次首映礼那些宣传活动都是他想出来的。”

云观澜是个年轻的男人，英俊眉眼里有一些西方人不羁的风流，神色颇有两分像阮虞卿喜欢的伦敦西区剧院演员劳伦斯·奥利弗。

她问云观澜：“看云先生谈吐，不像土生土长的上海人。”

云观澜爽朗地笑：“我的故乡是浙江诸暨，在美洲长大。”

卞知秋对阮虞卿笑言：“别看云先生年轻，但在做电影上是有一套自己的想法的，假以时日他必定成为国片的希望之光。”

阮虞卿莞尔一笑。

云观澜让她想起了一个人。

艾琳·波特。

那个沈雁行的朋友，她和云观澜一样明朗热情、热爱电影，那个与她畅快交谈的午后，阮虞卿记忆犹新。

然而距离那次见面，已经过去五年了。

卞知秋向云观澜告别：“外公还在里面等我们，我和虞卿先进去了，云先生，有空再聊。”

两个人走进灯火辉煌的影院大厅，上楼。

远远地就看见柳闻莺正坐在候场区和人聊天。

与他聊天的人，虽然只得一个侧面，却已经让阮虞卿的心像坠了铅块，沉沉地、无尽地下落。

是沈雁行。

他微蹙着眉认真听柳闻莺说话，眉间照旧有一点悒郁之色，西装熨帖、衬衫洁白，看上去那样清瘦文雅，全然是一个有心事的读书人。

谁能想到，他就是执掌一方大权的北地王沈雁行？

卞知秋不明就里，扬声喊一句“外公”。柳闻莺扭头，看见卞知秋和阮虞卿，眉开眼笑地对他们招手：“来这儿坐，知秋，给你介绍个朋友。虞卿，你没想到吧？寄梅今天也在。”

寄梅，俞寄梅。

柳闻莺还只当他眼前这人是一个纯粹的昆曲票友，他的小友俞寄梅。

沈雁行扭头，看见阮虞卿。

隔着几排椅子，不远处，她和一个满身文气的年轻男人并肩而立。

他凝望了她许久，才点点头：“阮小姐，好久不见。”

阮虞卿报以一笑：“好久不见。”

没有人觉察到这股暗涌，柳闻莺站起身，笑说：“昆曲顾问是我，女主角是秋荻，今天晚上也算是传习所重聚了，可惜若如前几天染了风寒不能来。走，我带你们去见秋荻。”

到休息室见了傅秋荻，还没说几句话，电影开演在即，云观澜来请他们去影厅入座。

云观澜是个办事妥帖的人，见他们几人是旧识，虽然票的座次分散，但他灵活协调，竟把几个人安排在了一起。

柳闻莺坐在最左，向右依次是傅秋荻、卞知秋、阮虞卿。

而阮虞卿的左手边，就坐着沈雁行。

他们坐得那样近，几乎肩挨着肩，几乎能隔着空气和两层衣服感受到他肩膀传来的热意，她曾经无数次靠在那双肩膀上。

阮虞卿定一定神，稳住呼吸。

光源渐次熄灭，黑暗降临，电影开演了。

1929年，电影还是默片的世界，这部《牡丹亭还魂记》也不例外，电影并非只是把《牡丹亭》原本的故事搬上银幕，而是现实与梦境交叉，重新写了一个前世今生的故事。

与那年她在女中毕业时表演的舞台剧，构思何其相似。

柳闻莺扭头，笑盈盈对她说："现在你明白为什么一定要你来了吧？这部《牡丹亭还魂记》的灵感来源就是那年寄梅和你创作的舞台剧。我本来也想给寄梅赠票，只是不知道他人在哪里，没想到他竟然不约而至，真是天定的缘分。"

阮虞卿没有回答柳闻莺。

她只觉得呼吸急促，喘不上气来。

但使相思莫相负，牡丹亭上三生路。

牡丹亭上三生路，偏偏无缘共此生！

与沈雁行之间的空气似乎越发炽热，让她不敢斜视，唯恐余光与他相撞。

电影终于演到了尾声。

观众起身，掌声雷动。

卞知秋一边鼓掌，一边叹息："故事真好，秋荻的身段也好，只可惜默片无声，展现不了昆曲那些精美的曲调。"

云观澜自信满满："别灰心，美国已经出现了有声片，默片迟早会被有声片取代，到那时我再重拍一版《牡丹亭还魂记》，还请傅小姐做主角。"

他没有食言，1935年，已经成为上海电影大亨的云观澜投资拍摄了中国第一部有声昆曲电影《牡丹亭还魂记》，在1930年版本的基础上改进剧情和拍摄技巧。电影一经上映大受欢迎，也一举把傅秋荻捧成了当之无愧的电影皇后。

回到1929年，影厅里，阮虞卿无心评价这场灵感来源于她的电影，她只觉得心悸口干，立时就要晕倒。

她抓住卞知秋的手臂，脸色难看："我好难受。"

卞知秋见她满脸冷汗，吓了一跳："可能是人多太闷，我带你出去。"

他牵着阮虞卿的手急匆匆拉她出影厅，阮虞卿在候场区椅子上歇息了片刻，难受稍减："我先回家了，代我向闻莺先生他们说声抱歉。"

卞知秋急道："你这样怎么回家？等一等，我打电话给银色公司，让他们派车。"

他转身去找云观澜。

然而今天是假日，用车的人多，银色公司一时也派不出车来，连影院门口的黄包车都供不应求。云观澜思忖片刻，道："要不然，我去问一老板借一下车。"

影厅门口突然传来一句"不必了"。

阮虞卿抬头望去，沈雁行正从影厅里走出来："我是开车来的，可以送阮小姐回家。"

卞知秋不疑有他："劳烦俞先生费心。"

沈雁行淡淡一笑："同你一样，我和阮小姐也是故交，有什么劳不劳烦的？"

他的话里有软刺，卞知秋一怔。

不等卞知秋反应过来，沈雁行已经走到阮虞卿身边，朝她伸出手："阮小姐，请。"

阮虞卿无法，只得握着他的手站起来。

刚一触碰到，他就反手攥住了她的手。

走出电影院，天上已经在落雪。

伞形的昏黄路灯光里，飞雪漫舞，如万千飞蛾。

门外人声扰攘，站满了刚看完电影、等待车子回家的人，沈雁行紧攥着阮虞卿的手，一路穿过喧哗人群，走到自己的汽车前。

等在车里的司机忙下车开门。

沈雁行回望一眼电影院，突然说："那年，电影院还没建好。"

那一年，她和申公子在"香侬"咖啡馆相亲，被沈雁行撞个正着的时候，永泰电影院还在修建中。

漫天飞雪下，沈雁行的轮廓被灯光精致描摹，眼角眉梢里，有难以言说的伤感。

阮虞卿没有回答，坐到车后座上，关上了门。

沈雁行从另一侧上车，坐在了她的旁边。

起初，雪如盐粒，扑簌簌打在车顶上，雪势渐大，变得如鹅毛般轻柔，落地无声。

车里这方小小天地，静得只能听到呼吸声。

沈雁行凝望着窗外的雪：“每年冬天来上海，都会遇到下雪，真奇怪，听说上海本来是很少下雪的。”

阮虞卿依旧是沉默。

她不喜欢上海的雪。

曾经她是喜欢的，童年时，每年冬天都盼下雪。下雪天可以喝热可可，感觉就像生活在童话里。但自从在上海的雪里痛彻心扉地冻过，她便不再喜欢雪了。

车子突然停下，司机扭头道：“前面好像出了事，路被封住了。”

前面霓虹灯闪烁，是香侬咖啡馆。

沈雁行扭头，问阮虞卿：“前面是‘香侬’，要不要进去喝杯咖啡？”

阮虞卿终于开口。

她望着沈雁行，眼神平静：“‘香侬’已经换了装潢，咖啡也不是过去的味道了……请送我回家。如果俞先生想去喝咖啡，就在这儿把我放下吧。”

沈雁行转身看着她，一只手握着座椅顶端，眼睛里似有一团火在烧。他的呼吸也变得紧促，眉头蹙紧，仿佛在竭力忍耐些什么。

阮虞卿毫不闪避地与他对视。

最终，沈雁行猛地推开车门，走下去，“砰”地一声狠狠摔上车门。

他走到司机面前，吩咐：“绕路走，忆定盘路36号。”

说完，他就走了。

他没有去香侬咖啡馆，而是一直向前走，直到消失在路尽头。

他在漫天风雪中踽踽独行，雪花落满了他的肩头。

阮虞卿面无表情地看着。

司机嘟哝着，再次发动了汽车，车子掉头绕路去忆定盘路。

一个小时后，阮虞卿回到了家，六婆和母亲已经睡了。

她脱掉大衣和裙子，换上轻便柔软的睡衣，冲了一杯热可可，拉上窗帘，拧亮台灯，坐在书桌前开始修改明天上课的教案。

她不知道，窗外，对面马路上有人在冒着风雪遥望着她房间的灯光。

沈雁行已经变成了一个雪人。

在香侬咖啡馆前，他下了车。

然后，他走回了马斯南路的公馆，又从公馆一路走到忆定盘路来。

就像民国十四年的阮虞卿。

那年的雪一定比今天更冷吧？难怪你不原谅，虞卿。

你应该不原谅。

在电影院里情绪激荡，回来的路上受了点风寒，又心绪不宁地备教案到深夜，第二天，阮虞卿没能起床。

她发烧了，一烧就是一星期。

卞知秋来家里看她，给她带了芝麻酥糖："还是虎丘那家老铺子的，记得吗？小时候你最爱吃这个和糖年糕，但你现在病着，糖年糕不好克化，等你病好了，我再带糖年糕给你吃。"

退烧后，阮虞卿的病又陆陆续续拖了小半个月，每次刚好一点又转坏，总也不断根。

阮虞卿自知，她这是心病。

她仿佛又闻到了火星的味道。

这次解救她的，是卞知秋的一个提议。

有一天，在校园里散步时，卞知秋突然说："你有没有想过自己写一部新戏？"

阮虞卿吓了一跳："新戏？"

卞知秋点头："对，新戏，《牡丹亭》再好，也已经是几百年前古人的戏，文艺创作因时而变，新戏可以带来新活力。你看京戏不也在变吗？梅兰芳的《霸王别姬》《凤还巢》《宇宙锋》都很受观众追捧。"

阮虞卿犹豫道："恐怕我没有那样的才气。"

卞知秋鼓励她："怕什么？千年才出一个汤显祖，但成就汤显祖的不正是那些虽不如他却大胆创作的前人。就当是抛砖引玉，放心，有我陪你一起做这块砖。"

阮虞卿被他的热情感染，点点头。

很快，她便想到了自己新戏的题材，陈端生和《再生缘》。

一个闺阁女子，和她的文学梦。

卞知秋对她的选材大加赞赏："最精妙的文章无非三个字，发乎情，你和陈端生境遇相似，你就是她，你一定能写好她。"

阮虞卿全身心投入到了《陈端生》的创作中。

创作最是耗费心神，她每天忙着查阅资料，思索故事，那些忧郁情绪和病痛的余波也随之渐渐散去。

直到有一天早上去学校上课时，她发现同事们看自己的眼神很不对劲。

走进教室，她看见黑板上贴着一张大大的纸，五颜六色、触目惊心地写满了大字：号外，虞美人端庄竟是假象，曾与北地王情热如火！

第十章

我们的故事，收场不该如此不堪

那张大字报，自然不是只贴在了昆曲课的教室。

不多时，消息已经传遍全校。

第一个跑来质问阮虞卿的，却是江芦生。

他双眼发红，显然是气急了，大嚷大叫："是真的吗？你真和那个姓沈的有关系？你怎么能和他有关系？一个下流的丘八！你没有看过报纸吗？报纸都说他为争夺权力弑父杀弟，还和日本人勾勾搭搭出卖国家，你怎么能和他搅合到一起？"

近来，沈雁行是八卦小报的宠儿，不止一家报纸暗指沈雁行与日本人有勾结，说他和日本某报主编在美国留学时就是密友，近日更是为与北方其他势力争夺地盘而寻求日本支持，为此不惜出卖国家利益。

连多年前的北京火车站血案都被旧事重提，暗示血案是沈雁行一手策划，为的是除掉受父亲宠爱的弟弟，篡夺北地王的权柄。

这些阮虞卿全都看过。

但她一个字也不相信。

阮虞卿冷眼看他："你嘴里这个下流的丘八，比你空空的大脑不知道多出多少诗书才华。"

阮虞卿这样说，就是坐实了大字报上的指控。江芦生一愣，竟然流出眼泪来。先前一切骄蛮强横的伪装都被戳破，他显露出孩子美好幻想破灭的绝望，伸手去抓阮虞卿的手："不行，你怎么能和他有关系？"

阮虞卿退后一步，厉声说："我和谁恋爱与你无关，请你不要多管闲事！"

学校里人多口杂，很快这件事就传出了校园。

阮虞卿一回到家，六婆就迎上来，一脸的忧心忡忡："虞卿，刚刚大先生和淑真都打电话来。我说你不在，他们说等你回来马上回电话给他们，听上去口气很严厉，没出什么事吧？"

"大先生"是阮虞卿的大伯，淑真是小姑姑。

阮虞卿疲惫地喝一杯茶提提精神，安慰六婆："没事，您去准备晚饭吧。"

在沙发上稍坐片刻积蓄起力量，阮虞卿给大伯和小姑姑打电话。

他们果然是听到了流言。

面对他们的质问，阮虞卿冷静回答："是，没错，我和沈雁行有过一段情，他是哥哥在美国的同学，哥哥当年不是病死，而是死在那场暗杀沈家父子的北京火车站血案里，做了沈雁行的替死鬼。"

放下听筒，她跌坐在沙发上，手捂着脸，长长地舒了一口气。

很奇怪，当这个埋藏心底多年的秘密被曝光在天日下后，她非但没有像自己想象的那样崩溃，反而觉得轻松了许多。

多年来，这个秘密像一个永不愈合的伤口，反复溃烂、化脓，令她辗转难眠，如鲠在喉。现在，流言就像一把锋利的刀子，在她不经意间飞快地剜去这个伤口，连带着剜走了一大块肉，虽然会流血，但至少痛得畅快。

痛快，原来痛真的会令人畅快。

阮虞卿没有吃晚饭，她走上二楼卧室，倒在床上，一觉睡到大天亮。

第二天，她在太阳升起时醒过来，决定不作回应，只当这件事情从未发生过那样，继续自己的生活。

但树欲静而风不止。

校园里的氛围明显不同了，变得躁动，空气中仿佛有软刺。来上昆曲课的学生依旧很多，甚至比以往更多，只是多了很多不熟悉的面孔，脸上或带着好奇，或带着嘲弄。

这一课正讲到元曲对昆曲的影响，提到王实甫的《西厢记》。有一个男同学举手，阮虞卿见他笑容里带着恶意，本不想点他起来，不料对方异常执着，直接起身问：“老师没有看到我举手吗？为什么不问我？”

阮虞卿只好说：“有什么问题，请讲。”

男生问：“《西厢记》里，张生和崔莺莺长亭送别那段，有一句唱词，碧云天黄花地，西风紧北雁南飞。我想问老师，为什么是北雁南飞，北雁南行，不是也很好吗？”

北雁南行。

雁行。

沈雁行。

男生朝同伴们笑嘻嘻地挤眉弄眼，有同学领会到其中奥妙，很快，原本寂静的教室里就一片窃窃私语。

阮虞卿充耳不闻，回答：“行不如飞优雅具象，况且结合上下句看，西风紧北雁南飞，后面接的是，晓来谁染霜林醉，总是离人泪，如果改成行，则不与醉和泪押韵。”

她转身板书，却听见身后传来一句清晰的“装傻的本领比讲课还强”。

又听见一声怒吼，然后便是一阵噼里啪啦的声音和女学生的尖叫声。

阮虞卿转过身，只见刚才提问的男生正被江芦生按在地上暴打。江芦生如同发狂的野兽，抡起拳头雨点般地砸在对方脸上、身上，令对方发出杀猪般的尖叫。

这场课堂斗殴的直接后果是那男生被送去医务室，而阮虞卿和江芦生则被叫去教务处问话。

教务处主任详细询问了事情的经过，让江芦生先回去，留下阮虞卿训话。

主任避开流言不提，只责备了阮虞卿没有及时阻止学生斗殴，让阮虞卿过后写一份检查给自己。

走出主任办公室，恰好听见周紫鸢正在和教务处同事闲聊，笑声刺耳：“魅力可真大，不仅迷倒了北地王，连男学生都成了护花使者，真叫人羡慕。”

阮虞卿目不斜视地走出教务处。

江芦生原本是想为阮虞卿出头，却没想到这场课堂斗殴事件，把流言推到了一个新的风口浪尖。

家长见孩子受伤严重，怒不可遏，向校董处投诉了江芦生和阮虞卿。

阮虞卿被召到校董处做自我辩护。

被打学生家世显赫，其父乃是教育部的人，校董处对投诉态度慎重，特地把几个大校董都请来，听阮虞卿自辩。

校长劝阮虞卿："这件事情因你而起，学生家长投诉说，你把桃色新闻带到了校园里，令学生们躁动不安，才出现这样的恶性斗殴。我们建议你出个声明，向学生和社会澄清一下……"

阮虞卿打断他的话："没有什么好澄清的。我和沈雁行之间确有其事，陈年旧事到今时今日被翻出，把桃色新闻带到校园里的不是我，而是扬扬得意揭人隐私的那位神秘人。况且，我和沈雁行交往时，男未婚女未嫁，并未触犯任何法律和社会道德，只是一场年轻男女的正常恋爱，是我的私事，不必为外人道，更没什么可澄清的。"

见她态度坚决，校长无奈："可是坏影响已经造成，你如果不做澄清，为了学校声誉着想，我们只好把你解聘。"

阮虞卿站起身来，微微欠身鞠一躬："半年多来，承蒙关照，感激不尽。"

就这样，阮虞卿失掉了在吴中大学的教职。

从大字报到被解聘，前后不过三天。

三天前，她还在课堂上踌躇满志地对学生说，自己正在写一出新戏。

她有些惋惜，却也不觉得是什么天大的损失。

她还有《陈端生》。

被解聘的第二天，阮虞卿正在书房里构思《陈端生》，就听见楼下门铃响。片刻后，六婆喜气洋洋地喊："知秋，你来了，虞卿正在楼上写戏呢。你们聊，厨房里有我刚从崇明带回来的新鲜甜瓜，我去切甜瓜给你们吃。"

这段时间里，为《陈端生》，卞知秋频繁来阮家拜访阮虞卿，早已和六婆混熟了。

阮虞卿刚搁下笔，走到门口，卞知秋已经到了。

阮虞卿笑着引他进门："来得正好，我刚要写到陈端生离开登州回杭州老家，少女时代从此结束。有一句词拿不住该用哪个字，你帮我推敲一下。”

卞知秋却不与她周旋这些，开口直奔主题：“揭人隐私的小人是谁，你心里有什么眉目吗？”

事发前，卞知秋恰好有事回了苏州。

今天他回来，发现学校里昆曲课被停了，一打听才知道出了那样的大事，阮虞卿被解聘，江芦生也被退学了。

急得他立刻就来了阮家。

阮虞卿无所谓地笑：“是谁又有什么关系？总归人家没说谎，事情也已经尘埃落定。”

她转身往书房里走，却听见卞知秋在身后说：“虞卿，我们结婚吧。”

她怔了一怔，片刻后转过身，冷笑：“你这算什么，侠客救风尘？你以为你娶我，就能洗刷我的污名？敢问我有什么污名可言？我不过是和一个大名鼎鼎的人物谈了一场没有结果的恋爱，既没有祸国殃民，又没有犯法背德。别人爱说什么就让他们说去，我犯不着去迁就庸人刻薄狭隘的虚伪道德观！”

卞知秋打断她的话：“难道你看不出我爱你？”

阮虞卿愣住了。

卞知秋直视着她，目光咄咄：“你以为我为什么要和你走得这么近？为什么要跟你聊什么教学，请你看什么电影，劝你写什么昆曲？你以为我做这些仅仅是因为你小时候叫我哥哥的那点情谊？因为我喜欢你，是一个男人对女人的喜欢，因为我想和你在一起！”

卞知秋向来性情温和，说话留有余地，从未像现在这样坦率赤诚。阮虞卿慌张了片刻，镇定下来，直视他，回答：“谢你厚爱，或许这半年来我有些举动逾越了界限，引你误会了。但很抱歉，在我心中你永远只是哥哥。”

她后退一步，“砰”地关上了书房门。

她背靠着书房门滑坐在地上，直到听见“咚咚咚”的下楼声彻底消失，才松开握着门把手的手。

她这样伤卞知秋的心，恐怕卞知秋从此以后再也不愿做她的什么哥哥了。

这场突然回来的童年幻觉，到底还是转瞬即逝。

花非花，雾非雾，幻觉到底是虚妄。

卞知秋没有再登阮家的门，阮虞卿强撑起精神，继续写自己的《陈端生》。

这个江南才女的前半生，就如《红楼梦》里的贵族少女们一样，被无穷无尽的物质和爱所供养，春天赏花，夏天听雨，秋天吃蟹，冬天看雪，和姐妹们一起读书、结诗社，在父母膝下承欢，是琉璃般明净的青春王国里的绝对主角。

然而也如大观园里的女儿们一样，她的后半生急转直下，丧母、嫁人、丈夫获罪被发配、孤独、病痛……

花无千日好，终遇风霜雪。

写到陈端生出嫁时，阮家来了个不速之客。

江芦生。

六婆见他神情亢奋、衣衫潦倒，起初不肯让他进门。但他不肯走，在门口大吵大闹，引得邻居们探出头来看热闹。阮虞卿不得不下了楼，隔着铁门逐客："找我有什么事？"

江芦生像是已经几天几夜没有睡觉，双眼赤红，满脸胡楂，手握着铁栏杆，做梦般地呓语："我想明白了，是沈雁行强迫你对不对？他那样的丘八，最爱做些强抢良家少女的勾当。"

阮虞卿好气又好笑："江芦生，你清醒些，忘掉这件事，也忘掉我。你还年轻，就算被吴中大学退了学，也还可以再考其他学校，不要把大好的青春浪费在我身上。我是一个活生生的人，不是你幻想出来的完美仙女。"

江芦生却好像一句也没听进心里，继续说道："我就知道，你怎么会和那样的人混在一起？"

阮虞卿心下厌烦，不再理他，转身走进屋里。

她没有想到，流言给江芦生的打击竟然到了不可收拾的地步。

一星期后，圣玛丽修道院大门前发生了一件震惊全上海的血案。

一名年轻男子在修道院门口伏击北地王沈雁行，但他未能成功，见习修女玛利亚替沈雁行挡了一枪，倒在血泊中。玛利亚被送往医院救治，而刺客却趁乱逃走了。

刺客逃走时，蒙面的黑巾不小心脱落，警察局按照沈雁行的口述画出了刺客的面孔，并发出通缉令。

不久就接到知情人电话，说认出了刺客，是被吴中大学开除的一年级学生，江芦生。

警察很快来到吴中大学，调查江芦生的家世背景，得知他是个孤儿，靠父母的友人资助才得以求学，年前他的资助人也因病去世了。

江芦生性格狷介孤傲，看不起其他同学，觉得别人都是“耽于享乐的小市民”“缺乏经天纬地的大志向”，故而在学校里也没什么朋友。被开除前，他和几个室友的交往，也仅限于见面问好而已。

警察又摸到江芦生被开除后落脚的地方，一个小小的亭子间。房东太太却说，江芦生已经好久没出现了，上次见他还是圣母堂血案的前一天。

北地王在上海遭暗杀，兹事体大，处理不慎恐生风云，警察加大力度抓捕江芦生，整个上海被搅得天翻地覆、人心惶惶。

也不知是谁向警察揭发，说江芦生是因为前昆曲老师阮虞卿才被开除。

警局探长找到了阮家。

六婆是乡下本分人，从未和警察打过交道，被吓得直哆嗦。阮虞卿让六婆带母亲回二楼卧室，独自接受探长盘问。

探长碍于阮家的社会地位，又见阮虞卿是个年轻貌美的女人，态度还算和蔼。

阮虞卿把血案前一周江芦生曾来找过自己的事据实以告，又说那是自己最后一次见江芦生。探长记录在案后离开，走之前叮嘱她，如果江芦生再来找她，一定要向警局汇报。

阮虞卿送探长出门：“不必我汇报，姜探长应该也派了人盯梢吧？”

姜探长尴尬一笑：“职责所在，如有冒昧，还请海涵。”

送走了姜探长，阮虞卿急匆匆地更衣出门。

她去了圣母堂。

圣母堂气氛躁动不安，这里向来安静，平时连喧哗声也没有，谁能想到竟会遭此横祸。那一声枪响，把圣母堂的宁静都打破了。

阮虞卿过去常来圣母堂找玛利亚修女的，所以圣母堂众修女都认识她。

她找到院长嬷嬷，安慰了对方一番后，直言："嬷嬷，北地王怎么会来圣母堂，玛利亚修女又怎么会替他挡枪？"

嬷嬷慈祥的脸上，每条皱纹里都藏着愁云惨雾："玛利亚修女本名沈令仪，是北地王的亲妹妹。"

阮虞卿像是当胸狠狠挨了一拳。

沈令仪？！

玛利亚修女就是沈令仪！

她还记得沈雁行在民国十四年的通信里提起的他的妹妹令仪，那个羞怯多病的女孩儿。

令仪和沈雁行虽非一母所生，但他深爱这个妹妹，他爱怜地嘲弄对方是个黄毛丑小鸭，是虞美人的绿壳子。

连打猎得到一窝小兔子，他都记得一只给虞卿，一只给令仪。

他还说，等阮虞卿去了北方，要把令仪介绍给她认识。

他说，你一定会喜欢她。

难怪她第一眼见到玛利亚修女就觉得亲近，原来她就是令仪，那个原本应该早就和自己相识，成为朋友，甚至成为姑嫂的小令仪。

她怎么会成了修女？又为什么会千里迢迢跑到上海修道？

她现在伤势如何？

她是沈雁行仅剩的亲人了，沈雁行……他还好吗？

怀着无尽的疑问和担忧，阮虞卿失魂落魄地离开圣母堂。

她心事重重、漫无目的地在路上乱走，不知不觉间，竟然走到了卞知秋家附近。

卞知秋爱清静，租的独居小院，小院虽小，但打扫得干干净净，颇具清雅。

这段时间，阮虞卿也常到小院拜访卞知秋，和他讨论《陈端生》的创作。

阮虞卿站在小院对面，踌躇着是否要去敲门。

她有太多的心事想对人诉说，这半年来，卞知秋一直是她的听众。

但不久前她那样伤害了他，现在又怎么好厚颜无耻地要求他一切如昨？

正犹豫着，小院的门突然开了。

卞知秋急匆匆地走出来，锁好门，一转身，猝不及防看见街对面的阮虞卿。

他睁大了眼睛，似乎很震惊。

然后，他转过身去，掏出钥匙又打开门，走进去，“砰”的一声关上了门。

阮虞卿苦笑。

她是真的失去卞知秋这个朋友了。

直到一星期后，柳闻莺突然登门求助阮虞卿：“虞卿，求你救救知秋。”

阮虞卿吓了一跳，忙仔细询问到底发生了什么事。

卞知秋被警察逮捕了。

罪名是窝藏通缉犯江芦生。

阮虞卿大惊失色，她仔细回想上一次见到卞知秋的场景，这才察觉到不对劲——那天卞知秋的表情不只是震惊。

震惊里，其实还有一分慌乱。因为他有秘密，一个不愿被阮虞卿发现，或者说不愿把阮虞卿卷进其中的秘密。

他的小院里藏着人。

不是什么美娇娘，而是一个通缉犯。

圣母堂血案的刺客，也是他曾经的学生，江芦生。

想必江芦生刺杀沈雁行未遂逃跑后，就去找了卞知秋。卞知秋把他一藏小半个月，但不知怎的暴露了行踪，被人告发到警局。

等姜探长带人赶到卞知秋的小院，江芦生已经不在了。

卞知秋不肯说出江芦生的下落，只一口咬定自己从未见过江芦生。但告发者很笃定，且警察在卞知秋家搜出了江芦生刺杀当日所穿的衣服。

证据确凿，姜探长便以窝藏通缉犯的罪名逮捕了卞知秋。

柳闻莺老泪纵横：“知秋这次得罪的是沈雁行，我思来想去也只有你能和沈雁行说上话，求你救救知秋吧。”

阮虞卿心惊，柳闻莺是怎么知道俞寄梅就是沈雁行的？

然而是她多虑了，柳闻莺继续道：“学校里那些传闻，我也听说过，你和沈雁行既然有旧情，若你去求见，他一定会见你。”

原来如此。

阮虞卿定一定神，问柳闻莺：“知秋哥哥羁押在哪里？您去见过他了吗？”

柳闻莺摇头：“他们说这是大案，知秋是重犯，不许人见。”

阮虞卿安慰他：“您先不要着急，我的朋友顾明明，她父亲是警界高官，我先找顾明明帮忙，求她父亲通融下，好歹让您先跟知秋哥哥见上一面。”

阮虞卿当即打电话给顾明明，顾明明一口答应。等过了一会儿，她回电话的时候却变得支支吾吾：“虞卿，这事我爸爸说帮不了你，北地王在上海遇刺，事关重大，连市长都焦头烂额，生怕惹事端背黑锅。说白了，这件案子现在捏在沈雁行手里，我爸爸根本连边都挨不上。”

电话刚一挂断，柳闻莺“扑通”一声跪在地上：“虞卿，知秋他娘离开得早，他是我唯一的亲人了，求求你。”

阮虞卿认识柳闻莺二十年，从未见他如此失态狼狈，他眼中的凄凉令阮虞卿不忍看。阮虞卿横下一条心来：“您放心，我一定会竭尽全力营救知秋哥哥。”

时隔多年，阮虞卿再次来到马斯南路。

虽是夏末，可站在马斯南路48号大门前时，她却感受到一股彻骨的寒冷。

已经过去整整五年，民国十四年的那场雪，却还没有飘出她的生命。

握着铁栏杆稳了稳心神，她伸手按门铃。

门铃响后，她在大门外独自站了很久，心里做好了沈雁行闭门不见的准备。她一边握着脖子上的挂坠，一边逼迫自己下决心。

如果实在不行，如果……

铁门后，小径尽头，有人推开屋门走了出来。

是一个陌生的年轻男人，虽然穿着长衫，身形却挺拔如标枪，显而易见是个军人。

男人拉开铁门，闪身对阮虞卿欠一欠身："阮小姐，请进。"

一踏进大门，看见花圃里枯萎的虞美人，阮虞卿的心就被一种强烈的痛楚攫住。年华滔滔，人非物也非。

男人引她进屋子里："请稍坐片刻，大公子马上下来。"

他喊沈雁行"大公子"，显然是沈家的旧人。

阮虞卿点一点头，在客厅沙发上坐下。

男人无声地离去。

阮虞卿尽量正襟危坐，避免打量这间房子，余光却忍不住四下寻找，在心里与过去做着对比。

没有变，什么都没有变。

还是她曾经与沈雁行私会的那间屋子，她钟爱的一坐就会陷进去的棕色沙发，她亲自挑选花样的双层窗帘，连矮柜上的玻璃花瓶，都是她亲自在永安百货买的……还是那个她和他的雁虞轩。

雁虞轩！

她不经意间一抬头，视线正落在门楣上。

"雁虞轩"的牌子，就钉在那上面。

沈雁行没有扔掉那块牌子。

他把它从大门外摘了下来，钉在屋子里，关起门来，徒劳地留住一个没有阮虞卿的雁虞轩。

阮虞卿攥紧了五指，指甲直掐进掌心里。

楼梯传来走动声，阮虞卿转身，抬头，一眼望见站在楼梯当中的沈雁行。他一只手握着扶手，居高临下地看着自己，面无表情。

两个人就这样一高一低地彼此凝望了很久。

沈雁行终于开口："你来，是为了卞知秋。"

不是疑问，是陈述，他心知她的目的，不抱任何幻想。

他瘦了，憔悴一如当年出现在小园里，那个丧母的孩子。

那年他母亲去世，他怀着凄楚孤寂的心，千里迢迢去到小园，从和她的爱情里汲取到安慰。而如今，他仅剩的妹妹遇难，生死未卜，他茕茕孑立如在旷野，她来找他，为的却是另一个男人。

他看着她，一步步从楼梯上走下来："江芦生蓄意谋杀，卞知秋窝藏罪犯，他们被通缉、被关押都是罪有应得。"

阮虞卿急道："可是卞知秋罪不至死。"

沈雁行走下最后一级阶梯，凝望着她，朝她走来，目光未有片刻游移："我没有要他死，我只是让他供出江芦生的去向，可是他不肯说，他说江芦生落到我的手里必然是死路一条。卞知秋一口咬定我会杀江芦生，你又一口咬定我会杀卞知秋。"

终于，他走到她面前来。

距离那样近，近得他的呼吸就落在她的肩上。

她偏过头去，垂下眼睛。

沈雁行伸手，轻轻抬起阮虞卿的下巴，让她与自己目光对视："虞卿，在你心里，我就是这样嗜杀的怪物吗？"

"我甚至从没在你面前穿过军装，可你却把我当成和我父亲一样的怪物。"

他的声音里，带着凄凉的委屈。

阮虞卿的心像是被一只手紧紧攥住了。

是啊，他从没在自己面前穿过军装。

无论从前还是现在，出现在自己面前的他，永远穿着长衫或西装，像个文雅而英俊的普通人。

沈雁行收回手："你那善良的知秋哥哥还跟我说，江芦生罪不至死，他只是一个受了别人蛊惑，一时冲动才犯下滔天大错的孩子，说他可怜，说他已经后悔了，请求我给他一个改过自新的机会……多善良的圣人啊，多爱学生的老师啊！可是我妹妹呢？她也才刚满二十一岁，她那么善良纯真，从没有做过任何坏事，她难道不比那个因为冲动就要取人性命的江芦生无辜？虞卿，令仪很喜欢你，你也很喜欢令仪吧？”

阮虞卿一惊。

他知道玛利亚修女，不，是令仪，和她在女中和圣母堂的交往。

令仪也知道阮虞卿和她哥哥的那段旧情。

只有自己，从头到尾被蒙在鼓里。

或许和令仪的相识就并非偶然，而是一场人为安排的“缘分”……

像是猜透了她心中所想，沈雁行轻笑一声：“不是你想的那样，你和令仪的相识，确实是出于安排，但不是任何人的安排，而是天意。虞卿，由不得你不信，冥冥之中真是有一双翻云覆雨手的，令仪她本来应该不只是你的小姑，也该是你的嫂子。”

嫂子……

清文哥哥！

阮清文从无锡银行不告而别后就去了绥都做财务官，那时令仪也在绥都。

沈雁行在沙发上坐下，摸起矮几上的烟盒，翻开：“在美国读书时，我和清文就时常交换家书，你写给清文的那些信我都看过，令仪写给我的那些信清文也都看过。我给清文讲了四年的令仪，清文也给我讲了四年的你，那时我们就开玩笑说，倘若虞卿和令仪有意，以后大家不妨结姻亲，还可以在一张桌子上吃饭，到时多热闹……后来我们果然相爱，令仪和清文也一见钟情，只是……”

他没有继续说下去。

曾经对未来美好如桃花源的想象，终究落空，成了妄想。

清文已死，令仪生死未卜，而阮虞卿正站在沈雁行的面前，求他放过另一个爱慕她的男人。

沈雁行低眉，擦火柴：“车站血案前，清文和令仪已经私订了终身，清文原打算到了北京，和你见面后就一起回绥都，给你介绍令仪认识。”

但他没能走出火车站。

火柴擦亮，火光映出沈雁行眼底的水光：“清文死后，令仪伤心欲绝，为排遣痛苦信了教。原本我们绥都也是有圣母堂的，但令仪说，她想去上海，去看看清文从小长大和长眠的地方……她每周都会去墓园看清文，她去静慧女中，也是因为那是清文的妹妹读过书的地方。在静慧见到你后，她跟我提起你，她说，哥哥，原来清文的妹妹是那样一个女孩儿，她看上去好悲伤，真希望我可以替她分担……明明她自己也那么悲伤。”

他的叙述语气平静，阮虞卿却听得浑身战栗，头晕眼花，几乎站不住。

令仪每周都会去墓园……

原来哥哥墓碑前的百合，是令仪放的。

一缕烟从他的嘴边袅袅向上盘旋，他向后一仰，靠着沙发：“令仪她，和我不是一个母亲。她的生母原本是我们家里的佣人，我父亲酒后失德有了令仪，一个意外而已，父亲对她没有任何感情。那时母亲已经带着我长居北京，绥都家里是二姨太月娘当家，令仪非她所出，她对令仪毫无感情，也就谈不上看顾。我弟弟无咎也还是个孩子，照顾不到别人。八岁之前，令仪一直和生母小心翼翼地住在冷清的小院里。”

他掸一掸燃尽的烟尾，香灰飘飘落下：“令仪生母去世那年，母亲带我回了一趟绥都。见令仪可怜，母亲就把她也一起带回了北京。其实我想，母亲并非只是因为同情她，更多是为了刺伤父亲，好告诉父亲，我根本不在意你和别的女人，因为我不爱你。”

他寂寥地一笑：“卑微早逝的生母、无爱的父亲和别有用心的养母，这就是我妹妹令仪的童年。说来奇怪，她和我并非一母所生，我也向来厌恶父亲，却独独喜欢这个妹妹。只可惜她跟我们到北京没两年，我母亲就病死了，我也出国留学，妹妹只好又回了绥都……满打满算，我妹妹一生中的好日子，可能就只有在北京的那两年，还有和清文在绥都共度的那小半年。”

烟已经燃了半支，他从嘴边取下，夹在食指间，出神地望着烟：“圣母堂前，我抱着令仪，她的血流过我的指缝，淌了一地，就像那年无咎和清文，我再怎么抱紧他们，也留不住流逝的生命。”

他抬头，看向阮虞卿：“火车站血案的刺客，我追查了五年，至今仍然不能告慰无咎和清文的亡魂，这次我绝不会放过伤害令仪的人。”

他眼睛里结着冰，声音冷酷，一下子刺破了追思伤感的氛围，把阮虞卿拉回现实。

她今天来，为的是救卞知秋。

她必须救卞知秋！

她向前一步：“但卞知秋是无辜的，令仪也一定不愿无辜之人因她而丧命。”

沈雁行的眼神越发冰冷：“我说过，我要的是凶手，不是卞知秋。但他若一定要包庇凶手，我也只好先让他填命。”

阮虞卿急道：“律法在上，卞知秋罪不至死。”

沈雁行嗤笑：“律法？我是北地王啊，一个嗜杀的怪物，你跟我讲什么律法？”

他的话里有自暴自弃的成分。

好啊，既然你们都误解我，那我就把你们的误解演给你们看，免得枉担了罪名。

阮虞卿本来是为救卞知秋，没想到竟然激得沈雁行犯了执拗。

阮虞卿定一定神：“如今早已不是军阀各自为政、一手遮天的时代，即使卞知秋不肯交代江芦生下落，他的罪，再大也不过就是窝藏包庇，国有国法，民众的眼睛也在盯着。如果你执意草菅人命，我和他的家人不会坐以待毙，即使对簿公堂，我也会为他讨一个公正判决。”

“对簿公堂？”沈雁行看着她，哀伤地笑，“虞卿，我们曾经海誓山盟缔结三生，你本该是我的妻子，可现在却要为了别的男人做我的敌人。”

阮虞卿避开他的视线：“不是我要做你的敌人，而是你以权欺人。”

“以权欺人。”

沈雁行反复咀嚼着这四个字。

以权欺人，长久以来，他小心翼翼地在她的面前掩藏起那条来自父亲的血脉，到头来，只换得她一句“以权欺人”。

好啊，那便欺人。

他抬起头，轻佻地看着阮虞卿笑：“我也不是不可以放过他，但你总该拿点东西来做交换。”

他的眼神落在她衣领的盘扣上。

阮虞卿的血瞬间冷了下去。

他们彼此凝望着，很久没有说话。

最后，阮虞卿笑了，笑容里有无限的凄凉：“我们的故事，非要这么不堪地收场吗？”

她抬起手，伸向衣领，摸索着去解扣子。

手指无意间触碰到脖子上的挂坠，她停顿了片刻，只片刻，便绕过挂坠，继续摸上扣子。

她始终看着沈雁行的眼睛。

最终，先投降的，是沈雁行。

他凄凉地一笑：“你竟然肯为他做到如此地步？”

他站起身来：“你走吧。”

他背对着她走向楼梯，脚步沉重地一级一级走上去，消失在尽头，寂寥如一个被篡位的君王。

阮虞卿这一趟登门，终究没得到沈雁行任何的允诺。

面对柳闻莺失望的目光，阮虞卿也只好摇头：“他说，如果知秋哥哥不肯供出江芦生的下落，就要替江芦生抵命。我看我们还是做好准备，替知秋哥哥请律师打官司。国有国法，我们在法庭上据理力争，至少可以保住知秋哥哥的性命。”

送走了柳闻莺，阮虞卿跌坐在沙发上，蜷了很久，才摸索到脖子的挂坠，打开来，借着月光看挂坠里“妹妹”的照片。

见沈雁行前，原本，她做了最坏的打算。

给沈雁行看“妹妹”的照片，告诉他，我们曾有过一个孩子，你欠我一条命。

她想利用沈雁行的愧疚，换下知秋一个逃出生天的机会。

可是她终究无法狠下心来伤害他。

为今之计，只剩下打官司。

柳闻莺和阮虞卿倒是认得一些律师，但圣母堂血案发生在上海，事涉北地王，兹事体大，三两天跑下来，找的每个律师都借口推辞不愿受理。

一筹莫展之际，顾明明给阮虞卿出主意：“我倒认识一个律师，他这人最厌恶强权，或许会接这个案子。”

她的神情有些羞涩。

阮虞卿一瞬间就猜到了这位律师是何方神圣。

那个“骄傲自大、神气活现，嫌弃顾明明轻浮不庄重，带领自家厂子的女工要求加薪、革自己老子命”的臭家伙。

顾明明的心上人。

在顾明明的引荐下，阮虞卿和律师周莫言在肖可法律师事务所见了面。

周莫言，一个靠打嘴仗为生的人，竟然叫莫言，也真有趣。

周莫言是个有一双笑眼的英俊年轻人，很难想象顾明明说他“骄傲自大、神气活现”。他二十七岁，去年刚从美国留学归来，做执业律师才一年，尚且不够应付这种大案。

将要替卞知秋打这场官司的是这间律师事务所的首席大律师兼老板肖可法。

肖可法是周莫言在东吴大学时的学长。

整个肖可法律师事务所草创不过三年，在沪上虽不算籍籍无名，却也没打过什么可称道的大案、奇案。

但肖可法野心勃勃，他接这个案子有自己的盘算。他想借此案一炮走红，名扬四海。

他把这当自己的成名战来打，好处是，自然会竭尽全力；坏处是，难免剑走偏锋。

他向阮虞卿提议：“这个案子，当事人一个是北地王，一个是教书匠，双方身份悬殊，加上案发地在上海，上海军政两界官员为避嫌疑，一定会忌惮退避。可以说，卞知秋的生死一大半就握在沈雁行手里，他若执意要杀人，国法恐怕也只是个摆设。”

阮虞卿问：“那依你看……”

肖可法沉吟道：“有比法律和强权更强大的力量，民意，或者说是舆论。”

阮虞卿眉头一蹙。

肖可法继续说下去：“听莫言说，阮小姐的父亲生前是上海报业巨擘，你应该也知道舆论的力量……”

阮虞卿打断他的话：“我不同意。”

肖可法疑惑地看她。

阮虞卿说：“我明白你的盘算，无非是借助报纸搞些春秋笔法，隐去某些事，放大某些事，把这桩案子在公众那里坐实成一个北地王用强权夺书生命的故事。甚至利用先前报纸上说沈雁行和日本人勾结的流言，暗示公众，江芦生是爱国青年，刺杀沈雁行是为国除害，让舆论同情卞知秋，逼迫沈雁行让步。可是你我都知道，事情根本不是这样。”

她越说越激动：“事情的真相清楚明了，沈雁行和他的妹妹是真正的受害人，无论出于什么考虑藏匿江芦生，卞知秋都算得上是帮凶。玛利亚修女还躺在医院的病床上生死未卜，我们怎么可以颠倒黑白，在受害人的伤口上撒盐呢？”

肖可法插嘴道：“可是……”

阮虞卿冷笑：“在报纸上模糊这个显而易见的真相，沈雁行兄妹会被编造什么样莫须有的罪名？不攻击他的人品道德，又怎么会显得江芦生其情可悯？我清楚地知道沈雁行是什么样的人，我不允许你以正义之名裹挟大众再次伤害他，我不允许！”

她语气激烈，态度强硬。

肖可法无奈，只得回答：“我知道了。”

卞知秋被捕一星期后，顾明明终于给阮虞卿带来了好消息。

经过她父亲的上下疏通，也可能是沈雁行那边终于松了口，允许亲人去探视卞知秋了。

但只能去一个人。

柳闻莺把机会让给了阮虞卿。

牢狱生活清苦磨人，不过半月未见，卞知秋憔悴苍老许多。看见是阮虞卿，他的眼睛里迸发出喜悦的火星，只一瞬间又隐没了，变得礼貌疏离。

他在阮虞卿对面坐下，点点头：“多谢你来看我。”

看守人员撤出了见面室。

阮虞卿伸手抓住卞知秋的手，急切道：“闻莺先生嘱咐我劝你交代江芦生的下落，知秋，你何必为了那样一个人去死呢？”

卞知秋看着阮虞卿，平静地问：“什么样的人？”

阮虞卿干脆利落：“草菅人命的人。”

卞知秋摇头：“他并非你想的那样铁石心肠、无药可救，他来找我时，整个人狼狈不堪、泪流满面，他只是太年轻狂妄……虞卿，如果我供出他的下落，他落到沈雁行手里必死无疑，我不能做一个间接的刽子手。”

阮虞卿暴躁地打断他：“那你就能做一个间接的帮凶？你没有见过那个被江芦生伤害的玛利亚修女吧？我告诉你，她才二十一岁，是个文静害羞的中国女孩，因为情伤难解才奉道出家，她天真、纯洁，心里只有别人没有自己，她平时做的事情，除了诵经，就是施舍照顾穷人……你告诉我，既然你不忍心做杀死江芦生的间接刽子手，你又怎么忍心做伤害这样一个女孩儿的帮凶？”

卞知秋沉默了。很久以后，他抬起头，望着阮虞卿，眼神平静而坚定：“玛利亚修女身上的伤害既定，而江芦生还没有。玛利亚修女纯洁无辜，江芦生年少可悯，我做不了间接的刽子手，也不愿做帮凶。我是江芦生的老师，我愿意代他赎罪，沈雁行若要杀我，我便让他杀。你不必费心救我了。”

阮虞卿站起身来，不容置喙：“你不必和我说这些废话，我一定会救你。今天来探视你的，按规矩该是亲属，姜探长问我和你是什么关系，我告诉他，我是你的未婚妻。”

卞知秋抬头，错愕地看着阮虞卿。

阮虞卿伸手抚摸他消瘦的脸，温柔地说：“你说喜欢我，想和我共度余生，我很感激你的厚爱。等你重获自由，我会把我的秘密向你和盘托出，到那时再由你决定，到底还要不要继续爱我。”

教书匠和北地王的对峙，且不能借助舆论力量施压，这注定是一场艰苦卓绝的官司。

肖可法和周莫言为这个官司下大力气花苦功夫，不眠不休地翻法典、查判例，引经据典，博引中西。然而，这场硬仗还未打响，就戛然偃旗。

卞知秋被释放了。

在他被释放的前一天，江芦生投案自首。

江芦生的自首比圣母堂血案本身更具戏剧效应，瞬间引爆了全上海的讨论。各大小报纸从不同角度切入，争相报道。

有报纸调查了江芦生的家庭背景和求学生涯，试图从他过往的经历挖掘他制造圣母堂血案的动机。有报纸采访了吴中大学的师生，着力在他和卞知秋的师生关系上，以此解释他去而复返、投案自首的原因。

连阮虞卿也无可避免地被搅和了进去。昆曲课堂上那场斗殴被旧事重提，大字报事件也被牵连出来，还有阮虞卿和卞知秋过从甚密的同事关系……桃色绯闻最是抓人眼球，沈雁行、阮虞卿、卞知秋和江芦生之间扑朔迷离的四角关系，一下占据了全上海大小报纸的头条。

最耸动的联想莫过于，江芦生刺杀沈雁行，为的是喜欢阮虞卿，故而嫉恨阮虞卿的旧情人沈雁行。

然而，没有一家报纸采访到江芦生本人。

不是因为江芦生在关押中，被要求与外人隔离。

而是因为他拒绝见人，不只是记者，还有律师，甚至连卞知秋他也不愿意见。

他只提出要见一个人——

阮虞卿。

第十一章

让民国十三年的花，永远开在民国十三年

阮虞卿去见江芦生。

他几乎完全变了一个人，瘦脱了相，少年勃发的英气尽失，仿佛一个做了十年苦役，日夜都在受良心煎熬的苦刑犯。

面对阮虞卿时，他过往眼睛里常有的那种挑剔、挑衅，以及潜藏在这些情绪下那小心翼翼的爱慕和被夸奖、被崇拜的渴望，都已经消失殆尽。

他形同枯槁，眼如死灰。

他问阮虞卿玛利亚修女的情况，阮虞卿告诉他，玛利亚修女还昏迷不醒。

江芦生十指痛苦地交叉，喃喃地说："我高估了自己的意志力，我以为我可以为了崇高的目标杀人，但我眼前挥之不去那个修女看向我时错愕的眼神……她是被误伤的，我想要杀的是沈雁行。但现在我知道，即使是沈雁行，哪怕沈雁行真的大奸大恶，我也无法承受杀死一个人内心所受的谴责。"

看着江芦生因痛苦而变形的五官，阮虞卿突然隐约理解了卞知秋那句"他并非你想的那样铁石心肠、无药可救"。

阮虞卿带着温柔的怜悯告诉江芦生："你不是高估了自己的意志力，而是低估了自己的人性。"

探视结束，阮虞卿走出会面室时，江芦生在背后喊住她。

阮虞卿回过头去，江芦生望着她，他的神态里又出现了少年人的影子。

但不再是往昔那个以傲慢自大、虚张声势来掩盖真情的少年，而是一个羞怯地爱着人的孩子："我刺杀沈雁行，并非是因为你，请你不要自责。给卞老师带来那么大的麻烦，我无颜见他，还请你代我对他说一声对不起。"

事到如今，他依旧告诉她——“我的错，与你无关，请不要自责”。

他虽古怪，但他对阮虞卿的爱也是真的。

阮虞卿走出会面室，卞知秋正在外面等她。

不待他发问，阮虞卿先汇报：“他很好，我想，至少比逃亡时好，甚至可能比他以往任何一个时候都更好。”

卞知秋没有说话，两个人沉默着并肩走出去。

走出黑暗阴冷，走到阳光下，阮虞卿长长地舒一口气：“你说得对，他并不是无药可救，他让我想起一个人。”

卞知秋偏头看她：“谁？”

“麦克白夫人。”

卞知秋一怔：“莎士比亚？”

阮虞卿点点头：“在法国求学时，为课业，过海去伦敦西区看莎士比亚的戏剧，所有人物里我印象最深刻的就是她。”

麦克白夫人是威廉·莎士比亚的戏剧《麦克白》里的角色，她渴望权势，怂恿暗藏野心的丈夫麦克白弑君造反，害死了国王。

但最后她却疯了，因为她无法忘记国王流淌了一地的鲜血，无法承受良心的谴责。

卞知秋喃喃自语：“其实很多人都是麦克白夫人，高估了自己的恶，却承受不起作恶的代价。”

他问阮虞卿：“你知道我为什么觉得他有救吗？”

阮虞卿摇头。

卞知秋看着她的目光中满是温柔：“因为他对你的爱。一个人的本质就体现在他爱上什么人，他所爱的人的品质，就是他自己内心的真正渴望。”

阮虞卿有些质疑：“但他最爱讽刺我，觉得我太平和，太浪漫主义，太留恋往昔，缺乏激情和所谓进步精神……似乎我的一切都不令他满意。”

卞知秋轻轻一笑：“人在年少时，因为缺乏经历，最容易被外界的噪声裹挟，听多了别人的话，眼睛就变得盲目，对这个世界一叶障目，也看不清自己的内心。但只有一件事情不会骗人，那就是爱情。你吸引他的品质，恰恰是那些他言辞激烈地攻击的东西。他的心里向往这些，但被灌输的又是另一套思想，大脑和心互相背离，他爱你爱得太痛苦，才会那样怪诞地表现爱意。”

“品质，什么品质？”

“柔韧如草地坚持自我，静水流深地忍受生活。”

阮虞卿“扑哧”笑了：“是你把我想得太好了。”

卞知秋伸手，轻柔地抚摸过她的眉骨：“不，你比我想的还要好，我在一本国外的传记里看过一句话，说，真正的英雄，是在看清生活的真相后依旧热爱生活。但我却觉得，在被生活摧毁后，还能站起来照旧做自己的人，才是最强大的英雄。”

像是触及到什么沉痛的回忆，他的眉眼暗淡下来：“做老师的这些年，我见过很多女同事、女学生，她们最初无一不抱着冲破牢笼的心和一腔勇气，但大多都半途折戟，又退回到原本的世界里，抛弃梦想、抛弃热爱。她们都曾是那样才华横溢、勇气卓绝的人，真可惜。”

许久，阮虞卿才轻轻地叹一口气：“或许，我只是比她们幸运而已。”

她想起了很久很久之前，在艾琳的客厅里，曾有一个人说过——当一个人被命运狩猎时，又怎么能把失败的原因全部归结到他自己？

对于刺杀沈雁行、错手伤害玛利亚修女的罪行，江芦生供认不讳。

他拒绝请律师为自己辩护。

最后，法院只得为他指派了一位律师。

一场全上海拭目以待的盛大法庭辩护，就这样因为当事人的不配合而草率落幕。

所有人都以为，江芦生必死无疑。

或者，至少也要在牢里待一辈子。

但判决结果出乎所有人预料。

只有三年刑期，绝对的轻判。

江芦生判决出结果的那天，阮虞卿在家里接到沈雁行的电话。

只一个“喂”字，阮虞卿就已经从呼吸中辨认出他。

阮家的电话，沈雁行一直是知道的，可是从没有拨过。

曾经，他问她电话时，她说，你又不敢打，问来做什么?

他笑着说，总归想多知道一点关于你的事。

阮虞卿握着听筒，半晌才低低地回一句：“喂，什么事？”

他打电话是为令仪。

令仪醒了，要见阮虞卿。

阮虞卿去圣母堂见令仪。

醒来后，令仪执意离开了医院，回到圣母堂，阮虞卿在她那间朴素清苦得只有一张床、一个柜子的卧室里见到她。令仪躺在床上，面孔和嘴唇苍白，眼神却一如既往地羞怯平和。

见阮虞卿进来，她虚弱地微笑着向她道歉：“抱歉，一直以来都在骗你。”

阮虞卿在床边坐下，温柔地回答：“既然已经奉道，断绝俗世，玛利亚修女就是玛利亚修女，算不上欺骗。”

令仪伸出手，轻轻放在阮虞卿的手背上：“虞卿，你真好。”

这是她第一次喊她“虞卿”，以前都只是称呼她“阮小姐”。

令仪喘一口气，继续说：“在绥都时，清文老是跟我提起你，说虞卿是全天下唱昆曲最好听的姑娘，虞卿看着不声不响、温婉柔顺，但其实心思执拗得百折不回，虞卿，虞卿……原本火车站血案那天，我满心欢喜地等他带你回绥都。”

一声枪响，万梦成空。

阮虞卿不知道该说些什么，只好紧紧握住她的手。

令仪失神地望了望天花板，很久才又开口：“后来我来了上海，走他走过的街道，看他看过的风景，我能感受到这座城的风里有他的呼吸。每周我去一趟墓园看他，我看着墓碑上他的照片越来越黄，真奇怪，照片里的人也是会老的……一转眼已经过去五年了。”

话说得太多，令仪忍不住咳嗽起来，阮虞卿小心翼翼地拍打她的肩背。等咳完了，她躺回枕头上，对阮虞卿说："跟我讲讲清文小时候的事情吧。"

阮虞卿想了一想："哥哥小时候有过一个追求者，是大他三岁的男孩子。"

令仪惊讶地道："男孩子？"

阮虞卿莞尔一笑："是呀，我爸爸报馆同僚的儿子，是个红楼痴，最喜欢晴雯。也不知怎么的，他把我哥哥的名字听成了晴雯，就这样空中楼阁地单恋起这个素未谋面的'晴雯妹'来。等到我家做客时，发现他的'晴雯妹'竟然是个男孩，气得他连那顿饭也没吃好……"

令仪听得"咯咯"笑。

阮虞卿继续给令仪讲她的哥哥，从尘封的记忆里搜刮那些往事的细枝末节，浮光跃金般美好闪亮的过往。

讲着讲着，她的心也像一团揉皱的纸被风吹开那样舒展开来，像是时隔多年，终于攒够了勇气直面哥哥的死亡。

而当她敢于直面时，她发现哥哥只是死去了，却没有消亡。

她在令仪床边一直待到黄昏日落。

告别前，她终于还是问出了心里的疑惑："江芦生的事情……"

江芦生被轻判三年，当中定有人出力。

令仪承认："是，我跟大哥说，我宽恕他。"

尽管早已经猜到，但从令仪口中听到"宽恕"两个字，阮虞卿还是很震撼："为什么？他险些要了你的命。"

令仪微微笑着："我刚进修道院时，玛丽嬷嬷给我讲了一个故事。是说一群人抓住一个失足沦落的女人，认为她不贞，有罪，要用石头砸死她。圣子路过，制止了他们，说，你们当中谁是没有罪的，就可以拿石头打她。"

"我不想拿石头打任何人，更重要的是他悔改了。他明知道可能会死，但为了不牵连卞知秋，还是回来投案自首。无论他以前是什么样的人，从回来的那一刻起他有良心了，所以我宽恕他。"

夕阳余晖从窗口照进来，落在她的脸上，她圣洁慈悲一如怀抱圣子的圣母像。

阮虞卿走出去，轻轻掩上门。

路过礼堂时，她看到了沈雁行。

沈雁行独自坐在礼堂最前排的长椅上，面朝圣母像，垂着头闭着眼睛，双手交握在胸前，不知是在忏悔，还是在祈祷。

落日余晖洒在他的身上，像是亘古寂寞化成的金色灰烬。

阮虞卿遥望了他很久，然后转身悄悄离去。

令仪是回光返照。

自圣母堂那一面后，第三天，阮虞卿在报纸上看到她的讣闻。

她死在那一次见面后的次日清晨。

遵照她的遗嘱，她的遗体并没有运回绥都老家安葬，而是葬在了圣母堂的墓地里。

她下葬后第二天，阮虞卿去她墓前凭吊，将一束百合放在她的墓碑前，手指抹去照片上初覆的尘埃："令仪……还是喊你令仪吧，本来就该喊你令仪的。"

玛利亚修女，沈令仪，1909—1930。

终结于二十一岁，本该绽放的年华。

阮虞卿无言地端详了照片很久，才又说："令仪，我要结婚了，和卞知秋。"

卞知秋被释放后，如在探视他时承诺的那样，阮虞卿把自己的所有秘密向他和盘托出。他也如当年的周开阳一样，丝毫没有被吓倒，而是越发坚定地向她求婚。

圣母堂血案闹得那样大，家长们被花边小报蛊惑，又眼见江芦生的下场，如惊弓之鸟般向校董处施压，这下不仅是阮虞卿复职无望，连卞知秋也教职难保。

倒也不愁找不到别的工作，圣母堂血案影响远播，北方几所校长开明的大学向卞知秋和阮虞卿伸出橄榄枝，邀请他们赴北方任教，但阮虞卿和卞知秋却一一婉言推拒。

他们已经商量好了前路——带母亲去法国，继续深造。

阮虞卿今天来看令仪，既是凭吊，也是告别。

一只青羽鸟落在令仪墓碑上，凄凉地喳喳叫。阮虞卿眼底有哀色：“本来，我该和你哥哥结婚的，你也该和我哥哥结婚的……昨天晚上我做了一个梦，梦到我们两个和我们的哥哥坐在一张桌子上等开饭。大家都笑盈盈的，你和我都盘头梳髻，他们俩的怀里都抱着孩子……醒过来后，知道一切都是假的，但我还是看着天花板回味了很久，觉得很快乐。”

暮色四合，斜阳衰草，墓碑上的照片已经看不清脸。

“你如今就要和哥哥重逢了，我有一件事拜托你。”

她深吸一口气，低头摘下脖子上的挂坠，蹲在地上，送到墓碑照片前，打开：“这是你的侄女，也是你的外甥女，我和你哥哥的孩子，可怜她命薄，才八个月就夭折了。如果你在另一个世界遇见她，请帮我好好照顾她。”

墓碑照片里的令仪微微笑着，含情的目光仿佛在回应她的请求。

阮虞卿和卞知秋把婚期商定在中秋前。

结婚前一天，黄昏时分，突然开始下雨。

秋风秋雨愁煞人，如泣如诉的，像一首唱不完的无字的歌。

阮虞卿坐在卧室窗前，伴着雨打窗棂声写她的《陈端生》。

先前写到陈端生出嫁，因为圣母堂血案暂时搁下了笔，现在又捡起来，还是写出嫁。

这一场戏，写陈端生出嫁前哭母。

要出嫁了，别的女孩儿都有母亲给置办嫁妆、指引教导，凤冠镶什么珠、霞帔绣什么凤，婚礼当天要怎样行规矩步，到了夫家要如何与姑嫂相处……可是她的母亲却已经不在了，她独坐深闺里，为自己的孤苦无依哭，也为必将巨变的、自己未卜的前路哭。

夜色降临时，她写完了哭母这一场。

这才揿亮台灯，舒展肩膀。

整个阮家只有她自己，她刹那间感受到一种怅惘的静寂。

怕母亲突然犯病生事端会耽误婚礼，六婆今天就带着母亲去了举办婚礼的饭店住客房。

阮虞卿在心里嘲笑自己：我跟陈端生其实也是差不多的凄凉。

楼下突然传来门铃声。

夹杂在秋风秋雨里，像梦呓，让人搞不清是真实的，还是幻听。

她迟疑了很久，还是走下楼去开门。

她拎起伞走出房门，远远只看见铁门外站着一个高大的身影。撑开伞顶着风雨沿小径走到铁门前，她终于看到那人的脸。

是他，沈雁行。

他像是冒着雨走了很长的路才走到这里，眉眼寂寥眼神落魄，头发紧贴在脸上，衬衫和大衣也被秋雨湿透。他似乎用尽了全身的力气，才让自己倚靠着铁门站住，双手紧握着栏杆，茫然地微笑着，如同湿水的枯叶。

相识六年，这是他第一次出现在她的家门前。

在她即将和别的男人结婚的前夜。

阮虞卿隔着门和雨帘与他对望，踌躇着该如何拒绝。

不等她开口，沈雁行声音凄楚地喊她的名字："虞卿，求你。"

阮虞卿终究还是难以狠下心。

她沉默地打开铁门，任由沈雁行跟在她身后，一路沉默地走回屋子。

沈雁行坐在客厅里，她独自上楼去卧室。下来的时候，她怀里抱着毛巾和几件衣服。

样式略显老旧的衬衫……还有一件几乎崭新的大衣。

几乎崭新，只是下摆处有一个破洞。

民国十四年春节，情正浓时，他们相约在上海火车站见面时，沈雁行穿的那件大衣。

新做的大衣，专为见她而穿，只穿了一次，就不小心被街上小孩儿的兔子灯烧了个洞，她自告奋勇说要帮他补，拿回了家。

五年过去了，到现在，还是破的。

沈雁行摩挲着破洞的边缘，忧郁地笑："没想到这个洞还在。"

阮虞卿也笑，淡淡的，惆怅的："那时候骗你说我会做女红，其实我家政课从来分数都低，原本想着向顾明明请教，但那个时候还太年轻，十八岁的时候总觉得一切都还来得及，搁下的东西随时能捡起来，延后一点也没什么大不了的。"

后来才知道，年华滔滔如水，人心变幻如云。

过去了，就是过去了。

没有鸾胶可以续弦，也不是所有破洞都能补全。

人这一生，泰半都是憾事。

阮虞卿清一清嗓子："这或许是我们最后一次见面了，今天请你进门，是想把该还的衣服还一还，该说的话说一说，该了的事也都了一了。"

她心平气和地说完，一种令沈雁行绝望的平和。

她说："我不说，你也记得今天是什么日子。"

五年前的今天，北京火车站，我失兄，君失弟。

"北京火车站血案，真相众说纷纭，我在报纸上看到过很多次，暗示一切都是你亲手策划，为了夺取北地王的权柄，弑父杀弟……"

沈雁行开口想要解释，却被阮虞卿用手指封住嘴唇："不，不用解释，这些流言我一秒钟都没有相信过。我不了解你的家庭，也不了解你和父亲弟弟的关系，但我了解你。我知道你喜欢的是江月风雅，不是舞势弄权；我知道你不会为了所谓的权位伤害人命，更不要说是杀死你的亲人和朋友。"

她喘一口气，继续说："甚至于我从来没有怀疑过你变心。"

她的眼中有一层蒙蒙的水雾，雾后是凄凉的笑："你摘下了雁虞轩的牌子，你躲在窗帘后不肯见我，哪怕是你和冯丹朱挽着手出现在我面前，我都没有怀疑过你变心。我确信，就像确信人必有一死那样确信，你一直爱着我，现在坐在我面前的你，就像六年前出现在小园的你。"

抵在她手指后的沈雁行的唇微微一动。

阮虞卿摇摇头：“你先听我把话说完。”

“你记不记得？我跟你说过，汤显祖的玉茗堂四梦里，我觉得以戏而论，《牡丹亭》最好，但以故事论，我却最喜欢《紫钗记》，你可知道为什么？”

“为什么？”

阮虞卿苦涩地一笑：“因为李益与霍小玉的爱情，百折不挠，矢志不渝。”

《紫钗记》，讲的是李益和霍小玉困境重重的爱情。

秋雨敲打玻璃窗，雨声愈疾，却掩不住阮虞卿轻轻的声音。

“他们遇到过多少磨难啊。卢太尉看上了李益，骗霍小玉，说李益已经做了他的女婿，可是霍小玉不信，还是要找李益；卢太尉又骗李益，说霍小玉已经另嫁他人，连他们定情的紫钗都拿给李益看了，可李益也还是不娶卢小姐。

“我第一次听外公讲他们的故事时才十岁，心里就想，真好啊，这一对情侣，他们一定会有好结局，不是因为他们痴情，而是因为他们坚定。”

她收回了抵在沈雁行唇上的手指。

“其实想想，痴情有什么大不了的，只要够寂寞，谁都能情深似海。

“了不起的是能按捺下那些患得患失的猜疑，始终握着对方的手不放开。

“所以我从未怀疑过你变心，那年大雪里，我站在雁虞轩大门外，不是在求你不要抛弃我。事实上，即使那时你推开门走出来，要我和你一起回绥都，我也是不会和你走的。我不只是一个爱着你的女人，我还是我父母的女儿、我哥哥的妹妹。哥哥惨死，父母悲痛欲绝，我不会丢下他们去追求自己所谓的幸福。”

她顿了顿，继续说下去：“况且，我从不认为你变心，又怎么会觉得被你抛弃？我是在向你明志。”

沈雁行声音干涩：“明什么志？”

阮虞卿轻轻一笑：“是对你说，我们这段感情，我没有放弃，也请你不要放弃。”

她垂下眼睛：“即使你没有开门，我仍旧怀着希望，在那之后很长一段时间，我其实都在等，等一个机会与你重逢，直到……”

她没有继续说下去，而是轻轻地叹息一声：“算了，都已经过去了。”

窗没有插上插销，疾风终于推开窗，把窗台上的小花盆扫了一地。

阮虞卿走过去，关好窗。

再回来时，她的脸上、眼角有一层细密的水珠。

也不知是秋雨，还是泪。

她揩掉脸上的水珠，在沈雁行对面又坐下：“你记不记得？那年我们带顾明明去苏州，看实景《牡丹亭》。顾明明说，她不懂杜丽娘为什么爱上柳梦梅，对杜丽娘而言，柳梦梅完全是个陌生人。”

“过后我们讨论，我说，因为顾明明的疑惑，我明白了昆曲没落的原因，你还记得我说的原因吗？”

半晌，沈雁行回答：“记得，时移世易。”

时移世易。

观众已经不再是杜丽娘，故而也不再与她共鸣，难以理解她的爱情。

阮虞卿怅然：“时移世易，你我之间，也是如此。”

窗外，那一场疾风后，雨势似是渐渐小了。

这也让她的声音显得越发清晰：“雁行，你知道我是从哪一刻开始爱上你的吗？”

沈雁行迟疑地摇头。

阮虞卿轻笑：“我承认，女中初见你，我的心就乱了。但真正爱上你，却是在从东山回苏州的船上。”

她吐一口气：“从小，我就被教育说，你是一个名门淑女，淑女必须是安静的，淑女不可以多话，淑女只需要聆听。即使小时候在苏州，在外公的雅集上，我也只能做一个点缀，聆听男人们的高谈阔论，附和他们，鼓励他们，唯独不能发表自己的见解。有时候坐在他们中间，我会觉得很不可思议，他们在讨论杜丽娘，一个十几岁的少女，可坐在他们中间的我，是在场唯一一个少女，但没有人要听我的见解……雁行，这样的生活令我厌倦，在遇到你之前，我已经这样厌倦地过了很多年。直到遇见你，你听我说杜丽娘，神情平静，那么专注，从那一刻起，我就义无反顾地爱上了你。我知道，在你眼里，我不只是一个女人，也是一个和你一样有思想的、平等的人。”

她垂下眼睛，怅惘地笑：“我们的故事，有过一个很美的开头，可是……”

她哽住了，很久才继续说：“我们的人生因为同一件事情而掉转方向，我们本该一起面对的。可是，最好的机会，被我们错过了。”

望着沈雁行欲言又止的眼睛，阮虞卿柔声道：“我知道，你不用说我也明白，那年你不开门自有你的苦衷，兴许是我父亲逼迫你离开我，兴许是你要为父兄报仇所以不愿让我和你一起身涉险境……我不是傻瓜，这些原因我都能想到。我知道你肯定是为了保护我，肯定经历了万分痛苦的挣扎，才选了一条你认为对我伤害最小的路。可是啊，雁行……”

雁行。

时隔多年，终于又从她的口中听到他的名字。

哀伤，缱绻，却又不肯回头。

她叹息：“可是啊，雁行，人的想象太空洞了，现实的力量强大到无法抵抗。”

“我终究不是花圃或者玻璃樽的虞美人，而是一个活生生的人。我活一秒钟，就有一秒钟的经历，那些经历改变了我，你也一样。

“有时候在报纸上看到你的消息，和谁打仗了，吞并了谁的地盘，又被谁暗杀，九死一生……每到这时，我都会想，和我一样，雁行在独自经受他的生活，我那些痛彻心扉的时刻他不在场，他那些惊涛骇浪的岁月，我也缺席。”

被各自经历的那些风雨，摧折成彼此陌生的模样。

纵使相逢应不识，尘满面，鬓如霜。

流年逝水，物是人非。

人生路长，多的是来不及和回不去。

他们面对面静静地坐着，低着头，很久没有说话。

只有窗外呼啸的风和雨。

半晌，沈雁行抬起头，看着阮虞卿：“虞卿……我们是不是，有孩子？”

阮虞卿的心骤然一紧。

他知道了！

他怎么会知道？

周开阳和卞知秋绝不会把这个秘密泄露出去。

她抬起头看沈雁行，沈雁行轻声说：“那天在令仪墓前。”

原来那天他也在，不经意间听到了她对令仪的呢喃。

阮虞卿看着他的眼睛，试图搜寻出他眼神中的每一种情绪。

她回答：“是，一个女孩儿。”

沈雁行的眼睛一眨，快而轻微，几乎不可捕捉：“她叫什么名字？”

“夭折得太早，还没来得及取名，家里人都喊她乳名囡囡。”

沈雁行没有说话。

他的胸膛剧烈地起伏着，像是在努力咽下一口堵在喉头的气。

很久，他问：“你痛彻心扉的时刻，就是囡囡夭折吗？”

阮虞卿的睫毛瞬间濡湿：“是，她夭折时才八个月大，眼睛里的婴儿蓝还没有褪。我总是怀疑，等她长大了眼睛也还是婴儿蓝的，那是一双继承自你的眼睛。过去我老怀疑，你的祖先里是不是有人有外国血统，纯正的中国人眼珠怎么会泛蓝呢？像月光下的海……她笑起来时很甜美，奶娘推着她去街上散步，常有人来逗弄她，可她哭起来时也真让人心碎啊。她烧了整整三天，也哭了整整三天，哭得眼泪没有了，声音也没有了，就只是抽动着哽噎。她用拳头握住我的一根手指，一直握着，我能感受到她的体热和生命力就那样一点点流失……但最痛的时刻，不是看着她在我眼前死掉，而是下葬的时候。棺材盖盖上了，棺材匠钉钉子，比她的手臂还要长的钉子，用锤子一下下砸进木头里，把她永远地和这个世界隔绝开，铛、铛、铛……到现在，有时在睡梦里我还是会听到那声音，全世界就只剩下那声音。”

沈雁行无声地流着泪，泪水已经湿透了衣襟。

他们共同创造了这个孩子，却在孩子死去三年后，才分享了她的生与死。

阮虞卿抬起眼睛看沈雁行："你看，就是这样，我哥哥和你弟弟的死，我们女儿的死，这些最该共同承担的时刻，我们都没有及时共同承担，给彼此慰藉。雁行，我们已经走失了。"

此情可待成追忆，只是当时已惘然。

"就让民国十三年的花，永远开在民国十三年吧。"

她看着他，含着泪光微笑。

客厅里的灯突然一闪，灭了。

屋子里一片漆黑，离天亮还有很久。

两个人在黑暗中静坐了许久，沈雁行沙哑着开口："有没有蜡烛？"

何当共剪西窗烛？

他的心里还残存着一丝希望。

阮虞卿无言地凝望着他的方向。

过了很久，她起身去门边的矮柜里搜寻。

电路不稳，停电是常有的事，家里确实常备蜡烛，矮柜里有整整一包没开封的白蜡烛，足够燃烧照亮数十个漆黑的夜。

她又在矮柜抽屉里找到火柴。

蹲在矮柜前，她把蜡烛插上烛台，取出一根火柴，在火柴盒侧边擦亮。

她点燃蜡烛，端着烛台站起身。

一根白蜡烛，萤烛之光，范围有限，却已经可以看清坐在沙发上沈雁行的面孔。

她端着烛台，朝沙发走来。

沈雁行望着她，烛光映亮她的面孔，那柔美的长眉长眼，线条柔润的脸颊……

黑暗遮蔽了一切确实存在而又无关紧要的东西，只照亮了一个她。

窗外夜雨，窗内烛火。

一阵刺啦的电流声，突然间，来电了。

被黑暗隐没的一切又出现在光明里。

隔着玄关和长长的走廊，阮虞卿端着烛台，低头，吹熄烛火，抬头，对着沙发边的沈雁行凄楚地一笑："灯亮了。"

她把烛台顺手放在矮柜上，到沙发前坐下。

地上座钟，时针滴答，天色渐明，最后的离别时刻在逼近。

阮虞卿突然笑了："关于商隐写的那首《夜雨寄北》，不久前我听了另一种说法，说他写那首诗时，他的妻子已经去世了。"

他羁旅巴蜀，思念远在长安的妻子，故而写诗，用"何当共剪西窗烛，却话巴山夜雨时"向她诉衷情。

可是啊，长安与巴蜀之间相距千里，那时车马太慢，消息来不及传递。他在西窗烛光下情意绵绵地写下这首诗时，又哪里会知道，他的妻子已经在长安亡故了。

他的情书，从巴蜀寄向长安，在驿路上擦肩而过的，是从长安寄向巴蜀的，她的丧信。

阮虞卿和沈雁行的定情诗，本就是个悲剧。

天亮了，门铃声响了。

卞知秋来了。

阮虞卿站起身来，向沈雁行做最后的告别："我要去结婚了，你多保重。"

她取下衣架上的大衣，穿上，开门走出去。

门外，卞知秋在等她。

他穿着熨帖的新衣，满脸喜气，关切地看着她："怎么脸色发青？昨天没有好好休息吗？"

阮虞卿笑着答："没关系，顾明明会帮我化妆。"

转身前，她最后遥望了一眼客厅的窗子。

窗帘半掩，后面有一个孤独的影子。

那就是她和沈雁行今生今世的最后一面了。

阮虞卿和卞知秋的婚礼十分简朴。

乘从"银色"租来的汽车，先去政府部门登记注册，然后去饭店。在客房里她先让顾明明帮忙化妆穿衣，收拾好了就去宴会厅见客，吃饭。

不是“华懋”那样的奢华大饭店，而是一个普通的饭店；没有什么珍珠项链配蕾丝轻纱的隆重婚纱，更没有摆满了红玫瑰或虞美人的精致礼堂。

不过是普通饭店，简约衣裙，和一朵别在衣襟上的白玫瑰。

起初大伯和小姑姑有意见，觉得婚礼太寒素，衬不上阮、柳两家的社会身份。但阮虞卿和卞知秋坚持如此，他们也就没再说什么。

婚礼的最后，她和卞知秋并肩站着，在亲友们的簇拥下拍照合影留念。

阮虞卿恍惚置身于舞台。

她几乎已经记不起来，曾经有两个男人给她许诺过盛大隆重的婚礼。

前半生早已比上一世更遥远。

婚礼结束，回到家时，沈雁行早已经不见了。

连同那件破洞的大衣，一起消失在了阮虞卿的生命里。

婚后第二个月，阮虞卿和卞知秋便登上轮船，启程前往法国留学。

他们在法国一待就是六年，1936年他们回国时，孩子都已经六岁了。

回国后，曾经纷纷扬扬的前尘往事早已经被人忘却，他们又回了吴中大学教书，照旧是一个教民俗学，一个教昆曲课。

都说卞教授和阮教授是吴中大学最令人艳羡的伉俪，鹣鲽情深，永远都那么和气，仿佛永远都不会吵架，并肩在校园里来去，笑微微地回应每个跟他们打招呼的学生。

可是不知怎么的，他们的婚姻并没能长久。

后来在重庆，他们离了婚。

他们离婚，是在沈雁行殉国那年，1940年。

第十二章

岁云暮，鬓惊秋，
西窗烛暗，
今生已晚

在那之前，还发生了很多事。

先是任若如病逝。

那是1935年，阮虞卿和卞知秋在法国收到柳闻莺寄来的家书，信里说，任若如突然染了恶疾，病来得快，人走得也快，可怜她才二十七岁，还留下一个只有不到十岁、父亲不详的女儿。

第二年，阮虞卿和卞知秋回国时，任若如那个叫思乾的女儿已经不在东山草堂了。柳闻莺说，是她生父家的人把她接走了，问他思乾的生父是谁，他却吞吞吐吐不肯说，只说是任若如生前的安排，让他们不要再过问。

一直到阮虞卿自己去世，都再没有听闻任思乾的下落。

回到1936年。

回国后，阮虞卿偶然和周开阳重逢。

是在医院里，但不是周开阳供职的那家医院，周开阳也不是医生。

他只是一个陪妻子来产检的丈夫。

他的妻子是冯丹朱。

那个他堂姐周绿樱的小姑子、曾经与沈雁行过从甚密的交通部长家的千金，冯丹朱小姐。

阮虞卿模模糊糊地回忆起，似乎以前每次见面时，周开阳都在和冯丹朱吵嘴。

许多事情，原来早有伏笔。

她和周开阳、冯丹朱夫妻俩一起在医院旁边的咖啡厅喝了杯咖啡。

谁也没有提起沈雁行。

再后来，是她母亲的去世。

母亲算是有福之人，她去世在1937年5月，上海沦陷于敌寇之前。

在那之前，她已经困在记忆里整整八年。

在法国时，她每天就只是坐在窗前，织很小很小的、要给已经夭折多年的外孙女穿的毛衣，或者和外孙青山一起玩他的小汽车、小轮船。

有一次，阮虞卿路过，听到祖孙俩的对话——

妈妈问青山："你的船，能漂多远啊？"

青山反问："可以漂很远很远，哪儿都能去，你想去哪儿？"

妈妈悄声回答："当然是广州啊。"

一回国，她就病了，没两个月就撒手人寰。

去世时，她穿着心爱的绿裙子。

令阮虞卿困惑了八年的广州之谜，在母亲的葬礼上被解开了一半。

葬礼快结束时，一个不速之客前来吊唁。

是一个从未见过的男人，半百年纪，清瘦肃穆，神情萧瑟地在母亲的棺材旁站了很久。

阮虞卿问他，他只说："我是令堂的朋友。"

他走后，顾明明问阮虞卿："真奇怪，伯母怎么会认识他的？"

阮虞卿也很惊讶："怎么，你认识他？"

顾明明一跺脚："他是陆先生啊，上海滩最大的流氓头子陆先生啊。"

陆先生？

青帮的陆先生？

母亲怎么会认识他？

很多年后，她的困惑在陆先生的传记里得到解答。

传记的作者问陆先生："您这一生波澜壮阔，和很多女人都有过绯闻，我想知道，您一生最爱的女人是谁？"

是京戏名伶祝小姐，还是花国皇后连小姐，还是原配妻子?

他提名的那些人，被陆先生全部否认。

陆先生说："我的一生挚爱，是年轻时遇到的一个有夫之妇。"

"我们相遇时，我在被人追杀，而她正打算自杀。

"我们曾相约私奔去广州，可她没有来。

"我最喜欢她穿一件绿裙子的样子，真美啊，像一朵月光下含苞待放的莲花。"

绿裙子……

就这样，在母亲去世多年后，阮虞卿终于了解了母亲被掩埋的秘密。

原来母亲在那被世人视为模范的婚姻里曾有那样不为人知的苦楚，令她痛苦到几乎要了结生命的地步。

她痛苦、她自杀，她被一个"社会渣滓"救赎，她险些抛夫弃子同人私奔，她最终放弃叛逆的念头，回归家庭，做一个戴着微笑面具八风不动的贤妻良母……她的人生经历过这样的惊涛骇浪，但她身边的所有人——她的丈夫、儿女，却对此一无所知。

她是如此孤独。

宣统元年，她为什么会失约?

阮虞卿百思不得其解，为此辗转难眠了很久。

直到有一天晚上，她突然梦见自己小时候。

梦里自己不过两岁大，正坐在摇篮里玩布头娃娃，母亲穿着绿裙子急匆匆走进育婴房。母亲抱起自己，狠狠地贴在脸上，贴了很久很久，她似乎是哭了，连带自己的脸也被沾得湿漉漉的。不知道抱了多久，她终于狠下心来，把自己放回到摇篮里，转身往外走。

育婴房的门即将被关上的那一刻，幼小的自己突然哇哇大哭起来，朝着门口挥舞胖乎乎的小手，含混不清地喊"妈妈，妈妈"。

门最终没有关上。

妈妈站在门口愣了很久，最终还是走了回来。

醒过来时，阮虞卿的枕头都被泪水浸湿了。

那一年，阮虞卿知道自己已经怀孕，求母亲帮她隐瞒。那时母亲曾经说过，做母亲不只是新生和喜悦，还是毁灭和惩罚。

她那时不懂，现在才终于明白。

她的母亲，正是在孩子和情人之间选择了孩子，屈从于母亲的身份，才割舍掉了那个热烈追求爱情的自我。

母亲一生驯服，只向命运抗争过两次——宣统元年的私奔和民国十四年帮助阮虞卿瞒过父亲赴法生子。

两次抗争，一次失败，一次成功。

失败是因为对女儿的爱，成功也是因为对女儿的爱。

母亲是孩子的神明，而孩子是母亲的枷锁。

是她囚禁了母亲的下半生。

母亲去世后，阮虞卿的世界像是被按了加速键，所有事情都猝不及防地发生，很多人也飞快地从她的世界退场。

先是顾明明。上海刚有要打仗的苗头，她就被父亲送上了去美国的轮船。临走前她来跟阮虞卿告别，像是哭过，问她和周莫言怎么样了，她只说，原来玫瑰和彩虹，不是痴等就真会有的。

她从此定居美国，终阮虞卿一生，也再没有见过她。

顾明明走后第二个月，上海就打起仗来了。

1937年底，上海沦陷，阮虞卿和卞知秋同很多人一样逃往武汉。武汉沦陷后，他们又辗转逃往重庆，在重庆一直待到抗战胜利。

在重庆，她意外地和“半生宿敌”周紫鸢和解了。

好巧不巧，周紫鸢家和阮虞卿家挨着，俩人成了邻居，周紫鸢的女儿和阮虞卿的儿子青山成了玩伴。阮虞卿又意外发现，多年来，周紫鸢虽然外表光鲜，但她的丈夫一直在出轨，并且打她。

在阮虞卿的支持和帮助下，周紫鸢和丈夫离了婚。

离婚当天，周紫鸢和阮虞卿吃饭庆祝。微醺后，她告诉了阮虞卿一个秘密：“那年，吴中大学的大字报其实是我贴的。”

阮虞卿告诉她，自己早就猜到了。

不是没怨恨过，只不过，岁月如梭，世事蹉跎，经历了那么多生死攸关的瞬间，看过了那么多生离死别，连怨恨也褪了色。

度尽劫波兄弟在，相逢一笑泯恩仇。

看着烛光后的周紫鸢，阮虞卿突然想到了父亲。

其实想来，周紫鸢的前半生，不就是父亲曾想为阮虞卿安排的，所谓妥帖的人生？嫁一个所谓门当户对的男人，做一个所谓上流社会的贵妇……如果父亲还在人世，看到周紫鸢后来的遭遇，又会作何感想？

循规蹈矩的生活里其实也潜藏暗礁。

这世间，从来没有一条真正稳妥的道路。

至于沈雁行。

关于沈雁行的消息，她都是在口口相传里、在报纸上听说的。

他怎样力主抗战，怎样投身战场勇猛杀敌……怎样悲壮殉国。

1940年，阮虞卿写了快十年的昆剧《陈端生》，终于在重庆抗建堂公演。

战时人们精神紧绷，少有的娱乐活动都是一票难求。公演那天，礼堂里座无虚席，演出大获成功，谢幕时掌声雷动。阮虞卿作为编剧和陈端生的扮演者站在舞台中央向观众答谢，放眼望去，满座衣冠似雪。

然而，故人不在。

当天晚上，家里停了电。

儿子青山去找蜡烛，不知怎么的，翻到了那年沈雁行送给阮虞卿的锦盒。

儿子举着那支蜡烛来找阮虞卿，嘴里嚷：“妈妈，好奇怪，这支蜡烛没有芯。”

阮虞卿把无芯烛放回锦盒中，锁到柜子里，又找出一支普通的白蜡，点燃。

青山就着烛光看晚报，边看边给正在织毛衣的阮虞卿念上面的新闻：“北地王沈雁行战死沙场，青山忠骨，碧血轩辕，英雄虽死，浩气长存……

妈，你怎么哭了，你认识这个人？”

阮虞卿微笑着揩掉眼角的泪：“不认识，只是为烈士伤心罢了。”

1990年，昆曲《陈端生》赴温哥华公演。

这是一出新编昆曲，讲的是清朝弹词女作家陈端生的一生，由著名昆曲研究学者阮虞卿在三十年代编写，1940年在重庆抗建堂首演。其后由于种种原因再未公演，直至现在。

演出组织者是阮虞卿的儿子，知名学者卞青山。

演出结束，谢幕后，在后台，卞青山收到一封邀请函，请他去自家做客清谈。

邀请他的，是加拿大华裔昆曲学者、著名昆曲艺人任若如的女儿任思乾。

任思乾的家在温哥华近郊，是一幢颇有年头的花园洋房。

他刚一走进大门，就听见有人在唱《牡丹亭》，细嫩的嗓音，无忧的唱腔。

唱到“原来姹紫嫣红开遍，似这般都付与断井颓垣”时被打断，一个声音严厉地指教：“重新唱，杜丽娘此刻心里伤感，哪能那么欢喜？”

卞青山便笑。

这句话，他母亲过去也常说。

任思乾和卞青山一样，已是耳顺之年的老人，但她保养得宜又打扮精致，短发，穿墨绿香云纱旗袍和一色的缎面高跟鞋，指间挟一支深棕色More女士烟，如旧时画报上的女郎，摩登且古典，有一种荼蘼过后的憔悴之美。

落座后，先是一阵生疏的寒暄。

任思乾道：“《陈端生》我看过了，真是一台好戏。”

卞青山感叹：“可惜知音难觅。”

这场公演，观众里年轻人寥寥，大多是外国人和一些老华人。外国人是怀着对东方古国的猎奇，未必是真喜欢昆曲本身，也未必能听懂。而华人观众，多是很早就移民来的，对他们而言，昆曲是一种童年时的记忆，或者年轻时的符号，却独独不是昆曲本身。

演出结束后，来后台见卞青山的观众，说得最多的话，都是“我年轻时候在上海看过傅秋荻的电影《牡丹亭还魂记》”，或是“小时候在重庆，《陈端生》抗建堂首演那次，我父母也带我去了”。

任思乾笑一笑：“花开花落自有时。卞先生的昆曲，有家学吧？”

卞青山点头：“您听我名字，卞青山。”

任思乾大悟，手拍膝盖摇头轻唱：“遍青山啼红了杜鹃。”

卞青山笑：“正是取自汤显祖的《牡丹亭》，‘惊梦’那一折。其实您不邀请我，我也是要来见您的。您不知道吧？我母亲和令堂是故交好友，1929年上海，周园那场百戏同春赈灾义演，她们俩搭档唱《紫钗记》。”

听了他的话，任思乾似是毫不意外：“你是阮姨的儿子。”

卞青山索性开门见山：“是，您记得我母亲，那我就不拐弯抹角了，我找您，不止为了谈昆曲，也不止为叙旧，我是来认亲的。”

任思乾拧眉：“认亲？”

卞青山激动地起身：“如果我没猜错，我们是同父异母的亲姐弟。”

任思乾惊讶地看着他：“令尊是？”

卞青山按捺下情绪，坐回沙发上：“我父亲的名字您或许听过，他是民俗学界的泰斗人物卞知秋，他的外祖父柳闻莺，是您母亲的老师，您小时候见过他吧？”

任思乾点点头：“是，我记得他，是个很儒雅的人，那时候妈妈让我喊他知秋舅舅。”

她又笑：“这太滑稽了，知秋舅舅怎么可能是我的父亲？”

卞青山摇头：“不，我说的不是他，他不是我的生父。”

因为情绪激动，他坐不住，站起身来满客厅里转圈：“我从小就很怀疑这一点。我1926年出生在法国，一直到十岁才回中国。四岁之前我对母亲是没有印象的，因为她在我两岁时就独自回国了。我留在巴黎，由母亲的老奶妈和姑婆抚养，四岁时母亲才回到法国和我团聚。也是那时，我才第一次见到父亲，所有人都告诉我，那就是我的生父。”

他在窗台前站定，心烦意乱地伸手摆弄盆栽里的叶片：“但是不对，1936年我们回到中国，我明明已经十岁了，父母却嘱咐我说，如果有人问，就说自己六岁，只是因为国外饮食多蛋奶牛羊肉，才长得比同龄人高大。”

“如果没有什么秘密，为什么要让我谎报年龄呢？”

任思乾坐在原处，静静地听他发泄。

他苦笑：“其实我因为早产，小时候长得比同龄人瘦小，到十岁时也不过像个八岁的孩子，但说六岁属实有些勉强。从小就老听到有人窃窃私语，说卞青山真的没有记错年龄吗？我为此一直很困惑。”

任思乾问：“你没有问过阮姨和知秋舅舅吗？”

卞青山忧郁地一笑：“没有，他们瞒着我肯定有自己的原因，我不愿意为难他们。但是，我有自己的怀疑对象。”

“刚回国的那一年，在上海，有一天我独自去买糖，发现有一个人老是跟在我身后，一个很英俊的男人……我故意朝着他拍飞皮球，他按住皮球，还给我的时候，摸了一下我的头。和他在一起的还有另一个男人，那人喊他大公子……这件事情我记了很久，那男人的脸，在我心里一直挥之不去。”

任思乾挑眉：“那么他是？”

卞青山深吸一口气：“长大后，有一次在报纸上，我又看到了那张脸，那是一则讣闻，北地王沈雁行战死沙场……战争结束后，我开始调查这件事，找了很多旧报纸新闻。在1930年上海圣母堂血案的相关报道里，我看到了关于我母亲和沈雁行关系的推测。”

“我又想起看到沈雁行讣闻的那一夜，母亲也在，听到沈雁行战死她哭了。我问她，她却说只是为烈士伤心。

“但没过多久，她就和父亲离了婚。

“我猜，我的生父就是沈雁行，也就是你的生父。”

半晌，任思乾“扑哧”笑了。

她站起身来，走到卞青山身旁，把烟蒂放进花盆里摁灭：“我猜，你是看了那本《有雁南行》吧？”

《有雁南行》是一本关于沈雁行生平的传记。

书里推测说，北地王沈雁行和昆曲名伶任若如有过一段情，并且有一个女儿，就是著名昆曲研究学者任思乾。

卞青山惊讶："难道不是吗？"

任思乾推开窗，手挥一挥眼前的烟："我可以明确地告诉你，你的推测是对的，沈雁行是你的生父，但不是我的。"

她扭头莞尔一笑："不过，你我虽不是亲姐弟，却也是堂姐弟。"

卞青山疑惑："那你的父亲是？"

任思乾低头，叹息："我的名字是母亲取的，来自《周易》，君子终日乾乾，夕惕若，厉，无咎。"

"我的父亲，就是沈雁行的弟弟，1925年死于北京火车站枪击案的沈无咎。"

卞青山震惊得说不出话来。

任思乾走回沙发坐下，又点了一支烟衔在嘴里："他们相遇在1925年春天，那时她还没登过台，他则是去苏州打听他大哥的行踪……不知怎么的就遇上了，相爱了，一个世俗眼光里所谓下九流的戏子，一个称霸一方的北地王家前程似锦的二公子，我母亲其实从未奢望过会结婚，只当是一场露水姻缘，不图一世相守，只图一时痛快。"

"一直到她去世前，沈雁行去看她，她才知道，那年我父亲是真的想娶她的。"

她垂下眼睛怅惘地笑："他父亲听他说要明媒正娶一个戏子，气坏了，拿鞭子狠狠地抽了他一顿。大哥替他挡，眼角还挨了一鞭子，到战死时，在阳光下仔细看，还看得到痕迹。"

她又抬起头，徐徐吐出一个烟圈，莞尔道："不过他大哥那一鞭子挨得也不冤枉，老头子心里对他也有气。"

"两个儿子，大的说不要继承什么北地王，要去南方当教书匠，小的也说要娶个戏子，老头子都快气死了。

“我父亲在他父亲门外跪了三天，问他，要江山还是要美人？他理直气壮说都要。

“可他最后什么都没得到。”

任思乾湿了眼眶：“他终于说服了父亲，兴冲冲地踏上南下的火车，想去找我母亲求婚，却死在了半路上……到死时衣兜里还揣着准备求婚的戒指。”

卞青山这才看到她的手指上戴着一枚戒指。

她冲卞青山一笑：“这就是我们的父亲，兄弟俩，都为各自的梦想尽了最大的努力，却都被关在了成功的大门外。”

沈雁行不想当军人，想离开他不喜欢的沈家，去南方，自由地做学问，自由地爱阮虞卿。

父亲不允许，他就宁愿为此挨鞭子，甚至断绝父子关系。

沈无咎最初想要继承家业，但父亲脑海里根深蒂固地认为家业应当传给长子。为了赢得父亲的认可，他小小年纪就参军从戎，枪林弹雨里为自己赚来父亲的认可，后来又用执拗逼得父亲让步，同意他迎娶心上人。

如果没有北京火车站的那场血案。

然而，没有如果。

任思乾掸一掸烟尾，烟灰簌簌落下，如时间的灰烬：“那一场枪击案，让沈雁行不得不背负起沈家，戴上北地王这顶沉重的冠子。他继任北地王后，一直在调查枪击案的幕后黑手，但是一直到1930年才终于查出眉目。”

1930年？

卞青山轻声道：“圣母堂血案……”

任思乾点头：“是，那个叫江芦生的学生告诉他，自己刺杀他是受人唆使。那个唆使他的人骗他，说沈雁行与日本人有勾结，卖国求荣，他杀沈雁行是为民除害，其实真相不过是野心家利用年轻学生的冲动热血铲除异己争夺权力……多可笑啊，我们的令仪姑姑，就是死在这样盲目的爱国心之下。”

两个人都沉默了。

过了很久，卞青山问：“关于我父母的故事，你知道多少？”

任思乾笑一笑："差不多，全部吧。母亲去世前，把我托付给了沈雁行，那时内地局势已经不稳，仗随时都有可能打起来，沈雁行怕不安全，就把我送去了香港，托人照看。虽然我们见面的次数不多，但他总是跟我提起你们母子。我想，大约他是太寂寞了，才会把心事都说给一个小姑娘听。"

卞青山鼻腔酸涩："请你多跟我说说他吧。"

任思乾手托着腮，想了很久："从哪儿说起呢？就从北京火车站血案说起吧。"

火车站血案，沈无咎死，阮清文死，大帅重伤。

一边，要为弟弟和朋友揪出凶手、稳住局势，预防绥都随时可能会发生的篡权哗变。

一边，阮虞卿还在北京等他。

到底是将门虎子，从小耳濡目染，再不喜欢，再抗拒，也还有血脉作祟，压制绥都军中的哗变、顺利交接权位并没有花费沈雁行太大的工夫。

折磨他的，恰恰是他心心念念的阮虞卿。

已经不能及时赴约，他打电话给了她的家人，告诉他们她栖身的客栈地址。两天后，他终于压下军中的哗变、处死叛徒后，回到家，迎接他的却是阮虞卿父亲的一跪。

阮先生用这一跪，逼沈雁行与阮虞卿断情。

他一边用清文之死动之以情，一边威胁沈雁行，阮虞卿必须在父母和沈雁行之间做出选择，如果她选沈雁行，那么她将被赶出家门。

"我们夫妻一共三个孩子，现在只剩下虞卿一个女儿，你扪心自问，你能否保她一世平安？你弟弟的尸体现在还摆在灵堂里！"

"与其等她被你连累死后伤心，不如早早断绝关系，只当没有这个女儿！"

一席话，如轰雷掣电。

于是，雁虞轩外，阮虞卿披雪伫立时，他没有开门。

他只是站在门里，死死地握着门把手，拼命按捺住去见她的心。

说到这里，任思乾笑着摇了摇头："其实后来，他无数次为这个决定后悔，觉得太仓促，太武断……可那时他也刚刚死了弟弟和朋友，他的精神世界也正摇摇欲坠，那时的他根本想不出更好的办法，他根本想不出。”

卞青山攥紧了五指：“那他后来有没有想过找我母亲复合？”

任思乾点点头：“是有过，你母亲后来和上海周家的公子周开阳订婚时，他去求过你母亲复合；你母亲和卞知秋结婚前，他也去求过，一直到他得知你的存在，才终于死了心。”

这句话如利刃般刺破卞青山的心：“因为我？”

任思乾长舒一口气：“你知道他是何时知晓你存在的吗？”

卞青山迟疑问：“我回国后？”

任思乾无奈地笑：“比这要早得多……早在1930年秋天，他就知道了。那年令仪姑姑被刺身亡，阮姨在她的墓碑前说自己有一个八月龄即夭折的女儿，沈雁行凑巧偷听到了这个秘密，于是派人去法国打听。就是这样，他才得知了你的存在，原来阮姨当年生的是一对龙凤胎。”

消息传到他耳朵里的那天，卞知秋和阮虞卿登报发表婚讯。

任思乾一摊手：“即使到了那一刻，他的心里也还是残存着一点希望。阮姨和知秋舅舅结婚前一天，他去阮家找她，问她，我们是不是有孩子？你仔细听，是不是有孩子，不是是不是曾经有孩子，也不是是不是有一个孩子。”

卞青山艰难地吞咽一口空气：“他在试探。”

任思乾笑：“你很敏锐……是啊，他在试探。”

如果阮虞卿把儿子的存在据实以告，那么无论如何，哪怕天塌地陷，刀山油锅，他绑着她都要共度余生。

可她只是回答，是，有一个女儿，已经去世了，叫囡囡。

叫囡囡。

她甚至隐藏了女儿的真实名字。

因为她怕如果告诉他女儿的真实名字“妹妹”，会让他起疑心，怀疑还有一个“哥哥”。

她的谎言彻底击碎了他最后的残念。

他看到了她的心，一颗不惜割舍一切也要保护孩子的、母亲的心。

他终于明白，今生已晚。

卞青山喃喃："原来我才是父母之间最大的阻碍。"

任思乾淡淡一笑："当一个人选择为人父母，他就为自己套上了枷锁……但不要自责，你是他身上最大的枷锁，也是他心里最大的慰藉。"

卞青山问："他经常跟你提起我吗？"

任思乾温柔回答："是的，尽管他只见过你一面……他怕给你带去危险，也怕打扰你们的生活，但他实在太想你们了，所以才按捺不住偷偷跑去见你们一面，唯一的一面。没有记错的话，那是1936年的端午节前一天吧。"

沉默半晌，卞青山回答："我记得第二天的晚餐是粽子，家里大门外挂了菖蒲叶。"

任思乾点头："从你母亲买江米粽叶时，沈雁行就在远远地跟着她。"

他千里迢迢从绥都奔赴上海，在吴中大学门外等了一整天，等她上完课下班，悄悄跟在她身后，看着她路过菜场买菜，一棵青菜、半块豆腐、一条鲫鱼，大概是今天的晚餐，一把粽叶、半斤江米、二两红豆红枣，应该是为了包应节的粽子……低头挑选枣子的阮虞卿有一种迥异于谈论昆曲的阮虞卿的美，少了仕女图的清冷仙气，添了一分油画般的暖黄柔润，那样美丽，令他神魂颠倒，又痛彻心扉。

她的身边本该站着自己。

多少次，午夜梦见与她未能实现的余生，都是黄昏时分，下了课，两个人手挽着手一起回家，在菜场买菜、在厨房里一起烧晚饭……

可现在，他只能远远地跟着她，直到她走进家，关上门。

她的家里，有丈夫和孩子在等她。

她把他远远地关在门外，关在她的世界外。

他又在对面痴望了很久，才终于等到她和他的儿子独自出门来。

他这一生，唯一触摸他的亲生骨血，仅仅只是装作陌生人示好的那一次摸头。

任思乾微笑着落下一滴泪来："其实我一直怀疑，怀疑了一辈子。"

"怀疑什么？"

"怀疑，那一天，阮虞卿是知道他在身后的。她故意给他展示了自己的生活，让他死心，也让他放心。"

我很好，请你放心。

可是他怎么能放心呢?

四年后，他遥远地牵挂着她和他们的儿子，死在战场上。

离开任家前，任思乾从储物室里翻出一个樟木箱送给卞青山："这是你父亲的遗物，我替他保留了一生，从没想过还有物归原主的一天……送给你。"

打开箱子，一股浓浓的樟脑味。

一张已经磨花的《珍珠塔》唱片、一件破洞的大衣、一沓书信、一个写着"沈雁行亲启"的信封、一本装订成册已泛黄发脆的《莎士比亚与汤显祖之比较》论文和一张大半个世纪前的大学聘书。

唱片，是1925年新年相见，她送给他的礼物，说好了要陪他听全本的《珍珠塔》，到最后也没有。后来，他独自把唱片放了千遍万遍。

大衣，是1925年新年，他千里迢迢从绥都到上海去见她时穿的大衣，大衣被烧破了一个洞，她自告奋勇帮他补，但直到五年后还君明珠时，还是破的。

一沓书信，是1925年夏末他回绥都探亲时，和阮虞卿那些甜言蜜语的情书，在情书里，他们约定了同赏北国秋，共剪西窗烛。

那个写着"沈雁行亲启"的信封里，有一条长长的棉线，是1929年她与他断情时，送给他的蜡烛芯。

任思乾拿起聘书，苦笑："那年他决定去南方做一个教书匠，论文写了，连大学聘书都收到了，工资是一个月两百大洋。他准备好放弃北地王的滔天权势和泼天富贵，和阮虞卿过普通人的日子……可惜最后只落了一场空。"

雁行雁行，他是想要南飞的雁。

然而一生羁旅北方，终究未能向南。

卞青山拿起论文。

《莎士比亚与汤显祖之比较》，沈雁行。

手写的论文，笔迹清秀潇洒；一章一章，格式工整；一段一段，有理有据；一句一句，文法严谨；一字一字，文采秀丽……他的父亲，不是杀伐决断的北地王，而是才情卓越的学者。

翻到最后一页，末尾是结语——

谋此教职，因爱学问，也因虞卿；今生今世，得遇虞卿，自觉幸甚，不胜欢喜，愿能长相厮守、携手白头；以此论文，敬叩校门，祈入君眼，圆我夙梦。

回到1925年夏天，雁虞轩，书房里。

阮虞卿靠在沈雁行肩上，静静听窗外蝉声蛙鸣。

他们刚刚私定终身，写下婚书，正相互偎依着，享受难得的寂静，平复激烈的心情。

阮虞卿余光觑到抽屉里有一本装订好的册子，问："这是什么？"

沈雁行眼底含笑，答："是个惊喜，还不到揭晓的时候。"

那时他的论文，刚写好，要拿去叩大学的门，谋一个教职，好能留在南方，与她相守一生。

阮虞卿没有追问。

后来，终其一生，她都不曾得知这个惊喜。

从加拿大回国后，踌躇了很久，卞青山还是决定去拜访周开阳、冯丹朱夫妇。

这两位如今在沪上也非无名之辈。

周开阳曾是心脏科的知名大夫，而冯丹朱曾是产科圣手，现在两人虽已退休，但他们带过的徒弟遍布上海各大医院，很多老一辈人每逢家里有人做心脏手术或生孩子时，都会念叨“一定要找周医生或者冯医生的门生”。

是以，当卞青山找上门时，冯丹朱还以为他是哪个自己接生过的孩子，或者家里有人要生孩子。

不等他开口，隔着铁拉门她礼貌地回拒：“我现在已经退休啦，医院的事情管不到。”

卞青山表明来意：“冯小姐，我是沈雁行的儿子。”

听了他的话，冯丹朱一怔，仿佛沈雁行这个名字对她而言很陌生。

是啊，已经过去半个多世纪了。

片刻，她才回过神来，打开门，请卞青山进去。

周开阳和冯丹朱的家是一套不大的两室一厅，医院分的房子，典型的五十年代仿苏式楼，又叫所谓筒子楼，粗糙、狭窄，采光差。

谁能想到，半个世纪前声名煊赫的沪上药房小开和交通部长千金，晚年会住在这样的地方？

虽如此，房子却被收拾得干干净净，也毫无通常筒子楼的异味。

卞青山赞美冯丹朱：“冯阿姨真会料理家务。”

冯丹朱却将眉毛一挑：“谁说是我料理家务？”

一个清瘦文雅的老翁一手握扫帚、一手握簸箕从卧室里探出头来，问：“丹朱，谁来了？”

毫无疑问，那便是老了的周开阳。

冯丹朱对卞青山笑：“我们家男女平等，家务也平分。”

她扭头对周开阳喊：“你一定想不到是谁，沈雁行的儿子！”

她一脸得意，满脸皱纹里透出恋爱少女般的俏皮：“我前未婚夫的儿子找上门来了。”

周开阳挺直了腰，走到客厅来，仔细打量着卞青山：“你母亲是？”

“阮虞卿。”

周开阳长舒一口气：“你是哥哥。”

他语气笃定。

他早知道卞青山的存在，1929年，在阮虞卿父亲的六十大寿上，他再次向阮虞卿求婚时，阮虞卿就告知了他，自己曾有过一个夭折的女儿“妹妹”，并且在法国还有一个儿子“哥哥”。

没想到半个世纪后，他竟看到这传说中的“哥哥”出现在自己眼前。

他扭头冲冯丹朱挑眉：“也是我前未婚妻的儿子呢。”

这对夫妻想必是打情骂俏了半辈子，这样不避讳人，老了也还是一样。

沏了三杯茉莉香片，拿出学生送的绿波廊点心盛一碟，三个人坐在沙发上叙旧。

冯丹朱问卞青山：“来找我们，有事？”

卞青山踌躇半晌，横下一条心：“我也是前不久才确定自己是沈雁行的儿子，我想多了解一点关于我父亲的事。《有雁南行》里说二十年代他曾经用俞寄梅这个别名跟您交往过，我想知道……”

他顿了顿。

冯丹朱笑：“想知道你父亲和我感情发展到什么程度？和我在一起的时候，你父亲对你母亲是什么感情，是不是？”

卞青山点点头，内心有些羞赧。

儿女在谈到父母的感情生活时，总是难免尴尬，因为自小把父母当神，便很难想象父母作为爱人的那一面。

冯丹朱调皮地撞了一下周开阳的肩：“我就说是情敌的儿子算账来了吧。”

她起身：“稍等。”

她走进卧室，回来的时候拿着一大本相册，翻到某一页，推给卞青山：“喏，看这张照片，1929年我小侄子、小侄女的百日宴舞会，你父亲母亲都在，这是散宴前的大合影。”

一群年轻漂亮的时髦人，有男有女，有高有矮。

东道主周绿樱和丈夫抱着双胞胎站在前排最中央，他们的大女儿小桃子站在父母前面，阮虞卿挨着周绿樱，冯丹朱挨着她的哥哥，周开阳与沈雁行分别站在阮虞卿和冯丹朱身后。

可以清楚地看见，隔着一个又一个的人，沈雁行的目光落在阮虞卿身上。

冯丹朱轻声道：“你父亲的眼里、心里，从来都只有你母亲一个人。”

卞青山哽住了。

他用手指摩挲着照片上父母年轻的面孔，半晌，轻声问：“那您和我父亲……”

冯丹朱爽朗地笑：“我请他陪我演了一场戏，就是这样。”

她亲昵地握着周开阳的肩膀，把下巴搁在他肩头：“其实我一直喜欢的都是老头子，从他堂姐嫁给我哥哥开始，婚礼上他是男傧相，我是女傧相，那时我就对他一见钟情，但他是块冥顽不灵的石头……1929年，我从北京读完大学回上海，听嫂子说老头子恋爱了，我快要被气死，这才央了你父亲陪我做戏，当幌子和挡箭牌。”

周开阳宠溺而又嗔怪地说：“你啊。”

冯丹朱扭头冲卞青山笑：“当年为拿下他，我可是费了好大力气。他跟你母亲订了婚，陪你母亲去苏州给你太公做大祭，我还特地央求你父亲也陪我去……那时候我还不知道，明面上是你父亲陪我，实际上我也是在陪他呢。”

卞青山问：“那您是什么时候知道我父母的关系的？”

冯丹朱叹息：“你母亲和老头子一解除婚约，你父亲就把真相告诉我了。”

话音落地，三个人都没说话。

金黄色的余晖斜照在茶几上，屋子里万籁俱寂，唯有尘埃翻飞。

还是冯丹朱率先打破沉默，笑着说：“我一听，心想，好啊，我的机会来了。于是我跑去找老头子哭，告诉他我也被沈雁行甩了，太难过了，不想活了。老头子吓得要死，安慰了我大半年……就这样，最后被我攥在了手里。”

周开阳佯装生气：“好啊，原来你心机那么重，我半辈子都被你瞒在鼓里。”

冯丹朱笑嘻嘻地叫屈：“要不然叫我怎么办？别人都说你这个人牛心，但我一早就看透了你。因为令月的自杀，你落下了心病，你见不得女孩子受情伤，见了就想给人家疗伤。但其实你哪里是在治别人呢，你是在治自己。”

她指了指自己：“我呢，看穿了你其实是个伪装医生的病人，我想做你的医生，所以就先假装成你的病人。”

她是个敏锐果决而又聪慧的姑娘，就这样为自己争来了想爱的人，和与爱人白头偕老的下半生。

告别前，卞青山问：“那张照片可以送我吗？我想要一张我父母的合影。”

冯丹朱抽出照片，装进一个旧信封里递给卞青山。

周开阳膝盖不好，冯丹朱独自送卞青山出门，走下楼。

把人送到单元楼门外，卞青山问了冯丹朱最后一个问题：“您是怎么和我父亲认识的？”

冯丹朱莞尔一笑：“1927年，我们在火车上第一次见面，是一趟从上海到北京的沪平列车。那时我在北京协和读医科，是暑假结束返校。你父亲呢，我猜他是在上海看望过你令仪姑姑后回绥都……火车上萍水相逢，我不知道他是谁，他也不知道我是谁，我只是在低头看书，他突然走过来，说我低头时的侧脸和他认识的一个人很像。”

“那时候我心想，怎么还有人用这么老套的手段搭讪女孩子？”

她轻轻吐出一口气：“后来，在舞会上见到你母亲，嫂子笑着跟我说，你看阮小姐，她低头时的侧脸和你多像。”

那时方知，火车上他说的话都是真的。

记得绿罗裙，处处怜芳草。

中秋节将至，卞青山回洞庭东山陪父亲卞知秋过节。

卞知秋1930年秋天和他母亲结婚，1940年和平分手，卞青山整个少年时代都是在他的呵护教导下成长。虽然已经多方查证，确信自己的生父是沈雁行，但对于卞知秋这个名义上的父亲，他还是充满了孺慕之情。

和母亲离婚后，卞知秋终身未婚，卞青山就是他唯一的孩子。

虽然做了半生单身汉，但他在学术上成果斐然，民俗学界无人不知卞知秋大名。他退休后回到老家苏州，在外祖父的溯玉草堂隐居，每日种菜浇花，怡然自得。

溯玉草堂曾一度更换主人，但兜兜转转，最后还是回到了柳家后人手里。

见卞青山来，卞知秋摘了刚熟的瓜果，兴冲冲地亲自下厨。

饭桌上，卞青山向他汇报了《陈端生》在温哥华公演的情况，他感叹：“可惜你母亲去世得早，没能看到。”

卞青山吮着筷子尖，犹豫了半顿饭工夫，才小心翼翼开口：“在加拿大，我见到了一个人。”

卞知秋问：“什么人，值得特地拿出来说。”

卞青山回答：“您也认识的，太公公那个小徒弟任若如的女儿，任思乾。”

卞知秋惊讶：“小思乾？她竟然在加拿大。”

卞青山低头用筷子扒饭：“是，当年任若如去世后，她被北地王沈雁行收养。上海开战前，沈雁行把她送去了香港，沈雁行战死后，她和寄养父母一家移民去了加拿大。”

他尽量说得轻描淡写，用余光观察卞知秋的神色。

卞知秋很久没有说话。

卞青山补充道：“沈雁行是任思乾的亲伯父，任思乾的生父，就是沈雁行的亲弟弟沈无咎，死在1925年北京火车站血案里的北地王二公子。”

卞知秋终于开口，语气平静：“你偷偷调查很久了吧？”

卞青山心虚地道歉：“对不起……”

卞知秋打断他的话：“没什么好对不起的，这件事我在心里藏了半辈子了，一直在犹豫要不要告诉你……青山，我不是你的亲生父亲，你的生父是沈雁行，想必你也早调查出来了。”

卞青山低声回答：“其实我从小就怀疑，怀疑你们为什么要让我谎报年龄，也怀疑你们不是真夫妻。”

卞知秋哑然失笑：“这你也看出来了，我们演得真有那么假？”

卞青山说：“别人家的父母都会吵架，但你们从来不会。”

只这一点就够了。

卞知秋失神了片刻，才说："其实我一直希望能弄假成真，可惜到最后也没有。"

卞青山轻声问："您为什么要和妈妈假扮夫妻，是因为我吗？"

卞知秋没有否认："是，为了给你一个身份。那时候风气保守，一个书香门第的闺秀未婚生子，不仅是她，连带她的父母都有可能被鄙夷排斥。你母亲虽然不在意虚名，但他们阮家是江浙望族，总要为亲人考虑。而且……"

他欲言又止，卞青山却听出了弦外之音："她怕沈雁行知道我是他的儿子？"

卞知秋一声喟叹："是。"

卞青山自言自语："我果然是阻碍他们复合的最大障碍。"

在加拿大和任思乾聊天时他就这样觉得，他对此耿耿于怀。

卞青山温柔地看着他："也不能完全这么说，诚然，你是原因之一。你的双胞胎姐姐八个月大时死于猩红热，看着女儿在自己面前死去，你母亲几乎崩溃，她知道自己无法承受再失去一个孩子，因为恐惧，她意识到自己长久以来一直忽略的真相。"

"什么真相？"

"做沈雁行的亲人，是很危险的。"

他生而不凡，北地王的家庭，权力游戏的玩家，像一个大旋涡，所有靠近的人都会被吸进去，搅得粉身碎骨。

1924年夏天，苏州重逢的次日夜里，他们就在光裕书场外被持枪凶徒打劫，那真的是两个溃兵吗？

1925年，北京火车站血案，沈雁行的弟弟沈无咎罹难，连她的哥哥清文也受牵连殒命。

1930年，上海圣母堂血案，沈雁行的妹妹沈令仪无辜受害，芳华早逝。

她还在报纸上看到过许多次针对沈雁行的未遂刺杀。

她终于理解了自己父亲当日的蛮横，或许父亲的蛮横里确实掺杂着刚愎，但他的出发点，却必然是看到了沈家人身边潜藏的危险。

他不愿女儿搅和进这旋涡里。

父母之爱子，则为之计深远，为人父母者，总会夸大孩子即将面临的危险。

阮虞卿怨了父亲半生，终于在自己当母亲后，成了一个缩小版的父亲。

所以她向沈雁行隐瞒了卞青山的存在，也向卞青山隐瞒了他的生父。

唯愿吾儿愚且鲁，无灾无难到公卿。

卞知秋叹息：“她常常问我，她是不是做错了，是否对沈雁行太过残忍，又是否对你太过一厢情愿。我安慰她，人生不是一条准备就绪后才踏上的路，有些责任属于父母，有些责任属于命运，你已经做得很好。”

他又笑：“但你母亲对欺骗你这件事始终耿耿于怀，所以你长大后，她从不干涉你的任何选择，尽量给予你自由。除了是对隐瞒你生父的补偿，也是因为她明白，人对于自由的向往是永恒的，与其一味压制，等哪天喷薄而出带来毁灭，不如随它细水长流。”

“除却死生无大事，这就是你母亲教育你的信条。”

卞青山说不出话来。

难怪从小他再叛逆，母亲也不会打压，他不爱读书，母亲就由他退学在家读“闲书”；他初恋时为了一个众人口中“配不上你”的女孩儿要生要死，母亲也只是默默支持。

卞知秋把话题拐回去：“但要说他们断情全是因为你，那不公平。”

“那是为什么？”

“因为你母亲的性情，她外柔内刚，只选择走自己确信的路。

“她不回头，是因为她认为，她和你父亲的感情已经回不到过去了。

“可是为什么会这样呢?

“他们在最该十指紧扣的时候松开了手，因此走上不同的道路，渐行渐远。谁也没做错什么，他们都尽了自己最大的努力，可是人世间自有一双不讲道理的翻云覆雨手。

“就像昆曲，1990年的《牡丹亭》和明朝的《牡丹亭》一样，还是那么美，可是已经没有多少人听它了。即使我们出尽百宝地做所谓创新，一时半刻有闲人慕名而来，但明朝时那样万人空巷的盛景，到底是回不来了。你母亲不愿意强求，她说，盛开过已经是难得的造化，既然已经凋谢，那就把它留在记忆里绽放吧。”

卞青山沉默了很久。

卞知秋慈祥地看着他："所以，你不必自责，一切都是你母亲自己的选择，在对你父亲的感情上，你母亲从没后悔过。”

卞青山问："我母亲对沈雁行，到底是什么样的爱？”

卞知秋出神地望着停在桌沿上的蝴蝶："她说，她在最好的年纪遇到你父亲，只有少年的爱，因为未经世事不懂痛楚，才会那样不惧烈阳不畏风雪。那是一生仅此一次的爱，浓烈、明确。那种爱，让她即使在暴风雨里也能闻到花香。”

不是所有人都会遇到这样的爱情。

这样的爱情，如利刃两面，有可能成为一生的伤痕，却也可以成为一生的慰藉。

蝴蝶振一振翅膀，飞走了。

卞知秋蘸一点水，在桌子上缓慢地、深情地写下一个“虞”字。

“其实不只是对沈雁行，对周开阳，对我，她都一样无悔。

“她常说，只有一条道路没有意义，那就是非自己选择的路。所以她有什么可懊悔的呢？每一条路、每一步路她都认真思考过，郑重地选择、坚定地走过。她还说，自己这一生其实很幸运，遇到的每个男人都真诚地对待她，她也尽量真诚地回报了每一段感情。”

卞青山替生父心酸："可是沈雁行没有那么幸运。”

卞知秋吐出一口气："是啊，你母亲也这样说过。她说，自己和沈雁行不只是恋人，还是同谋，他们都渴望逃离自己的生活，他们都曾帮彼此打开那扇通往新世界的大门，一个更加热烈鲜明、颜色丰沛、自由自在的世界。可最后，她成功了，他没有。而她成功的代价，则是永远失去他。”

阮虞卿的后半生，是如少女时代所愿的那样，挣脱了家庭束缚，摆脱了社会对一个女人固有的做贤妻良母的规训，她求学，做老师，做学者，一生都在研究她挚爱的昆曲。

而沈雁行的后半生，却是坎坷萧索、孑然孤寂地坐在自己从小渴望摆脱的北地王之位上，最后将生命终结在1940年的秋天。

卞青山问卞知秋："他们年轻时曾经有过一个没兑现的北国秋西窗烛之约，后来我母亲有没有在秋天去过北方？我印象里，她好像从没离开过南方。"

卞知秋点点头："去过的，那时你在莫斯科留学，所以不知道……是1953年，她生病去世的前一年，我们接到北方一所大学的学术交流邀请。以往这种你母亲都会拒绝，但那一次没有。我想，大概是她已经预感到了自己的死亡……从北京回来她就病了，在第二年春天去世。"

卞青山鼻腔酸涩："她的北国秋之行，快乐吗？"

卞知秋摇头："我不知道，我只是陪着她在秋天的北京城里漫步，紫禁城的红墙下，黄昏时分的烟袋斜街，陶然亭的晚风……站在金黄色的萧萧落叶里，你母亲说了唯一的一句话。"

"她说什么？"

"北方的秋天真的很美，可惜我已经不是十八岁了。"

岁云暮，鬓惊秋，西窗烛暗，今生已晚。

（全文完）

番外

《有雁南行》节选

我和沈相识于康奈尔大学，他读的是比较文学，而我则是政治学。虽然学科迥异，但我们对彼此都非常欣赏，对对方的学科也充满兴趣。沈为我讲述过很多古老中国的美丽故事，尤其是一部美丽少女在梦中遇到情郎的中国戏剧。毕业时，沈曾说，希望来日可以邀请我去中国，亲眼看一看那出梦幻的戏。可惜的是，康奈尔一别，我和沈再未相见，再得知他的消息，已是讣闻……

永远难忘那年暑假和他一起游走于巴黎的贫民窟，我向来知道沈的父亲是中国一个举足轻重的政治人物，也知道沈厌恶政治，但那时，从他眉眼间流露出的忧惧里，我分明看到他政治家之子的血脉。我暗想，或许沈终究不能一生行走于风花雪月，他的身边和心里皆有一个暗流涌动的旋涡，拉扯着他搅合进政治里……看到讣闻时，多年前的揣测终于成了真。

愿沈安息，希望他死之前得到了真正的平静。

——节选自《有雁南行》
法国外交官阿尔贝·德·杜兰专访

从钧座继承北地王之位起，我便一直是他的副官，直到他殉国……殉国前夜，钧座身上有一种异乎寻常的宁静气息，讨论完作战策略，我离开他的房间时，最后一眼看他，他正在拭枪，手握着帕子停在枪口，出神了半天，突然问了我一句话：“又要到秋天了，你说，重庆的秋天是不是也很美呢？”

——节选自《有雁南行》
沈雁行副官周择群专访

我这一生尽是可耻之事，奴役他族思想，为军国主义鼓吹……但内心之中，最为深恨的，仍是关于我的同学朋友沈雁行。

二三十年代，我被《朝闻道》日报社派驻到中国，同时担负着拉拢北地王沈雁行的秘密任务，因沈雁行与我曾是康奈尔大学的同学好友。在沈数次拒绝后，我们对他的策略从拉拢转变为诋毁，在报纸上散布了许多他亲日的流言，希望借力铲除他，借机扶植亲信上位……我应为圣母堂血案负责。

——节选自《有雁南行》
日本《朝闻道》日报社主编宫房次郎专访

——《有雁南行》作者结语

纵观沈雁行一生，被命运狩猎，也曾为突围而战，却终究落败。但他在歧路的人生里，最终成为一个英雄，一个传奇。

有雁南行，如有来生，愿他终能抵达江南。

后记

旧梦余香

“西窗烛”不只是一场沈雁行和阮虞卿的民国旧梦，也是我自己的少女时代旧梦。

2001年，我还是个小学生，喜静不喜动，爱好看书翻报。那一年有一桩新闻，昆曲被联合国教科文组织列为“人类口头和非物质文化遗产代表”，我由此知道了昆曲，知道了《牡丹亭》。

后来我读大学，选修了一学期昆曲，虽然直到结业，我连《皂罗袍》也唱得上气不接下气，但这并不妨碍昆曲成为我少女时代最美丽的一抹白月光。

在我心中，《牡丹亭》和《红楼梦》是中国古典文学里最瑰丽的两朵花。《牡丹亭》里唱“原来姹紫嫣红开遍，似这般都付予断井颓垣”，也唱“遍青山啼红了杜鹃，那荼蘼外烟丝醉软”。故事中描绘了极致的精巧，表达了细腻的伤感，故事并不想教育读者什么，只是描述存在和发生着的、青春的烦恼，以及人与人之间的感情。

在一个讲求“文以载道”的国度，一个规矩严密的时代，《牡丹亭》是个异类。但就是这样一个异类，引发了众人广泛的共鸣，创造了昆曲盛世。

而后，昆曲又像所有曾创造自己盛世的文化，譬如唐诗、宋词、元曲那样，静静地从历史退场。

就像《西窗烛》里写的那样，在昆曲走向没落后，有很多人曾为它复兴奔走过，无论是民国时期的昆曲传习所，还是新中国成立后的昆剧团。

但，花开花落自有时。

在我知道昆曲时，它已经没落了近百年，直到我写下这篇后记，它也并未迎来真正意义上的复兴。

依旧有人深爱它，但终究回不到明朝盛世，也不再有新的《牡丹亭》。

昆曲本身，它的兴盛和没落就是一场极致浪漫主义的梦。

所以，我用它做了沈雁行和阮虞卿之间的爱情信物。

他们都像《牡丹亭》一样，是自己时代的异类，想要从社会和家庭的规矩里出逃，不做别人认为他们“应该成为的人”，而是想去新世界寻找自己真正热爱的人生。他们的爱情曾盛开过、努力过，但终究还是回不去了。

但回不去了，也并不意味着过去毫无意义。

正如阮虞卿所说，盛开过已是难得的造化。

那些盛开时的喜悦，都是真实的，都会内化成我们的一部分。

旧梦里的花，即使凋谢了，也总还有余香在。让我们在困于现实的疲惫时，闭上眼睛，还能闻得到旧时那因热爱而绽放的芬芳。

重要的是，我们真的曾努力盛开。

但是相思莫相负，
牡丹亭上三生路。

牡丹亭

旧梦西窗烛、

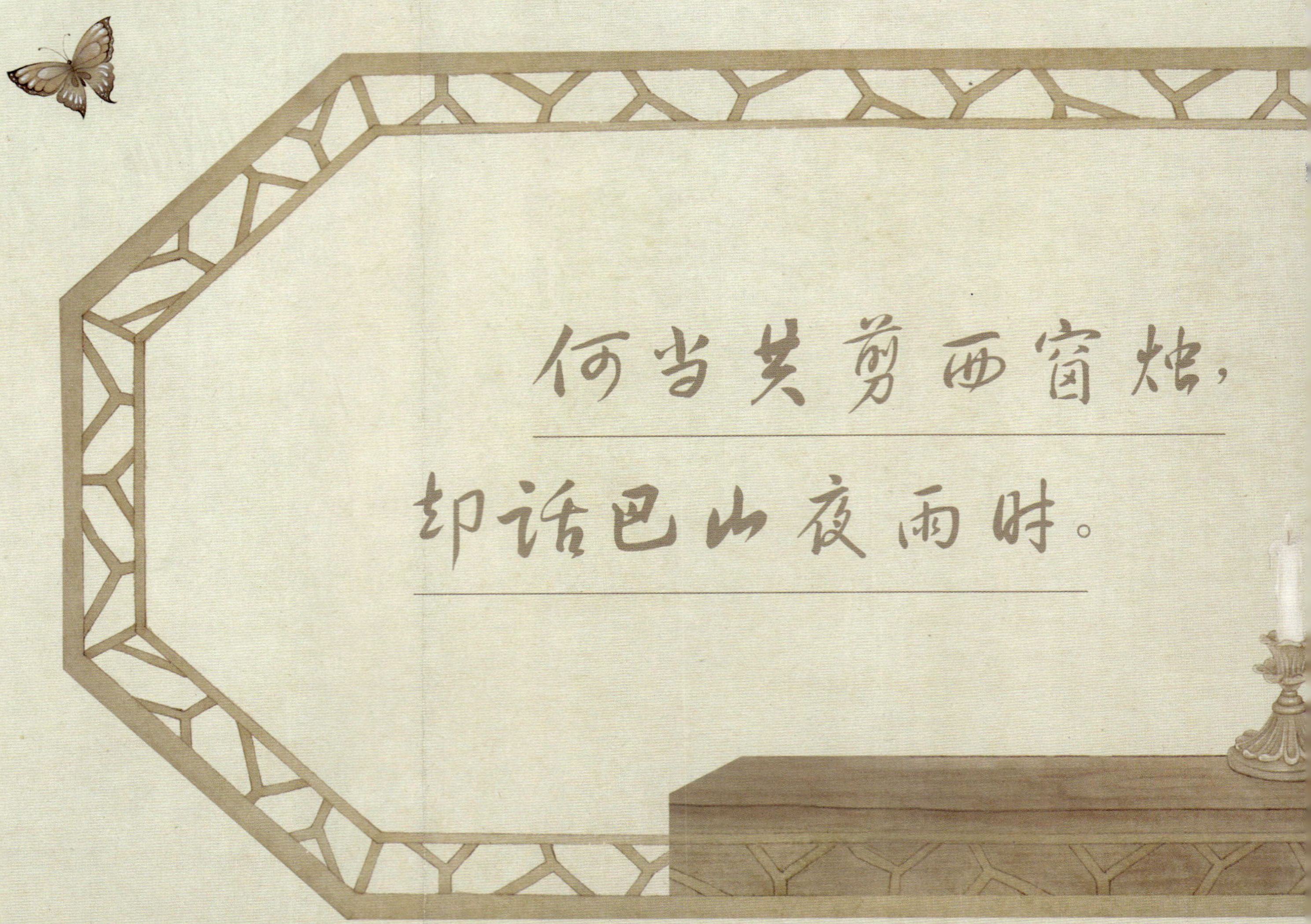